Moorsmaragd

Elke Bergsma

MOOR SMARAGD

BE

Belle Époque Verlag

Elke Bergsma

www.elke-bergsma.de
www.die-leseinsel.de
www.dat-leseboot.de
www.facebook.com/elkebergsmaautorin

Lizenzausgabe des Belle Époque Verlags, Dettenhausen, mit freundlicher Genehmigung der Autorin.

Lektorat: Hagen Schied, *www.lektorat-buchwaerts.de*
Korrektorat: Corinna Rindlisbacher, *www.ebokks.de*
Innenlayout und Schriftsatz: Hans-Jürgen Maurer
Cover: Susanne Elsen, *www.mohnrot.com* unter Verwendung eines Fotos vom Bildarchiv der Ostfriesischen Landschaft Aurich und © www.fotolia.com

Herstellung: Sowa Sp. z o.o., Piaseczno, Polen

ISBN: 978-3-96357-108-4

Für

Jörg Wilhelmi,

der viel zu jung sterben musste.

Und für alle, die ihn liebten.

Prolog

Moordorf, Sommer 1895

Gleich! Gleich hatte er es geschafft! Es konnte nicht mehr weit sein, bis er vor der ärmlichen Lehmhütte seiner Eltern stand. Bis er zu Hause war und in Sicherheit. Bis er sich geborgen fühlen konnte in den Armen seiner Familie.

Es war ein langer Weg von der Marsch bis ins Moor. Ein sehr langer Weg, den er so oft schon zu Fuß zurückgelegt hatte. Er kannte ihn gut und auch die Beschwerlichkeiten, die mit ihm verbunden waren. Jeder Atemzug, jeder Schritt kostete Kraft. Doch an diesem Abend spürte er jene Anstrengung kaum, denn eine dunkle Angst trieb ihn voran.

Dämmerung legte sich über die endlos erscheinenden Weiten des Moors. Erste Nebelschwaden stiegen auf, und er hoffte, dass sie ihn umhüllen würden wie ein schützendes Gewand. Dann wären seine Häscher verloren an diesem lebensfeindlichen, ihm so vertrauten Ort. Sie würden sich in ihm verirren, im besten Falle in ihm ersaufen.

Gleich! Gleich hatte er es geschafft! Er konnte sie bereits spüren, die schützenden Arme seiner geliebten Mutter. Nur noch ein kleines Stück, nur noch ein paar schmerzende Atemzüge.

Doch ... was war das? Pferde?! Jetzt konnte er es ganz deutlich hören, das Donnern der beschlagenen Hufe auf den das Moor durchziehenden Holzbohlen. Es klang wie das Grollen des Teufels.

Gehetzt lief er weiter, wandte immer wieder seinen Blick zurück. Dann sah er sie. Sie kamen direkt auf ihn zu, einer schwang einen Stecken! Schnell duckte er sich, legte schützend die Arme um seinen Kopf.

Doch es war zu spät.

1

Moordorf, Sommer 2016

Ist es pietätlos, am Bett eines Sterbenden zu sitzen und gleichzeitig das Internet nach den neuesten Nachrichten zu durchforsten?

Hilke Wibben hatte diese Frage für sich schon längst mit einem eindeutigen Ja beantwortet – und doch tat sie es. Nicht, weil es hierfür einen zwingenden Grund gab. Nein. Vermutlich geschah dies eher aus reiner Gewohnheit heraus. Denn als sie noch als Journalistin gearbeitet hatte, führte sie ihr erster Weg am Morgen stets an den Computer. Eigentlich hatte sie sich geschworen, dass es damit vorbei sein würde, wenn sie erst einmal in Rente war.

Doch war das leichter gesagt als getan. Auch nach einem halben Jahr im Ruhestand hatte sie immer noch das Gefühl, stets auf dem Laufenden sein zu müssen. Ob das wohl jemals aufhörte?

Mit einem prüfenden Blick auf ihren mit geschlossenen Augen und ruhigem Atem daliegenden Onkel, der laut dem behandelnden Hausarzt dem Tode näher war als dem Leben, stellte sie ihren Laptop beiseite, erhob sich aus ihrem Sessel und trat ans Fenster. Der Anblick, der sich ihr bot, wollte so gar nicht zu ihrer trübseligen Stimmung passen. Ein paar Kinder rannten johlend und jauchzend am Kanal entlang. Ein kleiner Hund begleitete sie und sprang ihnen kläffend um die Beine. Hilke vermochte nicht zu erkennen, warum diese Kinder vor guter Laune geradezu übersprühten. Vermutlich war der Grund ein ganz banaler, nämlich der strahlende Sonnenschein, der sie nach wochenlangem Regenwetter zum Toben an die frische Luft trieb. Hier am Ortsrand von Moordorf war es zudem ruhig, der Autoverkehr hielt sich in Grenzen, sodass die Kinder weitgehend freie Bahn hatten.

Hilkes Haus aus grobem Backstein, das sie seit dem Auszug ihrer beiden Töchter und der anschließenden Scheidung alleine bewohnte, stand direkt am Abelitz-Moordorf-Kanal. Als Hilke hier im Ort aufwuchs, war es im Besitz ihres Onkels Ibbe Küppers. Mitte der 1980er-Jahre entschloss er sich nach gescheiterter dritter Ehe, in die USA auszuwandern und dort noch einmal ganz von vorne anzufangen. Das Haus überließ er ihr und ihrem damals frisch angetrauten Gatten.

Onkel Ibbe. Für Hilke war er mit seiner unkonventionellen Art immer ein Held gewesen. Während ihre Eltern vor Spießigkeit geradezu strotzten und ihr und den drei Geschwistern verboten, was auch immer es zu verbieten gab, war Ibbe vor allem durch seine – wie Hilkes Mutter es nannte – Verrücktheiten aufgefallen. 1921 geboren, war Ibbe nach Ansicht seiner Verwandtschaft in den wilden sechziger und siebziger Jahren längst zu alt dafür, um *wie einer dieser Wilden* herumzulaufen. Lange Haare, langer Bart, langer Mantel aus Schafspelz. So sah man Ibbe im Alter von fast fünfzig Jahren durch Moordorf laufen. *Ein Skandal!* riefen die Alten hinter ihm her, *Hare Krishna!* die Jungen. Zu den Lso langeetzteren zählte auch die damals sechzehnjährige Hilke, der es selbstverständlich streng verboten gewesen war, ihren missratenen Onkel auch nur eines Blickes zu würdigen. Im Gegensatz zu ihren Geschwistern hatte sie sich um dieses Verbot jedoch nicht geschert. Was der ausschlaggebende Grund dafür gewesen sein dürfte, dass sie später in den Besitz von Ibbes Haus geriet.

Hilke wandte sich vom Fenster ab, weil sie hinter sich ein Rascheln hörte.

»Alles in Ordnung?«, sprach sie ihren Onkel an, der sich plötzlich unruhig im Bett wälzte. Seine Augenlider flatterten, auch bewegte er die Lippen, als wollte er etwas sagen. Doch entwich seinem Mund lediglich ein Stöhnen.

Manchmal gelang es Hilke nur schwer, dieses in sich zusammengefallene Häuflein Mensch mit dem Mann in Verbindung zu bringen, den sie zeitlebens vergöttert hatte. Schon als kleines Mädchen hatte sie für ihn geschwärmt und jedem, der es wissen wollte, mitgeteilt, dass sie ihn eines Tages zu heiraten gedenke.

Was vermutlich nicht nur daher rührte, dass Ibbe mit seiner stattlichen Gestalt, seiner männlichen Ausstrahlung und dem zu einem langen Zopf zusammengefassten Haar der Mädchenschwarm schlechthin gewesen war. Vielmehr dürfte dieses Interesse an ihm auch daran gelegen haben, dass er damals genau das Gegenteil zu ihren spießigen und langweiligen Eltern darstellte, die die lebhafte und aufrührerische Hilke einfach nur als Zumutung empfand.

»Alles in Ordnung?«, fragte Hilke erneut und strich Ibbe mit der Hand über die faltige Wange, die sich noch kühler anfühlte als bei der letzten Berührung vor rund zwei Stunden. Der Arzt hatte bei seinem letzten Besuch bereits prognostiziert, dass nach und nach der Tod in dem ausgemergelten Körper des alten Mannes hochkriechen würde. Niemand vermochte zu sagen, wie lange Ibbe noch unter ihnen weilen würde. Vielleicht ein paar Wochen, vielleicht ein paar Tage, vielleicht nur wenige Stunden.

»Er wird gehen, wenn er zum Gehen bereit ist«, hatte der Doktor gesagt. Er könne nun nichts mehr für ihn tun.

Nun, wenn es nach Hilke ginge, konnte ihr Lieblingsonkel auch noch ein paar Jahre bleiben. Er fiel ihr nicht zur Last. Vielmehr hatte sie sogar Angst davor, ihn für immer zu verlieren. Solange sie denken konnte, war er der Anker gewesen, der ihr Halt gab. Ibbe war immer für sie dagewesen, wenn das Schicksal seine Wellen unbarmherzig über ihr zusammenschlagen ließ und sie scheinbar willenlos durch das schleuderte, was man gemeinhin das Leben nannte. Auch wenn er nun kaum noch wache Momente hatte, so gab er ihr doch durch seine bloße Anwesenheit das Gefühl, nicht alleine auf der Welt zu sein.

Vor rund drei Jahren hatte er nach dem Tod seiner letzten Frau beschlossen, sein Leben in den USA aufzugeben und nach Ostfriesland zurückzukehren. Sofort hatte Hilke ihm angeboten, mit ihr gemeinsam in seinem ehemaligen Haus zu leben. Wie sehr hatte er sich darüber gefreut, sich nicht irgendwo im Altenheim eine Bleibe suchen zu müssen! »Ich weiß, dass ich zum Sterben wieder nach Hause komme«, hatte er gesagt, als er seine Nichte nach vielen Jahren wieder in die Arme schloss. »Wenn ich dir zur Last falle, schicke mich einfach weg. Ich fände den Gedanken unerträglich, nicht willkommen zu sein.«

Für Hilke hatte sofort festgestanden, dass dieser Moment nie eintreten würde. Ganz egal, was auch geschah, sie würde sich um ihren Onkel kümmern.

Und das tat sie. Bis vor wenigen Wochen war auch alles gut gewesen. Dann plötzlich der Schlaganfall, von dem er sich nicht mehr erholte. Die Ärzte hatten ihr geraten, ihn in ein Pflegeheim zu geben. Sie aber ließ sein Zimmer im Erdgeschoss des Hauses so herrichten, dass sie dort beide auch zukünftig zurechtkamen und er in seinen wachen Momenten hinaus auf den Kanal blicken konnte, mit dem ihn so viele Erinnerungen verbanden.

Der Raum selbst war schon damals, vor seinem Leben in den USA, Ibbes Zimmer gewesen. Natürlich hatte Hilkes

Familie ihn zwischenzeitlich anders genutzt, doch richtete sie ihn wieder nach seinem Geschmack ein, als er zurückkehrte. Was hieß, dass es mit seinen an der Wand zu einem Regal aufgestapelten Ytong-Steinen und Holzbrettern, den bunten Flickenteppichen und einigen schrillen Pop-Art-Postern ein wenig aus der Zeit gefallen wirkte.

Einzig das wuchtige Bett aus dunklem Eichenfurnier wirkte in dieser Schlichtheit wie ein Fremdkörper. Doch Ibbe hing an ihm. Warum auch immer. »Irgendeinen Spleen muss doch jeder haben«, hatte er augenzwinkernd gesagt, als Hilke ihn danach fragte. Danach war das Thema für ihn erledigt gewesen.

Als Hilke nun seine Hand nahm und ihren Daumen mit seichten Bewegungen über seine knöchernen Finger gleiten ließ, beruhigte sich Ibbe wieder. Kaum hörbar summte sie dabei ein Lied, mit dem sie früher ihre Kinder in den Schlaf gewiegt hatte. Überhaupt hatte Ibbe viel Kindhaftes an sich, seit er hier in diesem für ihn nun viel zu massig erscheinenden Bett lag. Seine Gesichtszüge waren weich, sein Körper entspannt. Wenn er nicht gerade schlecht träumte, lag etwas Zufriedenes in seinem Antlitz, und ab und zu verzog sich sein Mund sogar zu einem Lächeln.

Hilke erinnerte sich an ihren Vater, der bereits vor rund zehn Jahren verstorben war. Voller Angst war er gewesen, hatte sich mit dem Tod auch in seinen letzten Tagen nicht versöhnen können. Mit aller Macht stemmte er sich gegen das Sterben. Über all die Tage des Dahinscheidens hinweg war jeder einzelne Muskel seines Körpers angespannt gewesen, nicht einmal im Schlaf kam er zur Ruhe.

Doch trotz aller Gegenwehr machte der Tod auch bei ihm keine Ausnahme. Er holte ihren Vater nach einem finalen Aufbäumen, bei dem es ihm immerhin noch gelang, seiner Familie ein *Was glotzt ihr denn so blöd!?* mit auf den Weg zu geben.

Hilke gefiel der Gedanke, dass ihr Vater womöglich noch heute vor sich hin grummelnd im Höllenfeuer saß und sich darüber ärgerte, auf diese Frage außer einem erstickten Schrei seiner Frau nie eine Antwort bekommen zu haben.

Hilke lächelte. Wie anders doch ihr Onkel Ibbe war. Sollte es einen Himmel geben, würde er dort mit Sicherheit einen Ehrenplatz erhalten.

Ihr Blick fiel wieder auf ihren Laptop, der mit einem blechern klingenden Ton den Eingang einer Facebook-Nachricht ankündigte. Als hätte dieses Geräusch in ihr einen Schalter umgelegt, korrigierte sie ihre Meinung: Es war immer noch besser, am Computer arbeitend an der Seite ihres sterbenden Onkels zu sitzen, als gar nicht in seiner Nähe zu sein. Also machte sie sich wieder ans Werk.

»Moin«, hörte Hilke in ihre Gedanken hinein eine dunkle Stimme von der Tür her sagen. Sie schreckte von ihrem Laptop auf und drehte sich um.

»Franziskus!«, rief sie erstaunt aus. »Wie bist du hier reingekommen?« Ihren Neffen hatte sie am allerwenigsten erwartet.

Er zuckte die Schultern. »Die Terrassentür steht offen.«

»Was machst du hier?«

»Lebt er noch?« Franziskus trat bis auf wenige Schritte an das Bett heran und betrachtete seinen Großonkel mit gerunzelter Stirn.

»Du hast meine Frage noch nicht beantwortet.« Hilke musterte Franziskus abschätzig. Das Einzige, was ihr an seinem Anblick gefiel, war sein unbestreitbar gutes Aussehen. Wie bedauernswert, dass nicht alles an ihm so gelungen war. Sein Benehmen zum Beispiel war – positiv ausgedrückt – tadellos. Seine Schwester Marieke wählte gemeinhin einen weniger gefälligen Ausdruck dafür: *Stock im Arsch.*

Franziskus räusperte sich. »Habe drei Tage Urlaub. Muss einiges erledigen«, antwortete er knapp.

»Urlaub? Tatsächlich?« Zwischen Hilkes Augen bildete sich eine steile Falte. »Und warum rennst du dann immer noch in diesem schrecklichen Fummel rum?« Noch während sie diese Frage stellte, gab sie sich selbst die Antwort: »Ach so, klar, vermutlich dachtest du, sicher ist sicher, falls der liebe Ibbe uns schon verlassen hat. Da muss die Kleiderordnung dann natürlich gewahrt bleiben.«

»Dieser *schreckliche Fummel*, wie du ihn nennst, hat mich mehr als zweitausend Euro gekostet«, klärte Franziskus sie pikiert über den Wert seines maßgeschneiderten schwarzen Anzugs auf und entfernte dabei einen imaginären Fussel von dessen Revers. Den eigentlichen Vorwurf hingegen überhörte er geflissentlich.

Hilke seufzte. Sie hasste es, wenn Menschen ihren Wert an Äußerlichkeiten festmachten. Was hatte sich ihre Schwester Lore nur dabei gedacht, ihren Sohn zu solch einem Schnösel zu erziehen? Zeitlebens hatte sie ihn vergöttert und alles für ihn getan. Nur nicht den Gefallen, aus ihm einen leidlich verträglichen Menschen zu machen – und ihm einen Vornamen zu geben, der ihm nicht automatisch der Lächerlichkeit preisgab. »Du könntest wenigstens diese dämliche Krawatte abnehmen«, bemerkte sie und hob, als Franziskus sogleich zum Protest ansetzte, abwehrend die Hände. »Glaub mir, ich will gar nicht wissen, was du für dieses fröhlichgraue Trübsal aus Seide gelöhnt hast.«

Als ihr Neffe nichts darauf erwiderte, sondern erneut einen kritischen Blick auf Ibbe warf, fragte sie: »Was genau treibt dich her? Du wirst auf den letzten Metern doch wohl kaum zärtliche Gefühle für den alten Haudegen entdeckt haben.«

»Wohl kaum«, gab Franziskus unumwunden zu. Doch trotz aller Abwehr, die ihr Neffe seinem Großonkel entgegenbrachte, war sich Hilke sicher, dass er ihn insgeheim bewunderte und womöglich sogar beneidete. Mit seiner steifen und emotionslosen Art hatte es Franziskus nie leicht gehabt. Ein Mann wie Ibbe, der schon Freunde gewann, wenn er nur nach der Uhrzeit fragte, musste ihm Grauen und Bewunderung zugleich sein.

»Also?«, hakte Hilke erneut nach.

»Meine Mutter meinte, ich solle mal wieder vorbeischauen.« Franziskus bemühte sich gar nicht erst, seinen Widerwillen zu verbergen.

»So. Meinte sie das.« Hilke stieß ein unwilliges Schnauben hervor. »Ist sie immer noch der Ansicht, er habe irgendetwas zu vererben? Ein Haus am Strand in Florida vielleicht?« Sie lachte freudlos auf. »Will sie deshalb sichergehen, dass sie es rechtzeitig mitbekommt, wenn Ibbe ...« Den Rest des Satzes ließ sie in der Luft hängen. Ihr war inzwischen klar geworden, dass es nicht lohnte, sich immer und immer wieder über ihre Schwester aufzuregen. Sie würde bis ans Ende ihrer Tage das berechnende Miststück bleiben, das sie zeitlebens gewesen war. Zu schade, dass Franziskus so viel von ihrem Wesen geerbt hatte und auch mit seinen vierunddreißig Jahren immer noch genau das tat, was seine Mutter von ihm erwartete. Da war es beruhigend, dass wenigstens seine stets fröhliche und auch ein wenig aufsässige Schwester Marieke gut geraten war. Leider hielt sie sich gerade beruflich in Fernost auf. Immerhin aber erkundigte sie sich mindestens zweimal täglich nach Ibbes Befinden. Ja, auf Mariekes ehrliche Anteilnahme war Verlass.

»Und auf meine nicht, oder was?«

»Bitte?« Hilke sah ihren Neffen verdutzt an, doch dann ging ihr auf, dass sie den letzten Satz wohl laut ausgesprochen haben musste. Das passierte ihr immer wieder und hatte sie schon so manches Mal in unangenehme Situationen gebracht. So auch jetzt, aber sie beschloss, Franziskus' Frage zu ignorieren.

»Na, dann kannst du ja jetzt wieder gehen und deiner Mutter ausrichten, dass sie bis zur Testamentseröffnung noch ein wenig warten muss«, sagte sie stattdessen. »Aber sie kann ja schon mal den Widerspruch formulieren, dann hat sie zwischenzeitlich eine sinnvolle Beschäftigung. An der hapert es ihr ja gemeinhin in ihrem tristen Dasein.«

»Ich wäre dir wirklich dankbar, nicht in diesem Wortlaut von meiner Mutter zu reden«, schnappte Franziskus, provozierte damit jedoch nur, dass Hilke mit einer gewissen Genugtuung in die Hände klatschte. »Ich wusste, du würdest genau das sagen!«, triumphierte sie. »Nun sei doch nicht immer so berechenbar, Franziskus! Sei mal ein bisschen locker! Du bist doch noch so jung! Wieso benimmst du dich dann immer, als gäbe es auf dieser Welt nichts zu lachen?«

Franziskus schob das Kinn vor und schaute seine Tante von oben herab an. »Ich wüsste nicht, was an meinem Leben verkehrt ist«, sagte er. »Nur weil ich nicht ständig so über die Stränge schlage wie Marieke ...«

»Stopp!« Hilke hob abwehrend beide Hände. »Deinen letzten Satz kann ich unmöglich so stehen lassen. Erstens: Du schlägst *nie* über die Stränge, Franziskus, nicht mal ein bisschen. Und zweitens: Auch Marieke schlägt nicht über die Stränge. Das, was sie macht, nennt man leben. Das, was du machst hingegen ...« Hilke zuckte die Schultern. »Keine Ahnung, wie man das nennt.«

»Ich verdiene immerhin eine Menge Geld.«

»Siehste, das meine ich.«

»Ich geh dann mal wieder.«

»Gute Idee«, nickte Hilke. »Und richte deiner Mutter aus, dass sie das nächste Mal gefälligst selber kommen soll. Und dass sie eine erbärmlich feige Kröte ist, wenn sie es nicht tut.«

Franziskus warf einen Blick auf seine Armbanduhr, nickte kurz und sagte: »Ich habe noch viel zu erledigen.«

»Wer nicht«, murmelte Hilke und griff nach ihrem Laptop, um zu zeigen, dass Franziskus' Besuch auch für sie beendet war. Als ihr Neffe die Tür zum Gehen öffnete, war sie bereits wieder in ihren Aufzeichnungen versunken.

»Bleib!«

Hilke fuhr hoch. »Was?« Erschrocken wandte sie sich Franziskus zu, der wie angenagelt im Flur stand, die Klinke der Tür noch in der Hand.

»Bleib!«

»Ibbe?« Zögernd drehte sich Hilke zu ihrem Onkel um und zuckte bei seinem Anblick unwillkürlich zusammen. Statt eines sterbenden alten Mannes lag plötzlich ein hellwach erscheinender Ibbe im Bett und schaute abwechselnd sie und Franziskus an.

»Mach die Tür zu!«, herrschte Ibbe seinen Großneffen an und deutete auf einen Stuhl. »Setz dich!«

Franziskus, der es von seinen Eltern gewohnt war, dass man in herrischem Ton mit ihm sprach, nickte nur kurz und tat dann, wie ihm geheißen. Seine bis dahin gesunde

Gesichtsfarbe war einer wächsernen Blässe gewichen. Er sah aus, als sei Ibbe ihm als Geist erschienen.

Hilke konnte nicht behaupten, dass es ihr anders ging. Auch sie verunsicherte es zutiefst, dass ihr Onkel von einem Moment auf den anderen von den Toten auferstanden zu sein schien. Woher nahm der alte Mann nur plötzlich diese Kraft?

Unter normalen Umständen hätte sie sich diesen autoritären Ton nicht gefallen lassen. Nicht von Ibbe und von niemandem sonst. Dass sie es nun doch tat, zeigte, wie kalt er sie mit seiner unerwarteten Auferstehung erwischt hatte.

Für eine ganze Weile geschah nichts in dem kleinen Gästezimmer. Nachdem auch Franziskus sich zu dem alten Mann ans Bett gesetzt hatte, war Ibbe wieder in seinen Kissen versunken und hatte die Augen geschlossen. Fast schien es ihnen, als hätten sie sich sein kurzes Aufbäumen nur eingebildet.

Ibbes Atem ging nun stoßweise und es raschelte ungesund in seinen Lungen. Seine Gesichtsmuskeln wurden von Zuckungen heimgesucht. Der unerwartete Kraftakt schien ihn überanstrengt zu haben.

»War's das jetzt?«, hauchte Franziskus. Auch seine Atmung klang alles andere als stabil, wenn auch eher japsend als rasselnd. Er saß so kerzengerade und steif auf seinem Stuhl, als hätte er einen Besen verschluckt.

Hilke war sich nicht sicher, ob ihr Neffe mit dieser Frage herauszufinden versuchte, ob die Anweisung seines Großonkels noch Gültigkeit habe, oder ob Ibbes letztes Stündlein nun endgültig gekommen sei. Fakt war, sie hätte weder die eine noch die andere Frage mit Sicherheit beantworten können. Sie war mindestens genauso irritiert wie er. Also schwieg sie.

Nervös die Hände im Schoß knetend, schielte sie zur Kaffeemaschine hinüber, die sie auf einer schweren Seemannskiste platziert hatte, um nicht jedes Mal in die Küche zu müssen, wenn sie ihrer Koffein-Sucht frönen wollte. Gerne hätte sie sich nun einen extrastarken Espresso aufgebrüht, doch hatte sie aus irgendeinem Grund das Gefühl, dass dies der Situation nicht angemessen war. Auch wenn sie nach wie vor nicht wusste, in welcher Situation genau sie sich eigentlich befand.

»Ihr müsst ... ihr müsst ... bitte«, kam es krächzend aus den Tiefen der Federbetten.

Hilke atmete erleichtert auf, und auch Franziskus traute sich nun wieder, sich zu bewegen, denn er fuhr sich aufseufzend mit den Fingern durch die Haare.

Sie beugte sich zu dem alten Mann vor und nahm seine Hand. »Was müssen wir, Ibbe?«

»Teelko ... damals ...«

»Teelko?« Hilke sah Ibbe ratlos an. »Was ist mit Teelko?« Sie erinnerte sich, dass einer seiner Onkel, genau genommen der Bruder seiner Mutter, so geheißen hatte. Aber der war doch schon ewig ...

»Tot.«

Genau. »Ja. Teelko ist tot. Schon lange.« Hilke zog die Stirn in Falten und überlegte kurz. »Ich glaube, er starb ...«

»1895«, krächzte Ibbe. »Er war noch sehr jung. Es ... ist schon lange her. Sehr lange.«

»Ja, sehr lange«, bestätigte Hilke.

»Opa. Er sagte, dass Teelko ...« Ibbe sprach nicht weiter.

»Dass Teelko?«, hakte Hilke nach.

»So kommen wir nicht weiter!« Franziskus war aufgesprungen und schaute seinen Großonkel kopfschüttelnd an. »Ich muss nun wirklich gehen.«

»Ermordet.«

»Was?« Wie vor den Kopf gestoßen ließ sich Franziskus wieder auf seinen Stuhl zurücksinken. Ibbe stierte ihn nun aus blutunterlaufenen Augen an. Beinahe konnte man annehmen, er hielte ihn für den Mörder.

»Ich ... ich hab nichts gemacht«, stammelte Franziskus und warf Hilke einen hilfesuchenden Blick zu.

»Wie denn auch. Es war 1895«, wies die ihn zurecht. »Nun sei doch nicht blöd!«

»Ihr müsst ... ihn finden.«

»Wir müssen Teelko finden?« Hilke spürte, wie ein eiskalter Schauer durch ihren Körper fuhr.

»Den Mörder.«

Franziskus schaute ungläubig von einem zum anderen. »Was wird das hier?«, fragte er mit belegter Stimme. »Das Gruselkabinett für Arme?«

»Sei doch mal ruhig!«, fuhr Hilke ihm über den Mund, als sie sah, dass Ibbe erneut zum Sprechen ansetzte.

»Opa war im Bett. Er hat ...immer wieder ... gesagt ...« Ibbe wurde von einem plötzlichen Hustenanfall geschüttelt, der ihn zu Franziskus' Verdruss eine ganze Weile beschäftigte und seine morschen Knochen so heftig durchschüttelte, dass man annehmen konnte, sein Körper müsse unter den Erschütterungen unweigerlich zu Staub zerfallen.

Hilke sorgte dafür, dass Ibbe aufrecht saß und machte Franziskus Zeichen, den Rücken des alten Mannes zu stützen, was er mit sichtlichem Widerwillen tat.

Ermattet von dieser Attacke sank Ibbe Minuten später in die Kissen zurück, das faltige Gesicht tränenüberlaufen, der dürre Körper von kaltem Schweiß bedeckt.

»Geht's wieder?«, fragte Hilke besorgt und griff nach einem feuchten Tuch, mit dem sie ihm über das Gesicht tupfte.

Ibbe, dessen Lunge erneut Schwerstarbeit leistete, antwortete nicht, sondern deutete nur stumm auf die Seemannskiste, auf der die Kaffeemaschine stand. »Der Ring«, keuchte er.

»Du willst einen Ring aus der Kiste haben?«, vergewisserte sich Hilke. Ihr Onkel nickte.

Der Deckel der Kiste klemmte ein wenig, doch unter kräftigem Ruckeln und Zerren gelang es ihr schließlich, ihn zu öffnen. Bis auf ein paar Bettlaken, Pfeifenutensilien und ein kleines, mit Samt ausgeschlagenes Kästchen war sie leer. Sie hielt letzteres hoch. »Meinst du das hier?«

»Ja.« Ibbe bedeutete ihr, es ihm zu bringen.

Hilke setzte sich zu ihm aufs Bett und fingerte umständlich an dem Verschluss des Kästchens herum, während Franziskus sich mit demonstrativ genervtem Gesichtsausdruck und mit verschränkten Armen in seinem Stuhl zurücklehnte.

Als die kleine Schatulle jedoch wenig später seinen Inhalt preisgab, gab es für ihn kein Halten mehr. »Ist der etwa echt?«, rief er mit leuchtenden Augen aus und wollte seiner Tante den grünfunkelnden Ring aus der Hand reißen. Die jedoch schlug ihm so fest auf die Finger, dass seinem Mund ein Schmerzenslaut entwich.

»Sieht aus wie ein Smaragd«, murmelte Hilke und hielt das Schmuckstück ins Licht. »Ist er echt?«, fragte nun auch sie.

Ibbe nickte. »Er ist ... Teelko.«

»Er gehörte Teelko?«

Wieder ein Nicken. »Oma ... seine Mutter ... bekam ihn ... als Teelko starb.«

»Aber warum besaß Teelko ein solch kostbares Schmuckstück?« Hilke warf Franziskus einen fragenden Blick zu, der aber zuckte nur mit den Schultern, den

Blick immer noch auf die Kostbarkeit gerichtet. »Ich meine, unsere Vorfahren lebten im Moor. Sie waren bitterarm. Sie trugen nicht mal im Winter Schuhe an den Füßen. Und dann besaß Teelko diesen Ring?« Hilke konnte es kaum glauben. Was spann sich ihr Onkel da nur zusammen? Es war völlig ausgeschlossen, dass Ibbes Familie damals im Besitz eines solchen Schatzes gewesen war.

»Opa sagte … ich soll … Mörder finden.«

»Opa wollte, dass du Teelkos Mörder findest?«, fragte Hilke heiser. »Aber ich dachte immer, er sei bei einem Unfall …«

»Mord.«

»Aha.«

»Da der Ring ja nun mal Familienbesitz zu sein scheint, sollten wir uns um ihn kümmern«, ließ sich Franziskus vernehmen. Dass er mit *wir* eigentlich *ich* meinte, war seinem Tonfall unschwer zu entnehmen. Er starrte den kostbaren Stein an, als wollte er ihn hypnotisieren.

»Du sollst … Mörder finden.«

»Ja, klar.« Franziskus lachte schrill auf. »Ist klar, Ibbe, ich gehe auf Mördersuche. Wollte ich schon immer mal machen.«

»Ja … dann Ring.«

»Hä?« Franziskus legte den Kopf schief. »Hab ich das richtig verstanden? Wenn ich Teelkos Mörder finde, bekomme ich den Ring?«

»Ja.«

Franziskus wirkte plötzlich misstrauisch. »Aber warum gerade ich?«

»Blöde Frage«, schnaubte Hilke. »Du bist Schmuck- und Antiquitätenhändler, schon vergessen? Da dürfte es für dich doch ein Leichtes sein herauszufinden …«

»Mit dir«, krächzte Ibbe und sah Hilke eindringlich an. »Zusammen.«

»Aha.« Hilke wusste nicht, was sie darauf erwidern sollte.

»Gut. Dann bin ich raus. Mit dir zusammen mache ich gar nichts«, winkte Franziskus ab.

»Erzähl keinen Scheiß!«, fuhr Hilke ihn an. »So geldgierig wie du bist, würdest du auch einen Pakt mit dem Teufel schließen, um an diesen Ring zu kommen.«

»Beide. Oder ... kein Ring.«

»Das hast du dir aber schön ausgedacht, Onkel Ibbe«, bemerkte Franziskus spöttisch.

»Was hast denn du gedacht?«, knurrte Hilke. »Dass er einem wie dir einfach so einen Smaragd überlässt?« Sie steckte den Ring in die Schatulle zurück. »Okay«, nickte sie dann entschlossen, »ich bringe das gute Stück jetzt in ein Bankschließfach und dann sehen wir weiter. Hier kann er auf jeden Fall nicht bleiben.« Erst jetzt bemerkte sie, dass ihre Hände vor Aufregung zitterten. Diese Entwicklung kam ein bisschen plötzlich. Sie würde Zeit brauchen, sie einzuordnen, und erst dann entscheiden, was weiter geschehen würde.

Franziskus sah das ein wenig anders. »Was soll denn das blöde Schließfach? Schließlich hat der Ring die Zeit auch hier ganz gut überdauert ...«

»Weil du jetzt von ihm weißt«, ätzte Hilke, ohne ihn aussprechen zu lassen.

»Ich ...«

»Bitte ... ihr müsst den Mörder finden«, keuchte Ibbe erneut.

Hilke nahm seine Hand. »Das werden wir, Ibbe. Ganz sicher werden wir das. Franziskus und ich kümmern uns darum.«

»Tu, was du nicht lassen kannst. Aber ihr glaubt doch wohl nicht, dass ich mich auf solch einen Quatsch einlasse. Ich habe weiß Gott Besseres zu tun, als in anderer Leute Vergangenheit zu schnüffeln, die noch dazu mehr als einhundert Jahre zurückliegt.« Mit einem letzten Blick auf das Schmuckkästchen reckte Franziskus sein Kinn in die Luft und verschwand im nächsten Moment zur Tür hinaus.

»Das werden wir dann ja sehen«, erwiderte Hilke kaum hörbar und betrachtete Ibbe, der die Augen nun wieder geschlossen hatte, mit einem Aufseufzen. »Das werden wir dann ja sehen.«

2

Nach einer Nacht mit unruhigen Träumen fühlte sich Hilke wie gerädert. Die Muskeln verspannt, die Gelenke steif, das Gehirn nur bedingt zum Denken bereit. Die ganze Nacht über hatte sie sich im Bett hin und her gewälzt und wusste heute nicht mehr zu sagen, an welcher Stelle ihrer nächtlichen Wahrnehmung die Realität anfing und wo das Geträumte aufhörte.

Laut stöhnend stand sie aus ihrem Bett auf und beschloss, noch vor dem ersten Kaffee ein paar Yogaübungen zu machen, um sowohl ihren Körper als auch ihren Geist in einen annehmbareren Zustand zu befördern.

Nach diesen Übungen ging es ihr leidlich besser, nach dem folgenden Espresso glaubte sie immerhin, ihren Tag irgendwie meistern zu können.

Doch gleich nach dem Frühstück, das sie ohne wirklichen Appetit zu sich genommen hatte, ereilte sie dann ein echter Adrenalinstoß, der sie endgültig ins Leben zurückkatapultierte.

Eigentlich hatte sie nur nachsehen wollen, ob Ibbe ruhig schlief. Zu ihrem Erstaunen aber blickte er ihr beim Betreten des Zimmers mit einem so offenen Gesichtsausdruck und so wachen Augen entgegen, dass sie meinte, irgendjemand habe den in drallen Kissen liegenden Mann einfach ausgetauscht. So aufmerksam schauend hatte sie ihn schon seit Wochen nicht mehr erlebt.

»Guck mich nicht so überrascht an, Hilke. Setz dich. Ich muss mit dir reden«, sagte er ohne Umschweife und vor allem ohne das geringste Anzeichen von Schwäche, was darauf hindeutete, dass es sich bei dem Mann im Bett tatsächlich um ihren Onkel handelte. Denn lange Vorreden waren noch nie seine Sache gewesen. Genauso schnörkellos wie er lebte, so sprach er auch. Frei heraus, ehrlich und direkt. Ibbe eben. Nicht immer hatte er sich mit dieser Art Freunde gemacht. Aber das war auch nie sein Ziel gewesen. Wer mit seiner Ehrlichkeit nichts anfangen konnte, der durfte gehen. Letztlich waren auf diese Art mehr Menschen gegangen als geblieben. Auf Letztere aber konnte er sich allzeit blind verlassen. So zum Beispiel auf seine Nichte.

Nach dem ersten Schrecken hatte Hilke lediglich genickt, sich einen Stuhl herangezogen und auf das gewartet, was jetzt kommen sollte.

»Mir geht's heute besser«, sagte Ibbe überflüssigerweise, um dann sogleich hinzuzufügen: »Mein Opa ist mir im Traum erschienen. Opa Wübbo. Es war …« Er richtete sich ein wenig auf und kräuselte die Lippen, so wie er es immer tat, wenn er nachdachte. »Es war genauso wie an dem Tag, an dem er starb. Und es war, als wäre er plötzlich ich und ich plötzlich er.«

Hilke wusste nicht, was sie darauf antworten sollte. Sie war sich nicht einmal sicher, ob der alte Mann tatsächlich bei Sinnen war oder mit offenen Augen träumte. Vielleicht träumte ja auch sie noch. Alles erschien ihr so irreal. So durch und durch unwirklich. Sie kniff sich in den Arm. Aber nichts geschah. Immer noch saß Ibbe ungewohnt aufrecht in seinem Bett und sah sie – ja wie eigentlich? – an.

»Was war, als dein Opa Wübbo starb?«, fragte sie schließlich.

Anscheinend war es genau die Frage, die er hatte hören

wollen, denn er antwortete, ohne zu zögern: »Es war 1926. Ich war damals fünf Jahre alt. Fast sechs. An diesem Tag war ich mit meiner ältesten Schwester Tabita, also deiner Mutter, alleine zu Hause. Meine Eltern wollten mit meiner zweitältesten Schwester Gesine irgendwo hin und hatten Tabita und mir aufgetragen, ab und zu mal nach Opa zu sehen. Seit ein paar Wochen war er bei uns, und alle warteten nur darauf, dass er starb. Bis zu diesem Zeitpunkt, als er zu uns zog, wohnte er noch alleine in seinem kleinen Gulfhaus im Moor.« Ibbe lächelte versonnen. »Ganz stolz ist er immer darauf gewesen, dass er in einem Haus aus Backsteinen lebte. Ich habe damals nicht verstanden, warum. Schließlich lebten hier in der Gegend zu jener Zeit fast alle in Häusern aus Backsteinen. Aber das ist eine andere Geschichte.« Ibbe atmete ein paarmal tief ein und aus, wobei seine Lunge sich anhörte wie die Glieder eines im Wind rasselnden Kettenkarussells. Hilke führte ihm ein Glas mit kaltem Tee an die Lippen. Er trank in kleinen Schlucken.

»Und was war mit deinem Opa?«, fragte Hilke, während sie sich klarmachte, dass der Mann, von dem hier die Rede war, ihr Urgroßvater gewesen sein musste. Wübbo Grootmans. Sie hatte keinerlei Erinnerung an ihn, denn er war lange Jahre vor ihrer Geburt gestorben.

»Ich …« Ibbe zögerte. »Nein, ich muss andersherum anfangen. Tabita hatte Angst, das Zimmer eines Sterbenden zu betreten. Als unsere Eltern gingen, heulte und flehte sie, dass sie sie nicht alleine lassen sollten. Mädchen eben.« Ibbe schnaubte verächtlich, doch Hilke wusste, dass er im Grunde einen Spaß machte. Tatsächlich sagte er jetzt: »Na ja, mir ging es ja auch nicht anders. Auch mich gruselte bei dem Gedanken, dass mein Großvater womöglich schon tot sein könne, wenn ich an sein Bett trat. Der reinste Horror. Dennoch gab es einen Unterschied zwischen Tabita und mir: Während sie sich in den hintersten Winkel des Hauses zurückzog, siegte bei mir letztlich doch der männliche Ehrgeiz, etwas verdammt Mutiges zu tun. Denn wenn ich tatsächlich zu einem nahezu Toten ins Zimmer ging, dann konnte ich damit später vor meinen Freunden prahlen. Also näherte ich mich auf leisen Sohlen der Tür, ergriff die Klinke, zu der ich mich als zu klein geratener Pimpf hochstrecken musste, linste ins Zimmer, sprach mir Mut zu und ging hinein. Ich schlich mich vorsichtig an das Bett heran, in dem mein Opa Wübbo sich unruhig hin und her wälzte und irgendetwas vor sich hinbrabbelte. Da ich ihn in den letzten Tagen nie in einem anderen Zustand gesehen hatte, beschloss ich, dass alles in Ordnung sei.«

Ibbe machte eine Pause und schloss die Augen. Obwohl seine Stimme erstaunlich fest klang, schien ihn das viele Reden doch zu erschöpfen. Als er die Augen wieder aufschlug, sah er für eine ganze Weile zum Fenster hinaus, den Blick auf einen nicht definierten Punkt am Horizont gerichtet. Der erste Eindruck mochte einem Unbeteiligten vermitteln, hier sitze ein in sich ruhender alter Mann. Seine Hände jedoch, die immer wieder nervös über die Daunendecke strichen, sprachen eine andere Sprache.

Plötzlich zuckte er zusammen.

»Alles in Ordnung?«, fragte Hilke besorgt.

»Ja, ja«, nickte er. »Es ist nur ... für einen Moment dachte ich ... ich dachte, ich bin wieder der kleine Junge, der ...« Er lachte rau auf. »Aber das ist ja nun schon ein bisschen her.«

»Der kleine Junge, der ...?«, fragte Hilke vorsichtig.

Ibbe fuhr sich mit der altersfleckigen Hand müde über das von Falten durchfurchte Gesicht und sagte dann: »Ich stand also am Bett meines sterbenden Opas und nahm an, dass alles so sei wie immer. Doch gerade, als ich mich umdrehen und sein Zimmer wieder verlassen wollte, schnappte er plötzlich mit eiskalter Hand nach mir und ...« Ibbe keuchte nun vor Anstrengung, Schweißperlen rannen ihm von der Stirn, und auf seinem Kissen zeigten sich feuchte Flecken.

Hilke griff nach seiner Hand und drückte sie sanft. »Ganz ruhig, Ibbe«, sagte sie leise, »du musst es nicht erzählen, wenn es dich zu sehr aufregt.«

»Doch«, entgegnete er und unterstrich die Wichtigkeit seines Anliegens mit einem heftigen Kopfnicken. »Doch. Ich ... Opa hat es so gewollt. Und ich habe ihn ... im Stich gelassen.«

»Es geht um den Ring?«, wollte Hilke wissen und sah dabei automatisch zur Seemannskiste hinüber, in die sie das Schmuckstück, eingebettet in seiner Schatulle, zurückgelegt hatte. Zwar hatte sie ihrem Neffen Franziskus gesagt, dass sie ihn in ein Bankschließfach täte, aber ihr Misstrauen gegenüber Banken war schlicht zu groß, als dass sie ihnen irgendetwas anvertrauen würde. Franziskus musste es ja nicht wissen. Auch ihm traute sie nämlich nicht.

»Der Ring.« Ibbe stöhnte gequält auf. »Meine Mutter gab ihn mir, als sie starb. Sie wiederum hatte ihn von ihrer Mutter bekommen. Von Oma Talea. Aber sie hat nie gesagt, was genau es mit ihm auf sich hat. Es sei Zeit zu vergessen, meinte sie immer.«

»Und auch Opa Wübbo hat nichts zu dem Ring gesagt?«, hakte Hilke nach.

»Nein. Er hat ihn mit keinem Wort erwähnt. Im Nachhinein glaube ich, dass er womöglich gar nichts von ihm gewusst hat.«

»Er hat nichts von dem Ring gewusst?« Hilke bekam große Augen. »Aber wie hat Talea ihn denn all die Jahre vor ihm geheim halten können?«

»Das müssten wir sie schon selber fragen. Leider geht es nicht mehr.«

Hilke zog grübelnd die Stirn in Falten und sagte eine ganze Weile nichts. Sie wollte auch Ibbe, der nun ungesund vor sich hin röchelte und dessen Gesichtsfarbe vom Blassen ins Gräuliche gewechselt hatte, die Möglichkeit geben, wieder zu Atem zu kommen.

»Und was hat das Ganze nun mit deinem Onkel Teelko zu tun?«, fragte sie nach ein paar Minuten. »Ich weiß nicht, ob ich es gestern richtig verstanden habe. Du meintest ...« Sie zögerte. »Du meintest, er sei ermordet worden?«

»Das ...« Ibbe holte tief aber stockend Luft. »Ich weiß es nicht. Ich sehe nur immer wieder diese grässliche Fratze meines Großvaters, als er mit seiner eiskalten Hand nach meinem Arm griff.« Der alte Mann rieb sich den Unterarm. »Ich spüre es heute noch. Ein Griff so fest wie der Biss eines Hundes. Dazu seine weit aufgerissenen, blutunterlaufenen Augen. Es war ... ich hab mich danach geweigert, noch einmal zu ihm zu gehen. Denn nach diesem Erlebnis hatte ich Albträume, fast jede Nacht. Stets fand ich mich in den Klauen eines Monsters wieder, das mich zu zerquetschen drohte. Es war ... es war mehr, als ein kleiner Junge ertragen konnte.« Durch Ibbes Körper lief nun sichtlich ein Schaudern. Die Erinnerungen an diesen Tag schienen ihn auch nach vielen Jahrzehnten noch innerlich in Aufruhr zu versetzen.

»Und Wübbo behauptete, Teelko sei ermordet worden?«, hakte Hilke erneut nach.

Ibbe nickte. »Ja. Meine Mutter erzählte mir mal, dass

er nie aufgehört habe, nach den Mördern seines Sohnes zu suchen. Viele Menschen in Moordorf behaupteten damals wohl, der Tod seines Ältesten habe ihm den Verstand geraubt.«

»Und es wurde nie geklärt, wie genau er ums Leben kam?«

»Wohl nicht. Viel weiß aber auch ich nicht darüber. Einiges habe ich über all die Jahre sicherlich auch verdrängt. Es war alles so weit weg, bis ich jetzt mehrmals diesen Traum hatte, in dem mein Großvater plötzlich wieder vor mir steht und mich nach dem Mörder seines Sohnes fragt.« Ibbe sah seine Nichte mit entschuldigendem Blick an. »Weißt du, er hat mich damals am Bett nicht losgelassen, bis ich ihm versicherte, dass ich Teelkos Mörder finden und zur Rechenschaft ziehen würde. Also hab ich es ihm versprochen. Schließlich wollte ich nicht auf ewig im Klammergriff eines Sterbenden gefangen sein.«

»Und was hast du dann unternommen?«, wollte Hilke wissen. »Ich meine, du warst ein kleines Kind.«

»Richtig. Ich war ein kleines Kind. Nach diesem Vorkommnis ein Kind mit Albträumen und Angst vor greisen Männern. Aber dennoch habe ich niemandem davon erzählt. Ich wollte nur vergessen.«

»Verständlich«, nickte Hilke. »Aber warum hatte er gerade dich ausgesucht? Ich meine ... du warst noch ein Kind«, wiederholte sie.

»Ich glaube nicht, dass er mich wirklich ausgesucht hat. Ich glaube sogar, dass er gar nicht bei Sinnen war, als er mir all das sagte. Ich war nur gerade derjenige, der an seinem Bett stand, als ihn die Bilder seines toten Sohnes wieder einholten.«

»Und all die Jahre hast du nicht mehr daran gedacht?«

»Richtig. Ich habe es verdrängt. Dieses letzte Zusammentreffen mit meinem Großvater war ein Trauma, mit dem ich nur zurechtkommen konnte, indem ich es aus meinem Gedächtnis löschte. Es hätte mich sonst aufgefressen.«

»Und nun möchtest du, dass Franziskus und ich herausfinden, was genau damals vorgefallen ist?«, fragte Hilke, und aus ihrem Tonfall waren deutliche Zweifel zu hören. »Das wird nicht ganz leicht. Ich meine ... sie sind alle schon lange tot. Niemand wird uns mehr sagen können, was damals wirklich geschah.«

»Ich bin es meinem Opa schuldig«, erwiderte Ibbe. »Und mir.«

»Ja. Aber ...«, startete Hilke einen neuen Versuch, ihre Bedenken mitzuteilen, wurde jedoch sofort von einem zittrig klingenden *Bitte!* unterbrochen.

Hilke sog mit der Nase tief die Luft ein und ließ sie dann hörbar durch den Mund wieder entweichen. Zu gerne hätte sie ihrem Onkel diesen letzten Wunsch erfüllt, doch hatte sie tatsächlich keinerlei Ahnung, wie sie es anfangen sollte. 1895! Teelko war seit Generationen tot und alle, die ihn gekannt hatten, ebenso.

Natürlich, sie war Journalistin und wusste daher in etwa, wie man es anstellte, zu bestimmten Themen zu recherchieren – und in Sachen zu wühlen, die einen gemeinhin nichts angingen. Aber wo, bitte schön, sollte sie Informationen über einen völlig unbekannten Jungen namens Teelko herbekommen, der vor weit mehr als einhundert Jahren unter vermeintlich mysteriösen Umständen ums Leben gekommen war!?

Sie schaute ihren Onkel, der sich erschöpft in die Kissen hatte zurücksinken lassen und nun mit geschlossenen Augen dalag, vorwurfsvoll an. Was nur hatte er sich dabei gedacht, sie in eine solche Verlegenheit zu bringen?

»Der Ring!«, entfuhr es ihr im nächsten Moment. Natürlich! Worüber sprachen sie hier schließlich die ganze Zeit! Wieder ließ sie ihren Blick zur Kiste schweifen. Ja, dieses Schmuckstück könnte womöglich Hinweise liefern. Der Ring mit seinem wertvollen Smaragd war ja auch der Grund gewesen, warum Ibbe ihren Neffen Franziskus, den Antiquitäten- und Schmuckexperten, zum Mitwisser gemacht hatte. Ausgerechnet! Zweifelsohne würde Franziskus sie in den Wahnsinn treiben. Es war durchaus anzunehmen, dass sie sich spätestens nach ein paar Stunden der Zusammenarbeit an die Gurgel gehen würden.

Und doch würde sie vermutlich auf ihn angewiesen sein.

Noch einmal atmete sie tief ein und gab sich dann einen Ruck.

»Ich mach's«, flüsterte sie zunächst, nur um zu hören, wie sich dieser Ausspruch für sie selbst anhörte. »Ich mach's!«, wiederholte sie dann deutlich lauter.

»Das ist gut, Kind, das ist gut«, sagte Ibbe mit immer noch geschlossenen Augen und tastete nach ihrer Hand. »Das ist gut. Ich danke dir. Karl wird dir dabei helfen.«

Hilke hob fragend die Brauen. »Wer ist Karl?«

»Karl Tiedemann«, antwortete Ibbe und sah sie mit halbgeschlossenen Lidern an. »Ein ... alter Freund von mir. Emeritierter Professor für ... Geschichte.« Ibbe machte eine kurze Pause, um ein wenig zu Kräften zu kommen. Das Sprechen schien ihm nun wieder alles andere als leicht zu fallen. »Er ... er lebt in Aurich. Total verschroben und ... starrköpfig. Aber ein ... ein Genie.«

»Ja«, nickte Hilke mit einem Augenzwinkern, »klingt, als würde er zu dir passen.«

Ibbe überging die Stichelei. »Er hat ... tausend Sachen gemacht. Mal dies, mal das. Auch ... Stammbäume der ... alteingesessenen ostfriesischen Familien.«

»Den Stammbaum unserer Familie auch?«

»Ja.«

»Ich bin gespannt.«

Seit einer ganzen Weile schon saß Hilke in einem Liegestuhl auf der Terrasse. In der Erinnerung an dieses, nach all den Wochen des Siechtums unerwartet klare und ausdauernde Gespräch mit Ibbe am Morgen, spürte Hilke plötzlich ein Kribbeln ihren Rücken hinaufwandern, das sich bis in die Haarwurzeln hinein ausdehnte. Es war dieses Kribbeln, das sie immer spürte, wenn sie eine interessante Story witterte. Wie spannend es sein würde, in seine eigene Familiengeschichte eintauchen zu können! Auch wenn es nicht so richtig viele Verwandte gab, zu denen sie ein engeres Verhältnis pflegte, so interessierte es sie doch sehr, woher sie alle kamen. Und wodurch sich womöglich die zahlreichen bizarren Charaktere erklären ließen, die ihren Stammbaum bevölkerten wie Schmeißfliegen einen Kuhfladen.

Als erstes würde sie versuchen, mit diesem Karl Tiedemann in Kontakt zu treten. Wenn Ibbe recht behielt und Tiedemann tatsächlich über die Aufzeichnung ihrer Ahnenreihe verfügte, dann war sie schon mal einen nicht unbedeutenden Schritt weiter. Bisher hatte ihre Familie nicht zu ihren bevorzugten Forschungsfeldern gehört. Aber sollte sich ihre Verwandtschaft tatsächlich eines Ermordeten rühmen können, dann versprach die Recherche eine reizvolle Sache zu werden.

Ein mehr als bitterer Wermutstropfen in dieser Angelegenheit würde zweifelsohne die Zusammenarbeit mit Franziskus sein, den es zudem noch von ihr zu überzeugen galt. Andererseits: Sollte er keine Lust verspüren, sie zu unterstützen, dann würde sie sicherlich jemand anderen auftun. Schließlich war ihr Neffe nicht der einzige Schmuckexperte auf diesem Planeten, der ihr sagen konnte, welchen Ursprungs der Smaragd ist.

Andererseits waren alle, die etwas vom Fach verstanden, stets voll des Lobes für seine Expertise, seinen Sachverstand, sein untrügliches Gespür für eine Sensation. Und wenn sie seinen Blick am gestrigen Abend richtig gedeutet hatte, dann fasste der Ring seines Großonkels Ibbe keineswegs einen Nullachtfünfzehn-Edelstein. Nein. Sie kannte diesen gierigen Blick, der sich immer in seine Augen schlich, wenn er ein lukratives Geschäft roch. Und der hatte ganz klar signalisiert: Ich will ihn!

Hilke seufzte, denn der Umgang mit Franziskus würde nicht einfach sein. Und wenn Ibbe ihm den Smaragdring tatsächlich vermachte, war es abzusehen, dass Franziskus ihn auf irgendeiner Auktion meistbietend verscherbeln würde.

Hier musste also eine andere Lösung her. Hilke nahm sich vor, beizeiten noch einmal mit Ibbe darüber zu reden. Denn womöglich hatten sie beide ihn gestern aufgrund seines desolaten Zustands ja nur falsch verstanden.

3

Phänomenal. Dies war das erste Wort, das Hilke Wibben in den Kopf schoss, als sie das Haus von Professor Karl Tiedemann betrat. Angesichts der von Büchern überquellenden Regale, die bereits in der Diele seines nicht eben kleinen Hauses bis zur Decke reichten, nahm sie an, dass es in den anderen Räumen nicht anders aussah.

Hilke hob schnuppernd die Nase. Alles hier roch nach Literatur, nach neu zu entdeckenden Welten, nach magischen Stunden fernab der Realität. Sie schmunzelte. Angesichts der Massen an Büchern konnte man sich allerdings des Eindrucks nicht erwehren, dass mittlerweile nicht mehr der Professor die Bücher besaß, sondern diese ihn hier netterweise wohnen ließen.

Tiedemann führte sie in einen Raum, in dem der in der Mitte stehende Schreibtisch allenfalls Beiwerk zu sein schien. An so etwas wie Arbeit war hier sicherlich nicht zu denken, denn zwischen all den Bücherstapeln hätte nicht einmal mehr ein Laptop oder besser gesagt eine Pergamentrolle Platz gehabt. Vermutlich gehörte Tiedemann zu denjenigen, die so neumodischem Kram wie Computern skeptisch gegenüberstanden.

Solange der Professor damit beschäftigt war, zwei vor einem Kamin stehende Sessel von literarischen Werken zu befreien, ließ Hilke ihren Blick neugierig über die Buchrücken in den deckenhohen Regalen schweifen. Ein System war nicht zu erkennen, vielmehr schienen alle Bücher willkürlich dort ihren Platz gefunden zu haben, wo es eine für sie passende Lücke gab. Und von denen gab es wahrlich nicht mehr viele.

»Haben Sie die alle gelesen?«, fragte sie mit einer raumgreifenden Bewegung, als der Professor ihr bedeutete, sich auf einen der Sessel zu setzen.

Tiedemann zuckte die Schultern. »Keine Ahnung. Vermutlich nicht. Man bekommt ja so vieles geschenkt, von dem der Schenkende annimmt, es könne einen interessieren. Ist dann jedoch nicht immer der Fall. Aber das kennen Sie ja sicherlich auch. Tässchen Tee gefällig?«

»Gerne«, nickte Hilke. Sie musterte ihr Gegenüber unauffällig, als der sich jetzt anschickte, den Raum zu verlassen. Zweifelsohne bediente er jedes Klischee, das man sich gemeinhin von einem Professor der Geisteswissenschaften machte. Sein eher kleiner, knöchriger Körper steckte trotz der warmen Jahreszeit in einem grün-braunkarierten Oberhemd, über dem er eine hellbraune, womöglich selbstgestrickte Wollweste trug. Seine Beine umschlabberte eine beigefarbene Cordhose, die irgendwann einmal seiner Kleidergröße entsprochen haben mochte, nun jedoch ähnlich locker an ihm herabhing wie eine vom Wirbelsturm erfasste Plastikplane am Baugerüst. Seine Füße steckten in ledernen Hausschlappen, die ihre besten Tage bereits hinter sich hatten.

Den kugelrunden Kopf des vielleicht achtzigjährigen Mannes umrahmte ein lockiger, grauer Haarkranz. Auf seiner vermutlich vom allabendlichen Glas Rotwein blaugeäderten Nase saß eine Nickelbrille mit kreisrunden Gläsern, wobei das extrem in Schieflage geratende Gestell dringend der kompetenten Hand eines Optikers bedurft hätte.

Nachdem er die Bibliothek schlurfenden Schrittes verlassen hatte, nutzte Hilke erneut die Möglichkeit, einen

Blick in die Nachbarräume zu werfen, die zu beiden Seiten der Bibliothek durch eine Tür einzusehen waren. Auch hier bot sich ihr das gleiche Bild: Bücher, Bücher, Bücher. In einem der Räume, dessen Funktion irgendwo zwischen Gästezimmer, Esszimmer und herrschaftlichem Salon liegen mochte, stand auf einem künstlerisch gefertigten, schmiedeeisernen Ständer ein beeindruckender Globus, der mehrere hundert Jahre alt sein mochte. Zumindest nahm sie an, dass es sich um ein Original und nicht um ein Imitat handelte, da konnte man sich heutzutage ja nicht mehr so sicher sein.

»Siebzehntes Jahrhundert«, hörte sie die etwas heisere Stimme des Professors von der Tür her, als sie gerade ihre Hand ausstreckte, um den Globus zu berühren.

»Er ist wunderschön. Dass es so etwas in einem Privathaushalt überhaupt noch gibt«, erwiderte sie ehrfürchtig, zog ihre Hand jetzt aber lieber wieder zurück. Sie bezweifelte, dass Tiedemann es gerne sah, wenn man ihn betatschte.

»Ein Geschenk der National Geographic Society«, erklärte er. »Ich war in ihrem Auftrag mal für einen längeren Forschungsaufenthalt drüben in den Staaten.«

»Und da bekommt man einfach so etwas so Schönes geschenkt?«, fragte Hilke verwundert.

»Nein, nicht einfach so«, lächelte der Professor und wechselte sogleich das Thema: »In den Staaten habe ich übrigens auch Ihren Onkel kennengelernt. Ibbe war ein verrückter Kauz. Aber genau das nahm mich für ihn ein. Normal gibt's schon viel zu viel, wenn Sie mich fragen.« Er warf seinem Gast einen langen, verschmitzten Blick zu, dann fügte er hinzu: »Ibbe sagte mir am Telefon, dass Sie auch verrückt seien. Deswegen habe ich gleich zugestimmt, mich Ihrem Anliegen zu widmen.«

Hilke grinste und beschloss, seine Bemerkung als Kompliment zu nehmen. Karl Tiedemann schlurfte indes wieder zur Tür hinaus. Das durchdringende Pfeifen eines Wasserkessels war zu hören.

Wenige Minuten später kehrte er, ein Tablett mit Tassen vor sich her balancierend, zurück. Seine zittrigen Hände ließen das Geschirr unheilvoll klirren, aber Hilke traute sich nicht, ihre Hilfe anzubieten. Er machte trotz aller vordergründigen Sanftmut nicht den Eindruck, als ließe er sich bei welchen Verrichtungen auch immer gerne unter die Arme greifen.

Dennoch stieß Hilke einen stummen Seufzer der Erleichterung aus, als die Tassen und die Kanne schließlich wohlbehalten auf dem kleinen runden Beistelltisch standen. Auch sie sahen nämlich alles andere als alltäglich aus, eher wie Erbstücke seiner Urgroßmutter. Obwohl ... bei näherer Betrachtung konnte man auch annehmen, dass ...

»Das Teeservice habe ich vor etlichen Jahren in China geschenkt bekommen«, beantwortete er ihre nicht laut formulierte Frage. Peinlich berührt senkte sie den Blick. Es war ihr nicht bewusst gewesen, dass sie das Geschirr so unverwandt neugierig anstarrte.

»Ein längerer Forschungsaufenthalt?«, fragte sie verlegen lächelnd.

Er nickte, während er mit ein wenig fahrig anmutenden Bewegungen Tee einschenkte. »Ibbe sagt, Sie interessieren sich für Ihren Familienstammbaum«, kam Tiedemann auf das Anliegen ihres Besuchs zu sprechen.

»Ja. Das heißt, eigentlich bin ich eher auf Ibbes Wunsch hier.« Hilke nahm einen Schluck Tee und schaute den Professor über den Rand ihrer Tasse hinweg an. »Er liegt im Sterben, wissen Sie?«

»Ja, er sagte es mir.« Karl Tiedemann seufzte. »Es gibt nicht viele Menschen, die über ihren unabwendbaren Tod so offen reden wie Ibbe. Aber er hat ja recht. Um nicht zu ändernde Tatsachen sollte man nicht drum herum reden. Und in unserem Alter muss man sich nicht mehr einbilden, dass alles wieder so wird wie früher. Wenn wir erkranken, stehen wir dem Tod gemeinhin näher als dem Leben. Ibbe macht sich da nichts vor.« Er hob den Blick. »Oder erleben Sie ihn anders?«

Hilke verneinte. »Er weiß, dass seine Uhr so gut wie abgelaufen ist. Und genau das ist der Grund, warum ich hier bin.«

Der Professor nickte. »Ja. Er sagte, er wolle den Tod seines Onkels Teelko aufklären.« Er lachte unterdrückt auf. »Das ist typisch Ibbe. Da dreht er mehr als neun Jahrzehnte lang seine Runden über diesen Erdball, und dann fällt ihm auf der Zielgeraden ein, dass es noch etwas zu erledigen gibt. Aber nun. Besser spät als nie, nicht wahr?«

»Ja, da müssen wir nun wohl durch«, nickte Hilke. Ihr gefiel die unkomplizierte Art des alten Mannes. Sie kramte in ihrer Handtasche und zog die kleine Schatulle mit dem Smaragdring hervor. »Ibbe hat mir das hier gegeben.« Sie reichte ihrem Gegenüber das Schmuckstück. »Er sagt, seine Mutter habe den Ring von ihrer Mutter bekommen, die ihn wiederum von ihrem Sohn Teelko, dem angeblich Ermordeten, habe. Wie aber der nach meinen Berechnungen erst dreizehnjährige Junge damals zu dem Ring kam, ist wohl bis heute ein Rätsel. Womöglich hat das Schmuckstück etwas mit seinem mutmaßlich gewaltsamen Tod zu tun. Vielleicht aber auch nicht.«

Tiedemann rückte seine Brille auf der Nase zurecht, soweit es angesichts des schiefen Gestells eben ging, und betrachtete den Ring näher. »Ich nehme an, dass er wertvoll ist«, sagte er nach einer Weile, »doch kann ich es nicht mit Sicherheit sagen. Auf diesem Gebiet bin ich alles andere als ein Experte.« Er schenkte noch einmal Tee nach, bevor er fortfuhr: »Sicher ist nur, dass er nicht der Familie Grootmans gehörte. Nicht damals. Sie waren bettelarm.«

»Sie meinen also auch, dass Teelko ihn gestohlen haben muss?«

»Das zu behaupten wäre reine Spekulation. Allerdings wüsste ich auch nicht, auf welche Weise ein Junge wie er sonst in seinen Besitz gekommen sein soll.«

»Was wissen Sie über meine Ahnen, die zu Teelkos Zeit gelebt haben?«, kam Hilke nun auf den Stammbaum zu sprechen, dessentwegen sie eigentlich hier war. Im nächsten Moment schon runzelte sie angesichts ihrer eigenen Wortwahl die Stirn. Ahnen! Wie das klang! Jedenfalls nicht nach einer Generation, die gerade mal seit einem halben Jahrhundert nicht mehr unter ihnen weilte – vorausgesetzt, ihre Mitglieder hatten ihre statistische Lebensdauer erreicht.

Der Professor stand auf, griff sich ächzend an seinen Rücken und ging dann humpelnd zum Schreibtisch hinüber. Irgendetwas schien ihn nun beim Gehen zu beeinträchtigen. Er zog eine der Schubladen auf und zog einen Laptop hervor. Hilke war baff. Irgendwie brachte sie das Bild des alten Mannes nur schwer mit dem modernen elektronischen Gerät in Einklang.

Doch schien dem Professor die Handhabung des Computers nicht fremd zu sein. Nachdem er sich wieder in den Sessel gesetzt hatte, stellte er den Laptop auf seinen Knien ab, klappte ihn auf und tippte sogleich in einer bemerkenswerten Geschwindigkeit auf der Tastatur herum.

»Mein Enkel hat mir gezeigt, wie man damit umgeht«, erläuterte der Professor, ohne aufzusehen und ohne das Tempo seiner über die Tasten fliegenden Finger zu reduzieren. »Ich war es einfach leid, hier mehr und mehr Chaos zu produzieren. Ist ganz praktisch, so ein Ding.«

Hilke musste sich Mühe geben, ihn nicht mit offenem Mund anzustarren. Doch so sehr sie sich auch bemühte, ihr Blick wanderte doch immer wieder zum Hausherrn zurück, zu fasziniert war sie von dessen offensichtlicher Kompetenz im Umgang mit moderner Technik.

»Entschuldigen Sie bitte«, sagte er nun, »ich musste noch schnell meine E-Mails abrufen, ich erwarte eine dringende Expertise. Ich bekomme aber gerade die Mitteilung, dass sich deren Eintreffen wohl verzögert. Also. Dann schauen wir uns jetzt mal den Stammbaum Ihrer Familie an.« Nach ein paar Klicks schien ihm das Aufrufen der richtigen Datei gelungen zu sein, denn er deutete nun auf einen Nebenraum und sagte: »Am besten setzen wir uns an den Tisch. Dann können wir gemeinsam gucken.«

Nur wenig später saßen sie nebeneinander, vor ihnen auf dem Bildschirm ein wirres Geäst aus Linien und Namen. So umfangreich war ihre Verwandtschaft? Hilke ging auf, dass sie sich noch nie wirklich gefragt hatte, wer außer ihrer direkten Linie eigentlich noch zur Familie gehörte. Die digitale Zeichnung jedenfalls erweckte den Eindruck, als sei die halbe Menschheit Teil des Grootmans-Clans und seiner Ableger.

»Ist ein bisschen verwirrend«, stellte nun auch Tiedemann fest. »Ist eine riesige Familie. Haben viele Kinder gekriegt damals. Und wenn sich Fruchtbarkeit potenziert ...«

Er ließ offen, was in einem solchen Fall passierte, aber

Hilke sah das Ergebnis ja ohnehin in anschaulicher Form vor sich.

Der Professor zoomte einen Ausschnitt der Grafik heran. »So«, sagte er. »Und hier hätten wir sie dann: Wübbo und Talea Grootmans und ihre Nachfahren in direkter Linie.«

4

Moordorf, Winter 1894

Es kam vor, dass er fluchte, zeterte oder auch seinen Ärger aus sich herausschrie. Doch noch nie hatte sie ihren Mann Wübbo mit Tränen in den Augen gesehen.

Bis zum heutigen Tag.

Talea sah ihm hinterher, wie er in seinen löchrigen Schuhen den schlammigen, sich kaum von der Umgebung abhebenden Weg hinablief, die Hände tief in den Taschen seiner Hose vergraben, obwohl diese kaum Schutz vor Kälte und Feuchtigkeit boten.

Würde er wenigstens eine Taube mitbringen? Oder einen Hasen? Sie spürte, wie sich ihr Magen alleine beim Gedanken an etwas zu essen schmerzhaft zusammenzog. Und sie wusste, dass es auch in den nächsten Tagen, vielleicht in den nächsten Wochen so sein würde.

Schon so oft war er in den letzten Tagen losgezogen und doch stets mit leeren Händen wieder heimgekehrt. Es war, als hätten sich sämtliche Tiere aus diesem so unwirtlichen Lebensraum zurückgezogen. Aber wo auch sollten sie bei Frost und Schnee etwas zu fressen finden? Da erging es ihnen nicht anders als den Menschen. Womöglich würden sie ja nie wieder hierher zurückkehren. Wenn sie, Talea, die Wahl hätte, würde auch sie das Weite suchen. Aber sie hatte keine Wahl. Niemand hier im Moor hatte eine Wahl.

Ihr Blick fiel auf ein diffus schimmerndes Licht, das, obwohl es nur einen schwachen Schein ausstrahlte, heller schien als alle anderen Lichter in Moordorf. Wirkliche Helligkeit gab es hier nicht. Nicht in diesen Wintertagen.

Wie sehr sehnte sie sich danach, einfach diesem Licht zu folgen, an die Tür zu klopfen und Einlass zu begehren. Sie wusste, in dem kleinen Haus aus Backstein war es wärmer als in ihrer Hütte aus Lehm, nicht so klamm, und womöglich gab es dort heute sogar eine warme Mahlzeit. Doch selbst wenn die Nachbarn etwas zu essen hatten, dann war dies ganz sicher nicht für sie bestimmt. Denn Essen war knapp in dieser Zeit. Zum Teilen war da gewiss nichts übrig. Hier war ein jeder einfach nur froh, wenn er die Seinen durch den Winter brachte.

Als sich eine eisigkalte Windböe in ihrem mehrfach geflickten Kleid verfing, schlug Talea unwillkürlich die Arme vor der Brust zusammen und trat durch den niedrigen Eingang in die Hütte zurück.

»Warum weint Vadder?«, fiepte ihr die dünne Stimme ihrer knapp sechsjährigen Tochter Nomke entgegen.

Talea zuckte unmerklich zusammen. Sie hatte gehofft, dass ihre Kinder nichts von Wübbos plötzlichem Zusammenbruch mitbekommen hatten. Doch wie sollte in diesem kleinen Raum, der gerade einmal fünf Quadratmeter maß und den sie mit sechs Personen bewohnten, irgendetwas geheim bleiben?

»Vadder weint nicht. Es ...«, Talea warf einen schnellen Blick auf die Feuerstelle, in der ein Torfklumpen glühte. Er gab mehr Rauch als Wärme ab. »Es ist der Rauch, der ihm die Tränen in die Augen treibt.«

»Vadder weint, weil er nix zu essen hat, stimmt's?«, strafte der zehnjährige Ommo ihre Worte Lügen. »Er hat Hunger. Genauso wie wir. Darum weint er.«

Talea seufzte. »Ja. Er hat Hunger. Aber es geht ihm nicht um sich selbst. Er weint, weil er für euch nix zu essen hat.«

Die Kinder schwiegen. Es schien, als hätten sie längst

keine Tränen mehr, um ihr Leid zu beklagen. Nur ab und zu mal hörte Talea ein Schluchzen, nachts, wenn ihre Kinder zu viert dicht aneinandergedrängt in ihrer Butze[1] lagen und sich gegenseitig zu wärmen versuchten. Nun aber saßen Ommo, Leefke, Nomke und Jelto auf ihren grob gezimmerten Holzschemeln um den Tisch herum und starrten mit tief in den Höhlen liegenden Augen ins Leere. Die letzte Mahlzeit hatten sie am frühen Morgen gehabt, aus Buchweizenmehl gebackene Fladen. Die Kartoffelernte war in diesem Jahr denkbar schlecht ausgefallen, sodass nur noch ein kläglicher Rest blieb. Wenn sie nicht bald an etwas zu essen kamen, würden sie allesamt verhungern.

Umso froher war Talea, dass ihre beiden ältesten Kinder eine Anstellung beim Marschbauern gefunden hatten, wo sie zumindest nicht Hunger leiden mussten, auch wenn das Leben dort für den dreizehnjährigen Teelko und die elfjährige Enna ansonsten ein arbeits- und entbehrungsreiches war.

Seit Talea mit Wübbo verheiratet war, hatte sie ihm in fast jedem Jahr ein Kind geboren. Zehn waren es an der Zahl, wovon Gott der Herr ihr vier bereits wenige Monate nach der Geburt wieder genommen hatte.

Talea wusste nicht zu sagen, woher ihr Körper all die Jahre die Kraft genommen hatte, immer noch eine und noch eine Schwangerschaft zu überstehen. Und bei jeder Geburt hatte sie das Gefühl gehabt, es würde ihre letzte sein, so sehr hatte sie sich gequält.

Nach jedem Kind hatte sie Wübbo angefleht, ihr eine weitere Schwangerschaft zu ersparen, aus Angst, ihre bereits geborenen Kinder alleine auf der Welt zurücklassen

---

[1] wandschrankartiger, mit Türen oder Vorhängen versehener Verschlag ohne Außenlüftung, meist in der Wohnküche

zu müssen. Er hatte ihr diesen Gefallen nicht getan. In beinahe jeder Nacht schob er sich auf sie. So wie er es auch an jenem verhängnisvollen Tag getan hatte, als sie ihm zum ersten Mal begegnet war. Sie war vierzehn gewesen, fast noch ein Kind. Sie hatte sich auf dem Weg zu einer Verabredung im dichten Nebel im Moor verlaufen. Wübbo fand sie vor Angst und Kälte schlotternd am Wegesrand und nahm sie mit in seine Hütte. Nachts kroch er zu ihr in die Butze. Nur kurz darauf heirateten sie, weil sie guter Hoffnung war.

Wie sehr hatte sie ihren Vater angefleht, ihr das Leben an der Seite eines fast zehn Jahre älteren Mannes, den sie nicht liebte, der von schmächtiger Statur war und noch dazu körperliche Gebrechen hatte, zu ersparen. Vergeblich. Eine Ohrfeige hatte es gesetzt, sonst nichts. Im Laufe der Jahre hatte sie sich in ihr Schicksal gefügt und ihre Träume von einem angenehmen Leben an der Seite eines betuchten Kaufmanns waren verflogen. Nur manchmal schlichen sie sich noch in ihre Gedanken. Es schmerzte, denn sie wusste, dass ihr Leben hier enden würde, hier in dieser ärmlichen Hütte im gottverlassenen Moor.

Wübbo war kein schlechter Mann. Tagtäglich sorgte er sich um seine Familie, so gut er eben konnte. Harter körperlicher Arbeit aber war er trotz seines noch recht jungen Alters nicht mehr gewachsen. Talea hatte gehofft, ihn eines Tages lieben zu können, doch fühlte sie allenfalls eine gewisse Zuneigung, wie man sie auch einem guten Freund gegenüber empfand.

»Mir ist so kalt«, jammerte Nomke, und tatsächlich klapperten ihre Zähne, und ihre Lippen waren blau angelaufen. Talea nahm sie schützend in den Arm und versuchte den Gedanken daran, dass ein weiteres ihrer Kinder diesen Winter womöglich nicht überleben würde, von sich zu schieben. Doch ließ es sich kaum ignorieren, dass sowohl Nomke als auch Jelto mit einem üblen Husten zu kämpfen hatten und ihnen der Rotz aus der Nase lief. Jelto hatte zudem hohes Fieber.

Vier ihrer Kinder waren an einer Lungenentzündung zugrunde gegangen, ohne dass sie irgendetwas für sie hätte tun können, außer sie so lange in ihren Armen zu wiegen, bis sie entkräftet für immer ihre Äuglein schlossen. Noch ein weiteres so elendig dahinsiechen zu sehen, würde ihr endgültig das Mutterherz brechen. Aber was sollte sie tun? Alles in dieser Lehmhütte war klamm und kalt. Die Fensteröffnungen hatte Wübbo so gut es eben ging mit Stroh abgedichtet, dennoch fand der Wind seinen Weg durch jede kleine Ritze. Mit dem Torf mussten sie sparsam sein, sollte er noch bis zum Ende des Winters reichen. Und dann der Hunger. Dieser verdammte Hunger, der sie alle um den Verstand brachte!

Früher hatte Talea den Kindern Hühnersuppe gekocht, wenn sie sich erkältet hatten. Seit ein paar Wochen aber war ihr Stall, der sich direkt an den Wohnraum anschloss, leer. Sie hatten alle vier Tiere schlachten müssen, bevor diese verhungerten und kein Fleisch mehr gaben. Nur eines der Hühner hatten sie selber gegessen, die anderen mussten verkauft werden, um die Pacht bezahlen zu können.

Also hatte Wübbo die vier jüngsten seiner Kinder zum Betteln zu den Marschbauern und in die Dörfer und Städte geschickt. Lange Fußwege hatten die Kleinen zurückgelegt, barfuß und in zerlumpten Kleidern. Zurück kamen sie am Abend mit geringer Ausbeute, dafür aber geschunden an Leib und Seele. Tritte und Schläge hatten sie kassiert, und das nicht zu knapp. Es war zum Verzweifeln.

»Ihr legt euch jetzt am besten in eure Butze. Ich hab

vorhin ein paar heiße Steine reingelegt, damit ihr es schön warm habt«, sagte Talea und hob die für ihr Alter viel zu kleine Nomke, deren Gewicht sie kaum spürte, auf den Arm. Sofort schmiegte das Kind seinen kleinen Kopf in ihre Armbeuge und umschlang mit ihren eiskalten Händchen ihren Hals. »Mir ist so kalt, Mudder, so kalt«, wimmerte sie.

»Deine Geschwister werden dich wärmen«, flüsterte Talea ihr zärtlich ins Ohr, legte sie auf den Strohsack und deckte sie mit einer groben Wolldecke zu, nachdem sie die nun nicht mehr ganz so heißen Steine entfernt hatte. Die gleiche Prozedur wiederholte sie mit Jelto, dessen Wangen vor Fieber glühten. »Aber ich will doch auch von dem Hasen essen«, murmelte er schwach.

»Wenn Vadder einen Hasen bringt, weck ich dich sofort.« Talea drückte ihm einen Kuss auf die heiße Stirn und spürte, wie ihr beim Anblick ihrer leidenden Kinder die Tränen in die Augen schossen.

Sie erschrak, als im nächsten Moment die hölzerne Eingangstür donnernd gegen die Mauer aus Lehm schlug. Mit wild klopfendem Herzen fuhr sie herum, bereit, dem Eindringling den Schürhaken über den Schädel zu ziehen, sollte er ihr oder ihren Kindern zu nahe kommen.

Die Überraschung hätte nicht größer sein können, als sie statt eines Eindringlings ihren Ehemann in der Tür stehen sah. Auf dem Arm trug er ein kleines Mädchen von vielleicht zwei Jahren.

»Was …?« Talea war zu perplex, um einen ganzen Satz zu formulieren.

»Ich hab sie gefunden. Sie stand am Weg. Ganz allein. Und neben ihr lag das hier.« Wübbo stellte das kleine, offensichtlich gut genährte Mädchen, das einen Mantel aus dicker Wolle und festes Schuhwerk trug, auf den Boden, wo es stocksteif stehen blieb und Talea aus dunklen Augen ausdruckslos ansah. Dann zog er einen Tornister, wie man ihn beim Militär auf dem Rücken trug, von der Schulter und breitete dessen Inhalt auf dem Tisch aus: Zum Vorschein kamen zwei Brote, zwei lange Würste, vier Äpfel, etliche Kartoffeln und … ein Huhn! Ein ganzes, offensichtlich frisch geschlachtetes Huhn!

Talea schlug die Hände vors Gesicht und brach in Tränen aus. Dieses Kind musste ein Geschenk des Himmels sein!

5

Moordorf, Sommer 2016

»Wie geht es Ibbe?«, fragte Franziskus, während er seit bestimmt zehn Minuten in seinem Laptop nach einem bestimmten Bild stöberte und dabei immer wieder still vor sich hin fluchte.

»Heute ist nicht sein Tag«, erwiderte Hilke knapp, da sie Zweifel hatte, dass ihr Neffe sich tatsächlich für das Befinden seines Großonkels interessierte. Vielmehr schien er mit dieser Frage davon ablenken zu wollen, dass die Dateien seines Laptops offensichtlich etwas durcheinandergeraten waren. Sie sah ihn stirnrunzelnd an. Manchmal wunderte sie sich, warum Franziskus in seinem Job so erfolgreich war, denn ihrer Ansicht nach war er ein totaler Chaot. Schon als kleiner Junge hatte er ständig Dinge verlegt, vergessen oder verloren. An dieser Schusseligkeit hatte sich offensichtlich nichts geändert. Womöglich war es sogar noch schlimmer geworden.

Vielleicht, so dachte sie manchmal, war ja genau das der Grund, warum er sich wenigstens äußerlich den Anschein von Korrektheit geben musste. Durch die Kleidung, die er trug, durch den ständigen Blick auf die Uhr, durch die unnahbare Miene, die er aufsetzte. Wenn man ihn nicht näher kannte, konnte man ihn tatsächlich für einen Ausbund an Korrektheit halten. Welch fatale Fehleinschätzung.

»Hier ist es«, sagte er plötzlich, und prompt zeigte sich auf seinem Gesicht das überhebliche Grinsen, das er so gerne aufsetzte, auch wenn es objektiv gesehen gar keinen Anlass dafür gab.

»Hier ist was?«, fragte Hilke ein wenig zu grob. Nach mehreren sie ablenkenden Telefonaten wollte sie sich nun endlich erneut in die Aufzeichnungen von Professor Tiedemann über die Vergangenheit ihres Familienclans vertiefen. Aufschlussreich und verwirrend zugleich, so ließ sich wohl am besten das zusammenfassen, was sie da vor sich hatte. Jedes Mal, wenn sie dachte, sie habe den einen oder anderen Zusammenhang der Ereignisse, die der Professor im Laufe seiner Nachforschungen akribisch dokumentiert hatte, durchschaut, wurde sie stets eines Besseren belehrt.

»Das Bild. Hier ist das Bild«, erwiderte Franziskus gereizt. »Willst du es nun sehen oder nicht? Oder warum sonst sollte ich es heraussuchen?«

Hilke sah von dem dicken, in Leder gebundenen Wälzer auf, den Karl Tiedemann nicht ohne Stolz als sein *Abstammungs-Almanach der ostfriesischen Familien* bezeichnete und den er ihr für die Recherchen zu treuen Händen zur Verfügung gestellt hatte. »Du meinst, du hast den Schmuck gefunden?«, fragte sie und war auf einmal viel wacher.

»Nein, den heiligen Gral.« Franziskus verzog säuerlich das Gesicht.

»Was in diesem Fall auf dasselbe hinauslaufen dürfte«, ließ Hilke sich nicht beirren. Sie wedelte fordernd mit der Hand. »Zeig mal her!«

Als Franziskus nun aufstand und mit seinem Laptop zu ihr herüberkam, spürte sie ihr Herz plötzlich schneller schlagen. Sollte er tatsächlich das aufgetan haben, nachdem sie so dringend suchte? Konnte er mit diesem Fund womöglich zur Lüftung eines so lange verborgen gebliebenen Familiengeheimnisses beitragen?

Es hatte eine ganze Weile gedauert, bis sie ihren Neffen

davon überzeugen konnte, ihr bei der Erfüllung von Ibbes letztem Wunsch behilflich zu sein. Genau genommen hatte er sich tagelang in seinen Schmollwinkel zurückgezogen, nachdem Ibbe ihm in einem seiner hellen Momente schonungslos davon in Kenntnis gesetzt hatte, dass er die Sache mit dem Erbe selbstverständlich völlig falsch verstanden habe. »Nenne mir nur einen Grund, mein lieber Franziskus«, hatte Ibbe gesagt, »warum ich ausgerechnet dir diesen wertvollen Schmuck vermachen sollte. Damit du ihn meistbietend bei eBay verscherbeln kannst? Wohl kaum. Ich weiß zwar nicht, wie genau es zu diesem Missverständnis überhaupt hat kommen können; aber mit meiner Ansage ist es ja nun wieder aus der Welt geschafft.«

Selten hatte Hilke ihren Neffen so aufgebracht erlebt wie nach dieser für Ibbe so typisch ungeschminkt vorgetragenen Offenbarung. Alles Mögliche hatte Franziskus seinem Onkel an den Hals gewünscht. Doch irgendwann musste auch er einsehen, dass seine Verwünschungen ins Leere liefen. Was schließlich konnte einem Ibbe Küppers noch Schlimmeres widerfahren als der Tod?

Nun aber schien Franziskus wieder versöhnt. Nicht, weil er plötzlich ein besserer oder gar einsichtigerer Mensch geworden war. Nein. Einzig und alleine deswegen, weil Hilke ihm in Aussicht gestellt hatte, ihm nun ihrerseits Schmuck zu überlassen. In London, so hatte er ihr erzählt, stehe Ende des Jahres eine große, international bedeutende Auktion an, für die er noch ebenso wertvolle wie gefällige Stücke suche.

Also hatte sie aus den hintersten Ecken ihres Kleiderschranks die Klunker hervorgekramt, die ihr chronisch untreuer Exmann – seines Zeichens stinkreicher Juwelier – ihr nach seinen ehelichen Verfehlungen quasi als Wiedergutmachung geschenkt hatte. Im Laufe der Zeit war dabei eine erkleckliche Sammlung Ketten, Armreifen, Ringe und Broschen zusammengekommen, die Hilke alles in allem recht geschmacklos fand. Stets hatte sie auf eine Gelegenheit gewartet, ihn möglichst aufsehenerregend wieder loszuwerden. Und das hieß in diesem Fall, dass ihr Exmann davon erfahren sollte. Er würde rasen vor Wut, denn nichts konnte ihn mehr echauffieren, als wenn man seine angebliche Großherzigkeit mit Füßen trat. »Der Schmuck, den ich einer Dame schenke, passt zu ihr wie das Innerste ihrer Seele«, pflegte er zu sagen. »Entsprechend gut wird sie ihn verwahren.«

Und entsprechend viel Spaß würde Hilke dabei haben, wenn Franziskus sie – sprich den Schmuck und die Reputation ihres Mannes – im Beisein geschätzter Kollegen aus aller Welt unter den Hammer gab.

»Guckst du überhaupt hin?«, fragte Franziskus in ihre Gedanken hinein.

»Ja, sicher«, nickte Hilke schnell und schaute schuldbewusst auf den Bildschirm. Prompt stockte ihr der Atem.

»Das ist er, oder?«, meinte Franziskus siegesbewusst und deutete auf den abgebildeten Ring, der tatsächlich so aussah wie der in Ibbes Seemannskiste. Unzählige Male hatte Hilke ihn in den letzten Tagen betrachtet und sich jedes Detail, jeden Schliff bis ins Kleinste eingeprägt. Ja, das hier abgebildete Foto zeigte eindeutig Teelkos Smaragdring, da gab es nicht den geringsten Zweifel.

»Woher kommt das Bild?«, fragte sie. »Ich meine, wenn der Ring seit Ende des neunzehnten Jahrhunderts im Besitz unserer Familie ist, dann kann ihn ja niemand Außenstehendes fotografiert haben.«

»Es ist eine Nachbildung, nicht das Original. Letzteres gilt seit Jahrzehnten als verschollen, steht hier. Na ja, wen wundert's, wenn der Smaragd seit Ewigkeiten in irgendwelchen Seemannskisten ein trauriges Dasein fristet. Wirklich ein Jammer, wenn du mich fragst.«

»Immer noch besser als an dem Finger einer arroganten Kuh zu glänzen«, murmelte Hilke. »Ist es ein Einzelstück?«

Franziskus scrollte nach unten und fuhr mit dem Mauszeiger über ein weiteres Foto. »Ja. Hier sind das Collier und das Armband dazu. Der Ring gehört zu einem Ensemble. Klassischer Familienschmuck.« Franziskus bekam glänzende Augen, als er hinzufügte: »Eine fantastische Arbeit. Absolut unbezahlbar.«

»Na, dann kannst du ja froh sein, dass du den Ring nun doch nicht bekommst«, ätzte Hilke. »Wenn er unbezahlbar ist, hättest du ihn ja sowieso nicht verhökern können.« Als ihr Neffe auf diese Spitze nur ein hochmütiges Schnauben von sich gab, fragte sie: »Und zu wem oder welcher Familie gehört nun dieser Schmuck?«

»Es ist der Familienschmuck einer gewissen Familie Altinga«, antwortete Franziskus.

»Sagt mir nichts ... oder ...« Hilke legte überlegend einen Finger an ihre Stirn. Altinga. Irgendwo war ihr dieser Name schon mal untergekommen. Nur wo?

»Es ist eine alteingesessene Bauernfamilie in der Krummhörn«, half Franziskus ihr auf die Sprünge. Er verschränkte die Arme vor der Brust und warf ihr einen herausfordernden Blick zu. »Na, Tantchen, klingelt's?«

Ja. Es klingelte. Und wie! Hilke sah ihren Neffen aufgeregt an. Sie wusste wieder, wo ihr der Name Altinga schon mal begegnet war: In den Unterlagen des Professors. Ärgerlicherweise wusste sie nicht mehr, in welchem Zusammenhang. Aber dass der Name dort stand, wusste sie mit absoluter Sicherheit.

»Gut gemacht?«, fragte Franziskus Beifall heischend.

»Sehr gut gemacht«, bestätigte Hilke. Zufrieden lächelte sie in sich hinein. Ja, in der Tat, das hatte er gut gemacht.

Hilke saß an ihrem Schreibtisch, es war bereits mitten in der Nacht. Seit dem frühen Abend brütete sie in gebeugter Haltung über den Aufzeichnungen Karl Tiedemanns, und so langsam machte sich ihr Rücken bemerkbar.

Die Altingas. Laut den Aufzeichnungen von Karl Tiedemann handelte es sich bei ihnen um eine alteingesessene ostfriesische Familie, deren Geschlecht bis weit zurück ins Mittelalter reichte. Anscheinend hatten sie schon von jeher über kaufmännisches Geschick und damit über einen beachtlichen materiellen Reichtum verfügt, der aus den unterschiedlichsten Geschäftstätigkeiten herrührte. Tuchhändler, Gewürzhändler, Reeder, Advokaten und Fischer gab es unter ihnen. Mit der zunehmenden Eindeichung und Entwässerung nacheiszeitlichen Schwemmlands – den Marschgebieten Ostfrieslands mit seinen fruchtbaren Böden – entdeckten sie zudem früh die Landwirtschaft für sich und siedelten ihre Höfe dort an, wo die Ackerböden einen reichen Ertrag versprachen.

Der Professor hatte eine Unmenge Dokumente zusammengetragen, die dazu verführten, sich in der Geschichte der Altingas zu verlieren. Immer wieder blieb Hilke bei ihren abendlichen Studien unfreiwillig an dem einen oder anderen Detail hängen und vergaß dabei die Zeit.

Irgendwann aber klopfte sie sich selbst auf die Finger. So spannend die Aufzeichnungen des Professors über die Historie Ostfrieslands auch waren, so verfolgte sie mit ihren Recherchen doch vordergründig nur ein Interesse: herauszufinden, in welcher Beziehung die Altingas Ende des 19. Jahrhunderts zu den Grootmans standen. Dass es eine wie auch immer geartete Beziehung zwischen den beiden Familien gegeben haben muss, bewies der Ring.

Blieb nur die Frage, welcher Gestalt das Verhältnis war. Vermutlich waren sich die Mitglieder dieser beiden Clans nicht von gleich zu gleich begegnet. Zwischen den reichen Marschbauern und der armen Moorbevölkerung lagen damals Welten, die in allen nur denkbaren Belangen unvereinbar schienen.

Für Hilke kamen daher eigentlich nur zwei Möglichkeiten in Betracht, wie Teelko Grootmans an den Smaragdring gekommen sein konnte: Er hatte ihn entweder geschenkt bekommen oder gestohlen, wobei ihr Letzteres wahrscheinlicher erschien.

Hilke drehte ihre Schreibtischlampe in die richtige Position, nahm einen kräftigen Schluck Kaffee und fuhr in der Lektüre fort. Kurz darauf stutzte sie. Was war denn das? Hatte sie da etwas falsch verstanden? Sie las den Satz noch einmal. Nein.

Anscheinend war Teelko nicht nur als Dieb, sondern auch als Mörder in die Annalen der Familiengeschichte eingegangen! So stand es zumindest in den Aufzeichnungen Professor Tiedemanns.

Dieser Aspekt warf natürlich ein ganz neues Licht auf die Angelegenheit. Angeblich hatte der Junge jemanden aus der Familie Altinga auf dem Gewissen. Einen gewissen Abbo Altinga.

Hilke legte ihre Lesebrille beiseite, lehnte sich in ihrem Stuhl zurück und kaute auf dem Ende ihres Kugelschreibers herum. Hatte Ibbe da womöglich etwas falsch verstanden? Stimmte es womöglich gar nicht, dass sein Großvater Wübbo davon ausging, Teelko sei ermordet worden? Hatte Wübbo auf seinem Sterbebett vielleicht sogar davon gesprochen, dass sein Sohn ein Mörder gewesen sei? Womöglich stand der Mord sogar in unmittelbarem Zusammenhang mit dem Diebstahl des Rings? Von der Hand zu weisen war das nicht.

Hilke erhob sich von ihrem Schreibtischstuhl, streckte ihren Körper mehrmals vom Kopf bis zu den Zehen und ging dann in die Küche, um sich eine weitere Kanne Kaffee aufzubrühen. Auf dem Weg zurück zum Arbeitszimmer warf sie einen Blick in Ibbes Schlafzimmer. Der Greis lag ruhig atmend in seinem Bett und schlief.

Ibbe hatte an diesem Tag wieder längere wache Phasen gehabt, die sie dazu nutzte, alles aus ihm herauszubekommen, was er über seinen angeblich ermordeten Onkel Teelko und dessen Familie wusste. Es war nicht viel. Schon gar nicht viel Neues.

Wie sie bereits mithilfe des Stammbaums erfahren hatte, hatten seine Großeltern Wübbo und Talea Grootmans elf Kinder gehabt, von denen vier bereits im ersten Lebensjahr gestorben waren und Teelko als Dreizehnjähriger. Alle anderen Geschwister hatten das Erwachsenenalter erreicht, so auch das jüngste der Kinder, Ibbes Mutter Fine.

Zu den Vorgängen, die zum Tod von Teelko führten, wusste Ibbe praktisch nichts zu erzählen, denn darüber wurde in der Familie spätestens nach dem Tod seines Großvaters im Jahre 1926 geschwiegen. Jedes Mal, wenn Ibbe versucht habe, die Sprache darauf zu bringen, sei er auf eine Mauer des Schweigens gestoßen.

»Irgendwann war es, als habe es Teelko nie gegeben«, hatte Ibbe gesagt. »Meine Mutter, also seine Schwester Fine, hatte kaum eine Erinnerung an ihn. Wenn ich sie fragte, warum Opa Wübbo denn so hartnäckig versucht habe, Teelkos Mörder zu finden, hat sie nur mit den Schultern gezuckt. Und selbst, als ich ihr von dem Ereignis kurz vor Opas Tod berichtete, als er mich bat, den Mord an seinem Sohn aufzuklären, sagte sie nur: *Ja, davon war er wie besessen*. Mehr nicht. Fast war es, als wollte sie ihren Vater und damit auch ihren ältesten Bruder für immer aus ihrem Gedächtnis streichen. Im Gegensatz zu ihrer Mutter Talea, von der sie stets voller Liebe und Hochachtung sprach.«

Auch zu dem Smaragdring wusste Ibbe nicht viel zu berichten. »Meine Mutter hat ihn mir kurz vor ihrem Tod gegeben. Sie sagte, es hätte Teelko sicherlich gefallen zu wissen, dass er in der Familie bleibe.«

Aufgewühlt von der Erkenntnis, dass einer ihrer Vorfahren anscheinend ein Mörder gewesen war, ging Hilke zurück an ihren Schreibtisch und schenkte sich eine Tasse Kaffee ein. Leider konnte sie Ibbe zu diesem Aspekt nicht gleich befragen, sondern musste bis zum nächsten Tag warten.

Sie fühlte sich müde und ausgelaugt, wusste jedoch, dass sie nicht würde schlafen können, bis sie nicht wenigstens ein bisschen Licht in die Angelegenheit gebracht hatte. So war es immer, wenn sie einer interessanten Sache auf der Spur war. Schlafen, so sagte sie sich dann stets, konnte sie ja immer noch, wenn ihre Recherchen zu einem befriedigenden Ergebnis geführt hatten.

Hilke beschwor sich, den mutmaßlichen Mörder Teelko zunächst aus ihren Gedanken auszuklammern, auch wenn es ihr schwerfiel. Sie würde sich jetzt in einem weiteren Schritt um die Stammbäume der Familien Altinga und Grootmans kümmern.

Um zu verhindern, dass sie sich wieder in Epochen der Zeitgeschichte verfing, in denen sie nichts zu suchen hatte, nahm Hilke Tiedemanns Abstammungs-Almanach vom Schreibtisch und ging zu ihrem Kopierer. Sie legte die Seiten auf, die unmittelbar mit den Familienbanden Altingas gegen Ende des 19. Jahrhunderts zu tun hatten.

Als die ersten Blätter als Kopien zum Vorschein kamen, zog sie jenes Blatt hervor, auf dem ein Ausschnitt des Altinga-Stammbaums verzeichnet war, und warf einen Blick darauf.

Es dauerte nicht lange, bis sie fand, wonach sie gesucht hatte: jene Generation der Altingas, die zu Lebzeiten Teelkos auf dem herrschaftlichen Gulfhof nahe der Ortschaft Pilsum gelebt hatte.

Da gab es die Altinga-Brüder Abbo und Hermannus. Als ältester Sohn hatte Abbo den Hof geerbt.

Hilke stutzte, als sie bemerkte, dass Abbo tatsächlich in demselben Jahr gestorben war wie Teelko, nämlich 1895. War also tatsächlich etwas dran an der Mordtheorie?

Mit Interesse registrierte sie, dass wenige Monate zuvor auch Abbos kleine Tochter im zarten Alter von nur zwei Jahren verstorben war. Die Mutter Wilhelmine blieb alleine zurück. Seltsamerweise stand bei ihrem Namen kein Todestag oder -jahr.

Während im Stammbaum der Altingas bis auf die eine Ausnahme jeweils das genaue Geburts- und Todesdatum aufgeführt waren, tauchten diese Angaben im Stammbaum der Grootmans nur vereinzelt auf. Bei Teelko zum Beispiel gab es nur die Jahreszahlen von Geburt und Tod, nicht aber Monat und Tag, bei seinen im Babyalter verstorbenen Geschwistern genauso. In späteren Jahren hingegen ließ man in den zuständigen Ämtern offensichtlich mehr Sorgfalt walten, denn bei allen sechs weiteren Kindern war der genaue Todestag dokumentiert. Als letzte der Geschwister Grootmans war Ibbes Mutter Fine im Jahr 1976 gestorben.

Schnell blätterte Hilke weiter und fand heraus, dass nach Abbos Tod sein jüngerer Bruder Hermannus den Hof übernommen hatte, gemeinsam mit seiner Frau Edda, die jedoch auch noch im gleichen Jahr verstorben war. Anscheinend ein tragisches Jahr für diese Familie. Heute war der Gutshof im Besitz von Hermannus' Urenkel Hannes Altinga.

So weit so gut. Hilke überlegte, was jetzt zu tun sei und kam geraume Zeit später zu dem Ergebnis, dass es das Beste sei, wenn sie diesem Hannes Altinga mal einen Besuch abstattete.

6

Hilke vermochte nicht zu sagen, wer von den beiden anwesenden Männern überheblicher aus der Wäsche guckte. Gut möglich, dass bei näherer Betrachtung ihr Neffe Franziskus aus dem unfreiwilligen Zweikampf als Sieger hervorging, aber Hannes Altinga schlug sich auch nicht schlecht. Ganz und gar nicht schlecht. Genau wie ihr Neffe trug der Mann um die sechzig seine Arroganz bereits mittels seiner Mimik wie eine Trophäe vor sich her. Und schon nach den ersten Sätzen, die er ihnen an der Haustür angedeihen ließ, war Hilke klar gewesen, dass er alles in allem das zu sein schien, was man gemeinhin als Arschloch betitelte.

»Ich wüsste nicht, was Sie unser Familienschmuck angeht«, sagte Hannes Altinga nun bereits zum gefühlt hundertfünfzigsten Mal, und Hilke fragte sich angesichts seiner penetrant vorgetragenen Wiederholungen, ob er ihr Spiel womöglich durchschaut hatte. Doch wenn es so war, warum schmiss er sie dann nicht einfach hochkant aus dem Haus?

Seit einer halben Stunde nun saßen Franziskus und sie in dem auch nach all den Jahrhunderten noch herrschaftlich anmutenden Wohnzimmer des Marschbauern. Auch wenn die wenigen Räume, die sie bisher hatte in Augenschein nehmen können, allesamt modernsten Anforderungen an Einrichtung und Komfort genügten, so verströmten sie doch nach wie vor den altehrwürdigen Charme längst vergangener Tage.

Die bestimmt fast vier Meter hohen Decken waren stuckbesetzt, die holzgerahmten und doppelt verglasten Sprossenfenster offensichtlich genauso den Originalen nachempfunden wie der mit Ornamenten durchsetzte Fliesenboden im Flur und der Dielenfußboden im Wohnzimmer. Wohnzimmer? Hilke korrigierte sich. Die Bezeichnung *Salon* wurde der Sache wohl eher gerecht. Auch wenn das Geldverdienen für die Landwirte heutzutage längst nicht mehr so einfach und selbstverständlich war wie früher, so schienen die Altingas noch ganz gut vom Wohlstand früherer Generationen zu profitieren.

Obwohl Hilke den Bauern schon auf den ersten Blick als stolz und selbstgefällig eingestuft hatte, beneidete sie ihn doch um dieses beinahe aristokratisch anmutende Zuhause. Es war genau das, wovon sie als junges Mädchen immer geträumt hatte – auch wenn dieser Traum damals dem Umstand geschuldet war, dass sie sich mit knapp fünfzehn unsterblich in einen Marschbauern verliebt hatte, dessen Eltern ein ganz ähnlich herrschaftliches Wohnhaus vorzuweisen hatten wie dieses.

Manche Dinge wirkten eben nach, dachte Hilke in sich hineinschmunzelnd, auch wenn sie selbst heute alles andere als versnobt war und übermäßigen Reichtum nach allem am eigenen Leib erfahrenen Luxus allenfalls noch als lästig empfand.

Sie hatte sich lange überlegt, mit welchem Argument sie Hannes Altinga würde überzeugen können, sie in sein Haus zu lassen. Für einen kurzen Moment hatte sie erwogen, ihm einfach die Wahrheit zu sagen, nämlich dass sie gekommen sei, um einen mutmaßlich im Jahre 1895 begangenen Mord aufzuklären.

Nachdem sie sich jedoch klargemacht hatte, dass sie selbst jemanden, der so etwas behauptete, unweigerlich des Grundstücks verwiesen hätte, überlegte sie sich eine andere Strategie – von der sie dann wiederum ihren Neffen hatte überzeugen müssen. Denn ohne ihn und seinen Sachverstand wäre sie zweifelsohne schon nach dem ersten Satz als Betrügerin aufgeflogen.

»Und Sie wollen tatsächlich behaupten, dass Sie hier sind, weil ein lange verschollener Teil unseres Familienschmucks wieder aufgetaucht ist?«, hörte Hilke in ihre Gedanken hinein Hannes Altinga sagen. »Und wo, bitte schön, soll der so plötzlich herkommen?«

»Er wurde unserer Versicherung übergeben. Mehr kann ich zu diesem Zeitpunkt leider nicht dazu sagen«, spielte Franziskus seine Rolle und lächelte dazu das typische Versicherungsvertreter-Lächeln. Hilke hatte nicht den Eindruck, dass er für diesen Auftritt ein besonderes schauspielerisches Talent aktivieren musste, denn eigentlich entsprach dieses schmierige Getue ohnehin seinem Naturell. Sie konnte sich gut vorstellen, dass er in bessergestellten Kreisen mit dieser Masche schon so manchen Deal erfolgreich hatte durchziehen können.

»Ich hätte zumindest erwartet, dass man mich über eine solch bedeutende Angelegenheit zunächst schriftlich in Kenntnis setzt, anstatt mich unangekündigt in meinem Haus zu überfallen.« Hannes Altinga zog nun einen Schmollmund wie ein kleiner Junge, der sich ungerecht behandelt fühlt – was bei seinem scharf geschnittenen Gesicht mit der markanten Hakennase reichlich lächerlich wirkte.

Franziskus zeigte eine kurze Unsicherheit, hatte sich jedoch schnell wieder im Griff und machte damit seinem Berufsstand des listigen Verkäufers alle Ehre. »Sie glauben gar nicht, wie viele Menschen einen solchen Brief gleich nach Erhalt zerrissen in den Müll schmeißen«, seufzte er theatralisch, und Hilke nickte wissend dazu. »Natürlich halten die meisten Leute ein solches Schreiben zunächst einmal für einen Scherz oder gar einen Trick von miesen Abzockern.« Franziskus hob mit einem erneuten Seufzen die Arme und ließ sie sogleich wieder schlaff nach unten fallen. »Aber wer will es ihnen auch verdenken, bei all den Neppern und Schleppern, die heutzutage von Haus zu Haus streifen und gerade ältere Menschen mit mehr als fragwürdigen Methoden um ihr Hab und Gut bringen?«

»Ja, ja. Und um welchen angeblichen Familienschmuck geht es nun?«, fragte der Bauer hörbar genervt mit einem Blick auf die Uhr.

»Um diesen hier.« Franziskus zog die Schatulle mit dem Smaragdring aus der Tasche, für welchen er bei einem befreundeten Juwelier wohlweislich ein täuschend ähnliches Plagiat hatte anfertigen lassen.

Hilke hielt die Luft an und beobachtete die Reaktion von Hannes Altinga mit zusammengekniffenen Augen. Zu ihrer Enttäuschung aber verzog der keine Miene, sondern nahm den Schmuck unaufgeregt entgegen. »Könnte tatsächlich der Ring sein, der in dem Ensemble fehlt«, sagte er nur emotionslos und reichte ihn an Franziskus zurück.

»Sie scheinen sich nicht eben zu freuen, dass er wieder da ist«, stellte Hilke fest und versuchte, sich ihre Enttäuschung nicht anmerken zu lassen. Sie hatte gehofft, wenigstens den Ansatz einer wie auch immer gearteten ungewöhnlichen Reaktion an ihm wahrzunehmen, aber da war nichts.

Hannes Altinga betrachtete sie daraufhin mit einem langen Blick aus seinen trübgrauen Augen, verzichtete jedoch auf eine Erwiderung.

»Vielleicht könnten wir uns die anderen Stücke des

Ensembles einmal anschauen, um zu sehen, ob dieser Ring tatsächlich das fehlende Teil ist?«, fragte Franziskus mit Dackelblick.

»Bedaure.« Der Bauer warf einen Blick auf die leise vor sich hintickende, zweifelsohne immens wertvolle Standuhr. »Ich muss im Stall mit anfassen. Einer meiner Arbeiter hat sich das Bein gebrochen und es brennt an allen Ecken und Enden.« Er schlug sich zur Unterstreichung seiner Worte mit den Händen auf die Oberschenkel, dann stand er auf. »Wenn Sie mich jetzt bitte entschuldigen würden, ich habe zu tun.«

»Ach, vielleicht könnten Sie mir noch schnell eine Frage beantworten, bevor Sie gehen«, rief Hilke hinter ihm her, als sie wenig später auf dem mit Kopfstein gepflasterten Hof standen und sich der Bauer mit schnellen Schritten Richtung Stall entfernte. Als er nicht reagierte, wagte sie einen Schuss ins Blaue: »Können Sie mir sagen, ob auf Ihrem Hof irgendwann einmal ein Junge namens Teelko gearbeitet hat? Gerüchte behaupten, er sei es gewesen, der den Schmuck vor mehr als einem Jahrhundert aus Ihrer Familienschatulle entwendete.«

Hannes Altinga hielt abrupt inne und drehte sich dann wie in Zeitlupe zu ihnen um. Aus seinem Gesicht war alle Farbe gewichen, seine Augen waren zu schmalen Schlitzen verengt. »Wer sind Sie?«, fragte er mit Grabesstimme, und Hilke meinte, unterschwellig eine Drohung herauszuhören.

7

Okay, vielleicht war die Idee, einfach mit der Tür ins Haus zu fallen, nicht die beste gewesen. Natürlich hatte Hannes Altinga nun Lunte gerochen und sie, noch ehe sie etwas erwidern konnten, schnurstracks mit einem stummen Fingerzeig vom Hof geschmissen.

Ganz bestimmt würde es nun nicht mehr so einfach werden, etwas über die Familie der Altingas in Erfahrung zu bringen, was nicht in irgendwelchen Aufzeichnungen stand. Aber gut, dachte Hilke, als sie sich in den Beifahrersitz von Franziskus' BMW sinken ließ, so zugeknöpft, wie der Landwirt sich gab, hätte er vermutlich sowieso nicht aus dem Nähkästchen geplaudert. Gott sei Dank hatte er wenigstens nicht nach dem Ring verlangt, sodass ihr Neffe ihn erstmal wieder eingesteckt hatte. Wer wusste schon zu sagen, wozu er noch gut sein würde?

Auf alle Fälle musste eine neue, weniger dilettantische Strategie her, denn so kamen sie nicht weiter.

Franziskus startete den Motor und setzte seinen Wagen zurück, als es plötzlich an Hilkes Scheibe klopfte. Sie richtete ihren Blick nach draußen und sah in das sommersprossige Antlitz einer jungen, rötlich-blonden Frau. Diese sah Hilke auffordernd an und blickte sich immer wieder hektisch um, als fürchtete sie, bei ihrem Tun beobachtet zu werden.

Hilke ließ die Scheibe hinunter. »Was gibt's?«, fragte sie betont locker.

»Bitte, ich muss mit Ihnen sprechen«, raunte die Frau

kaum hörbar. »Ich hörte, wie Sie mit Herrn Altinga redeten. Über den Ring und ... so.«

Hilke bedeutete ihrem Neffen, den Motor auszustellen.

»Nein, nein«, rief die Frau und wedelte hektisch mit der Hand, »ich steige zu Ihnen in den Wagen und dann fahren Sie los!« Keine drei Sekunden später saß sie auf dem Rücksitz.

Franziskus machte ein Gesicht, als hätte er in eine Zitrone gebissen, und warf einen Blick über die Schulter nach hinten. »Öhm ...«, setzte er zum Protest an, doch Hilke versetzte seinem Arm, der über dem Schaltknüppel schwebte, einen Hieb und zischte: »Nun fahr schon!«

»Aber ...«

»Fahr!« Hilke sah durch die Seitenscheibe, dass Hannes Altinga aus dem Stall trat und mit zornesrotem Gesicht im Stechschritt direkt auf sie zulief. Auch die junge Frau schien den Bauern entdeckt zu haben, denn sie warf jetzt ihren Oberkörper zur Seite und kauerte sich auf dem Rücksitz zusammen. Die Hände hielt sie vor das Gesicht gepresst.

Nach einem weiteren Hieb seiner Tante trat Franziskus das Gaspedal durch, und schon im nächsten Moment schien der BMW abheben zu wollen, wobei der Schotter des Parkplatzes unter seinen quietschenden Reifen nach allen Seiten aufstob. Eingehüllt in eine Wolke aus Staub schossen sie auf die schmale Straße. Hilke beugte sich nach unten, um einen Blick in den Außenspiegel zu werfen. Sie seufzte erleichtert auf, als der Landwirt sich nun mit einer wegwerfenden Handbewegung umdrehte und zum Stall zurückkehrte.

»Sie können wieder hochkommen«, signalisierte sie der jungen Frau. »Wir haben die Gefahrenzone verlassen.«

»Gefahrenzone? Meinst du nicht, du übertreibst ein klein bisschen?« Franziskus runzelte die Stirn, während er in einem Affenzahn den nicht besonders stabil befestigten Feldweg hinabbrauste.

»Kein Grund, uns alle in den Tod zu fahren«, brummte Hilke, woraufhin ihr Neffe eine Grimasse zog und das Tempo reduzierte.

»So. Und was ist jetzt mit der da?«, fragte Franziskus und deutete über die Schulter auf den Rücksitz, wobei sein Gesichtsausdruck nicht skeptischer hätte sein können.

»Hat dir deine Mutter kein Benehmen beigebracht?«, erwiderte Hilke und sah ihn böse an. »*Die da* ist eine junge Frau, die uns anscheinend etwas zu sagen hat.« Sie drehte sich zu ihr um. »Oder?«

Die Frau nickte. »Vielleicht können wir irgendwo hinfahren, wo es einen Kaffee gibt? Nach Greetsiel vielleicht? Dann könnte ich Ihnen alles in Ruhe erzählen.« Sie lief rot an und senkte verschämt den Blick. »Tut mir übrigens leid, dass ich Sie so überfallen habe.«

»Kein Ding«, winkte Hilke ab, während Franziskus erwiderte: »Mir auch.«

Hilke schnaubte ungehalten. »Hören Sie nicht auf ihn, ähm ... wie war noch gleich Ihr Name?«

»Oh, Entschuldigung. Ich heiße Sontka. Sontka Heeren.«

»Also, hören Sie nicht auf ihn, Sontka. Mein Neffe ist nicht so gut im Umgang mit Menschen. Sein Name ist übrigens Franziskus Weerts, ich bin Hilke Wibben.« Sie wandte sich an Franziskus: »Lass uns nach Greetsiel fahren. Ich könnte jetzt auch einen starken Kaffee gebrauchen.«

»Und wenn es mir nicht passt?« Franziskus warf einen Blick auf die Uhr. »Ich hab ja schließlich auch noch ...«

»Dann musst du es passend machen«, unterbrach ihn seine Tante unwirsch. »Das hier geht vor.«

Rund eine Viertelstunde später studierte Hilke die Speisekarte des kleinen Restaurants am Greetsieler Hafen. Es verlangte sie nach einem guten Essen, denn die ganze vertrackte Aktion hatte sie einiges an Energie gekostet. Auch Franziskus schien einer warmen Mahlzeit nicht abgeneigt, während Sontka auf seinen fragenden Blick hin nur den Kopf senkte und verneinte.

»Ach, kommen Sie, ich lade Sie ein«, wies Hilke sie zurecht.

»Nein, ich bitte Sie, es ist wirklich nicht ...«, setzte Sontka zum Widerspruch an, brachte den Satz jedoch nicht zu Ende.

»Papperlapapp«, sagte Hilke energisch, »Sie sehen ja ganz ausgehungert aus. Ein anständiges Essen wird Ihnen guttun.« Sie musterte die junge Frau aus den Augenwinkeln. Tatsächlich war an Sontka nicht viel dran, figürlich glich sie eher einem jungen Mädchen als einer erwachsenen Frau. Ihrem Gesicht nach aber schätzte Hilke, dass sie die Dreißig bereits überschritten haben musste.

»Also, was wollten Sie uns sagen?«, fragte Hilke, nachdem sie beim Kellner ihre Bestellung aufgegeben hatten und das erste Getränk vor ihnen stand.

»Es geht um Teelko Grootmans«, antwortete Sontka ohne Umschweife, was dazu führte, dass Hilke hörbar nach Luft schnappte und Franziskus sein Bierglas, das er gerade an den Mund führen wollte, unverrichteter Dinge wieder auf den Tisch zurückstellte.

»Sie haben Teelko gekannt?«, fragte Hilke mit großen Augen, was ihr verständlicher Weise irritierte Blicke einbrachte.

»So alt sieht Frau Heeren ja nun auch wieder nicht aus«, brummte Franziskus trocken.

Hilke stutzte kurz, doch als sie ihren Fehler bemerkte, brach sie in lautes Gelächter aus. »Wie komme ich nur auf eine so dämliche Frage!?«, lachte sie und schlug sich dabei auf die Schenkel. »Entschuldigen Sie bitte, Sontka, aber offensichtlich bin ich doch schon wirrer im Kopf, als ich bisher annahm.«

Sontka lächelte amüsiert, was ihrem schmalen, von rötlichen Locken umrahmten Gesicht unerwartet weiche Züge verlieh. Hilke bemerkte, dass auch Franziskus diesen Wandel registrierte, und sie meinte, nun so etwas wie Anerkennung in seinen Augen zu sehen.

»Nein, ich habe Teelko nicht gekannt.« Sontka zwinkerte Hilke zu, wurde dann jedoch sogleich wieder ernst. »Meine Uroma erzählt nur manchmal von ihm.«

»Ihre Uroma? Aber sie ...« Hilke rechnete schnell nach. »Aber sie kann Teelko auch unmöglich gekannt haben.«

»Natürlich nicht. Meine Uroma ist achtundneunzig. Das ist zwar uralt, aber nicht *so* alt.« Sontka griff nach ihrem Glas und nahm einen Schluck ihres Mineralwassers. Als sie weitersprach, verhärtete sich der Zug um ihren Mund wieder. »Die Frauen unserer Familie arbeiten schon seit etlichen Generationen für die Altingas, genau wie ich heute. Aber auch damals schon, als Teelko hier arbeitete.«

»Sie können also bestätigen, dass Teelko als Knecht auf dem Hof der Altingas beschäftigt war?«, schlussfolgerte sie.

»Ja. Er muss damals noch sehr jung gewesen sein«, meinte Sontka.

»Dreizehn. Er war dreizehn«, nickte Hilke.

»So jung noch.« Sontka senkte den Blick und fuhr mit ihren Fingernägeln das Muster der blau-weiß-karierten

Tischdecke nach. »Meine Uroma meint, er musste sterben, weil er etwas wusste«, sagte sie leise.

»Weil er etwas wusste?« Hilke beugte sich vor, und auch Franziskus nahm eine aufmerksame Haltung ein.

»Ja. So hat es ihr ihre Mutter, also meine Ururoma, wohl erzählt, der die Sache mit Teelko bis ins Grab hinein keine Ruhe ließ. Und die Sache mit Anni natürlich auch nicht«, fügte sie kaum hörbar hinzu.

»Welche Anni?«, fragte Hilke vorsichtig, als sie sah, dass Sontka nun Tränen in den Augen standen.

Auf die Antwort musste sie noch warten, denn just in diesem Moment trat die Kellnerin wieder an ihren Tisch und brachte ihnen das Essen. Alle drei hatten sich für das Tagesgericht entschieden: Kutterscholle mit Salzkartoffeln und Salat.

»Anni war die ältere Schwester meiner Urgroßmutter«, erklärte Sontka, nachdem sie sich wenig später den ersten Bissen in den Mund geschoben hatte. »Ihre viel ältere Schwester. Es trennten sie mehr als zwanzig Jahre. Sie ... haben sich nie kennengelernt.«

»Warum?«

»Anni verschwand, als sie zwei Jahre alt war.«

»Sie verschwand? Wie das?«, mischte sich nun auch Franziskus wieder ins Gespräch, der den Ausführungen Sontkas bisher mit skeptischem Gesichtsausdruck gefolgt war.

Sontka zuckte die Schultern. »Einfach so. Von jetzt auf gleich war sie weg. Wie vom Erdboden verschwunden. Keiner hat je wieder was von ihr gehört.«

Am Tisch herrschte auf diese Erklärung hin für ein paar Minuten Schweigen. Zu ungeheuerlich erschien der Gedanke, dass ein Kind einfach so verschwand, ohne auch nur die geringste Spur zu hinterlassen. Natürlich wussten sie, dass so etwas auch heutzutage immer mal wieder passierte. Dennoch erschien es jedes Mal aufs Neue unfassbar.

»Die arme Mutter«, nuschelte Franziskus schließlich in die Serviette hinein, mit der er sich gerade den Mund abwischte.

»Ja. Meine Ururoma hat es wohl nie verwunden, obwohl sie später noch acht weitere Kinder bekam. Anni war ihr erstes.« Sie zögerte kurz, bevor sie hinzufügte: »Es wurde gemunkelt, dass Teelko etwas mit ihrem Verschwinden zu tun habe. Aber meine Ururoma hat wohl nie daran geglaubt. Es heißt, sie mochte Teelko und steckte ihm immer etwas zu essen zu. Sie war als Küchenmädchen bei den Altingas beschäftigt, wissen Sie? Später dann als Köchin.«

»Und was nahm Ihre Ururoma, also Annis Mutter, an, warum ihr Kind so plötzlich verschwand?«, fragte Franziskus.

»Sie vermutete den Bauern dahinter.«

»Den Bauern?« Hilke kramte in ihrem Gedächtnis. »Hermannus Altinga?«

»Nein.« Sontka schüttelte den Kopf. »Dessen Bruder. Abbo.«

»Abbo lebte damals noch?«

»Ja. Er war wohl ...« Sontka sah bedeutungsvoll von einem zum anderen, bevor sie den Satz beendete. »Er war wohl Annis Vater.«

Hilke schluckte schwer. »Abbo Altinga hatte ein Kind mit seiner Küchenhilfe?«

»Das kam damals ständig vor, dass sich die feinen Herren an ihrem Gesinde vergingen«, stellte Franziskus schulterzuckend fest, während er auf einem Stück Gurke kaute. »Möchte nicht wissen, wie viele Bastarde damals ... oh,

Entschuldigung«, unterbrach er sich schnell selbst, als er Sontkas verletzten Gesichtsausdruck bemerkte.

»Meine Ururoma war damals gerade einmal vierzehn Jahre alt«, sagte sie und sah ihn finster an. »Er hat sie vergewaltigt, und das nicht nur ein Mal.«

»Und dann war Anni ihm lästig?«, fragte Hilke, während auch sie ihrem Neffen einen tadelnden Blick zuwarf. »Oder warum sonst hat er sie verschwinden lassen?«

»Das kann man nur vermuten«, erwiderte Sontka. »Wie gesagt, Genaues weiß wohl niemand. Vielleicht war es Abbo, vielleicht nicht.«

»Aber Teelko geriet in Verdacht, etwas mit dem Tod des Bauern zu tun zu haben, richtig?«, wollte Franziskus wissen. »Und mit dem Verschwinden von Anni?«

Sontka blickte von ihrem Essen auf. »Ja«, sagte sie knapp.

Hilke nickte. Jetzt wurde ihr einiges klar. »Also wurde er deswegen als Mörder tituliert«, stellte sie fest.

»Genau. Aber daran glaubte meine Ururoma wohl nicht. Sie glaubte überhaupt nicht, dass Teelko irgendetwas mit den ihm zur Last gelegten Verbrechen zu tun hatte. Aber sie hat es außerhalb ihrer Familie natürlich nie laut geäußert, schließlich brauchte sie den Job.«

»Sollte sie recht damit haben, dann muss an dem Tod von Abbo nicht Teelko, sondern jemand anderer schuld sein«, stellte Hilke treffend fest. »Nur wer?«

»Vermutlich der, der Teelko den Mord unterschieben wollte«, antwortete Franziskus. Er blickte von Hilke zu Sontka und wieder zurück. »Weiß man denn, wer das war?«

»Nein«, antwortete Hilke.

»Hermannus«, sagte Sontka.

»Hermannus? Abbos Bruder? Sind Sie sicher?«, fragte Franziskus mit hochgezogenen Brauen.

»Ja. Meine Uroma kann sich noch gut daran erinnern, dass ihre Mutter sagte, Hermannus Altinga habe überall herumerzählt, dass Teelko am Tod seines Bruders schuld sei.« Sontka überlegte kurz, bevor sie hinzufügte: »Und irgendetwas war da wohl auch noch mit dem Familienschmuck, den Teelko angeblich geklaut hatte. Aber darüber weiß ich nichts Genaues. Das hat wohl niemanden mehr wirklich interessiert, nachdem Teelko als Mörder gebrandmarkt wurde. Viele Leute waren damals ohnehin der Ansicht, dass die Bauern schon viel zu viel besaßen. Und dass man mal bei reichen Leuten etwas klaute, weil die Familie Hunger litt, galt eher als Notwehr denn als Verbrechen.«

»Seltsame Moralvorstellungen«, bemerkte Franziskus.

»Du hast nie Hunger gelitten und kannst das nicht beurteilen!«, schnauzte Hilke ihn sogleich an. »Also halt einfach den Mund!«

Sontka entfuhr bei Franziskus' konsterniertem Gesichtsausdruck ein Kichern, das sie jedoch durch einen Hustenanfall zu kaschieren versuchte.

»Wäre es gegebenenfalls möglich, mal mit Ihrer Urgroßmutter zu sprechen?«, fragte Hilke, während sich Franziskus schmollend auf den Weg zu den Toiletten begab.

»Ich denke schon«, nickte Sontka nach kurzem Nachdenken. »Allerdings ist sie etwas schwerhörig und vergisst vieles schnell wieder. Lediglich ihr Langzeitgedächtnis funktioniert noch ganz passabel.«

»Erlauben Sie mir eine Frage«, meinte Hilke und sah die junge Frau aus schmalen Augen prüfend an. »Sie – und bitte empfinden Sie es als Kompliment – sprechen gar nicht wie eine Küchenhilfe oder Köchin. Sie drücken sich ein wenig, na ja, gewählter aus, wenn ich es mal so sagen darf.«

Sontkas Mundwinkel umspielte ein Schmunzeln. »Könnte daran liegen, dass ich Steuerberaterin bin.«

»Steuerbe ... oh.« Hilke blieb der Mund offen stehen. »Wie dumm von mir. Entschuldigen Sie bitte, ich wusste ja nicht ...«

»Kein Problem«, winkte Sontka ab. »Ich hätte Ihnen ja auch sagen können, dass ich die Buchhaltung für die Altingas erledige. Meine Vorfahrinnen und ich haben uns langsam hochgearbeitet. Meine Mutter zum Beispiel war die Sekretärin von Herrn Altinga, bevor sie im letzten Jahr ihren Job wechselte.«

Hilke wurde hellhörig. »War etwas vorgefallen?«

»Nein. Sie hatte nur ein besseres Angebot bekommen, das ist alles. Eine Freundin von ihr macht jetzt den Job.«

»Sekretärin.« Zwischen Hilkes Augen bildete sich eine steile Falte. »Ist es üblich, dass Landwirte eine Sekretärin beschäftigen?«

Sontka schüttelte den Kopf. »Nein, eher nicht. Aber Herr Altinga geht auch noch anderen Geschäften nach. Er hat eine Softwarefirma aufgebaut und entwickelt Programme für den landwirtschaftlichen Bedarf. Die Firma ist exzellent aufgestellt.«

Anstatt einer Erwiderung griff Hilke nach der Dessertkarte und bestellte, nachdem Sontka abgewinkt hatte, eine Mousse au Chocolat und einen Espresso für sich und eine Rote Grütze mit Vanillesauce nebst Cappuccino für Franziskus. »Sie werden sehen, damit können wir ihn wieder besänftigen«, zwinkerte sie. »Rote Grütze hat er schon als Kind geliebt.«

Als Sontka nur nickte, fragte Hilke: »Warum arbeiten Sie noch für die Altingas, nachdem Ihrer Ururgroßmutter solch schlimme Dinge widerfahren sind?«

Sontka zuckte die Schultern. »Es ist ewig her. Und es

wurde nie bewiesen, dass an der Theorie meiner Urgroßmutter zum Verschwinden ihres Kindes irgendetwas dran ist. Warum also sollte ich eine ganze Familie noch nach Generationen in Sippenhaft nehmen?«

»Sicher. Klingt logisch«, nickte Hilke. Dann fragte sie mit einem Augenzwinkern: »Und was ist der wirkliche Grund?«

Sontka grinste breit. »Ihnen macht so schnell niemand etwas vor, oder?« Sie winkte der Kellnerin und bestellte sich nun doch einen Espresso.

»Stimmt. Also?«

»Ich habe meiner Urgroßmutter versprochen, dass ich das Rätsel um ihre verschollene Schwester noch löse, bevor sie stirbt.«

Nun war es an Hilke zu grinsen. »Das kommt mir bekannt vor«, nickte sie.

»Sie sind mit Teelko verwandt?«

»Ja. Und auch Franziskus und ich haben einen Verwandten, der nicht sterben will, bevor er weiß, was damals passierte.«

»Na dann, auf gute Zusammenarbeit!«, lächelte Sontka und prostete Hilke mit ihrem Glas zu.

8

Moordorf, Frühsommer 1895

Talea lächelte, als sie ihre beiden Kinder, den zehnjährigen Ommo und die etwa dreijährige Fine, davonlaufen sah. Ommo war Fines Held. Das kleine Mädchen verfolgte ihren großen Bruder auf Schritt und Tritt. Der Junge holte beim Laufen weit aus, und für jeden seiner Schritte brauchte Fine mindestens drei, um mit seinem Tempo mithalten zu können. Gerade stolperte sie und fiel hin, rappelte sich aber sofort wieder auf und plapperte weiter auf ihren Bruder ein.

Oft schon war es vorgekommen, dass sie nach einer bestimmten Strecke aufgeben musste, ganz einfach, weil ihr die Puste ausging. Aber anstatt zu weinen oder zu zetern, setzte sie sich dann einfach in die Heide und wartete, bis er wieder zurückkam. Was zuweilen Stunden dauern konnte, aber das war Fine egal. Sie schaute dann den Männern beim Abtorfen zu, ließ sich von ihnen Binsen aus dem Spitt[2] reichen und versuchte, sich daraus einen Haarkranz zu basteln, was ihr für ihr Alter erstaunlich gut gelang.

Ja, Fine war ein Sonnenschein und hatte die Herzen der Bewohner Moordorfs im Sturm erobert. So auch das ihrer Geschwister. Allerdings vermochte Talea nicht zu sagen, warum es ausgerechnet Ommo war, der es ihrem Findelkind besonders angetan hatte. Es musste so etwas wie Seelenverwandtschaft sein, was die beiden verband.

---

[2] Nach dem Abbau von Torf verbleibendes Wasserloch

Bis heute fragten sie sich, woher dieses Kind so plötzlich gekommen war. In den ersten Tagen hatte Fine geweint und immer wieder nach ihrer Mutter gerufen. Nach rund einer Woche aber hatte sie sich an ihre neue Familie gewöhnt. Wenn man sie fragte, wie sie heiße, sagte sie Fine. Deshalb wurde sie auch von ihnen so genannt. Ob das ihr richtiger Name war oder ob dieses Wort, das sie laufend vor sich hinbrabbelte, ihrem noch sehr geringen Wortschatz entsprang, wusste niemand zu sagen.

Natürlich hatte Wübbo herauszufinden versucht, zu wem sie gehörte, was sie im tiefsten Winter ins Moor trieb, warum man sie mit ihrem Tornister voller Nahrungsmittel einfach am Wegesrand abgestellt hatte. Nichts. Es war, als wäre sie vom Himmel gefallen.

Und manchmal glaubte Talea sogar, dass es genauso gewesen sein musste. Dass Fine ein Geschenk des Himmels war. Ein Engel, dem sie es verdankten, dass ihre Familie den strengen Winter überlebte. Denn ohne die Hühnersuppe, die sie vom Huhn gekocht und Jelto und Nomke eingeflößt hatte, wären die beiden vermutlich nicht mehr gesundet. Und wer weiß, vielleicht hätte sie der Hunger sogar allesamt dahingerafft.

In Moordorf machten indes die unterschiedlichsten Gerüchte bezüglich Fines Herkunft die Runde. Am hartnäckigsten hielt sich die Geschichte, die Eltern des Kindes seien auf ihrer Fahrt durchs Moor verschleppt worden, wahlweise von Wegelagerern, von wilden, ausgehungerten Tieren oder gar von Moorgeistern. Je mehr Alkohol, desto wirrer die Geschehnisse, die sich in der Fantasie der Menschen um das Findelkind rankten. Nur in einem waren sich alle einig: dass die Grootmans viel Glück gehabt hatten, dieses Mädchen geschenkt zu bekommen.

Nun, für die warme Jahreszeit mochte das gelten. Aber

was war, wenn der nächste Winter ähnlich streng wurde wie der letzte? Talea mochte sich gar nicht ausmalen, was es hieß, noch ein hungriges Maul mehr stopfen zu müssen. Sie mussten zusehen, dass sie bis zum Herbst hin genügend Vorräte anlegten, hatte Wübbo gemeint. Doch Talea hatte nur mit den Schultern gezuckt. Das taten sie im letzten Jahr auch. Nur, was nützte es, wenn ihnen in ihrer nasskalten Hütte alles Essbare unter den Händen wegfaulte?

Talea schüttelte sich, um die trüben Gedanken loszuwerden. Der Sommer fing nach einem überraschend milden Frühjahr gerade erst an. Was also machte sie sich Gedanken um den Winter? Jetzt, da die Welt vor Leben geradezu strotzte? Die wenigen Bäume und Büsche um sie herum zeigten sich in einem saftigen Grün, die flauschigen Fruchtfäden des Wollgrases wogten sanft im Wind, hier und da sah man Tiere über die endlos weite Heide flitzen. Draußen war es mild, es regnete wenig, der Wind war angenehm seiden, wenn er einem über die Haut strich.

Selbst Wübbo klagte nicht so sehr über seine schmerzenden Knochen, wie er es sonst zu tun pflegte. Eigentlich war also alles gut so.

Taleas Blick fiel auf die Kirche, die dank eines Gnadengeschenks des Kaisers vor nicht einmal zwei Jahren errichtet werden konnte, ergänzt durch eine Stahlglocke, die regelmäßig zum Gebet läutete. Nein, dachte sie, sie durfte sich nicht versündigen, denn Gott sorgte für sie. Hatte er ihnen nicht erst vor wenigen Jahren Pastor Beer aus dem benachbarten Victorbur geschickt, der in einem leerstehenden Haus die Kinderbewahranstalt errichtete, bevor er im letzten Jahr nach Amerika auswanderte? In ihr wurden heute die kleinen Kinder des Dorfes betreut, während ihre Mütter der täglichen Arbeit nachgingen und die Väter weit weg von Zuhause den lange ersehnten Kanal bauten.

Ja, auch dafür hatte der liebe Gott gesorgt. So lange schon, über mehrere Generationen, hatten die Moordorfer darauf gewartet, dass das Moor entwässert würde, damit sie die trockengelegten Flächen für den Ackerbau nutzen konnten und ihre Kinder nicht mehr betteln gehen mussten. Vor ein paar Jahren endlich war es soweit, und die Männer des Dorfes machten sich voller Tatendrang an die Arbeit. Sie hackten, wühlten und gruben. Alle, außer Wübbo, der sich körperlich nicht dazu in der Lage sah.

Mit dem Wohlstand ging es in Moordorf seither rasch bergauf. Der trockene Torf konnte abgebaut und über den Kanal in andere Regionen verschifft und verkauft werden. Auf den Fahrten zurück wurden Waren nach Moordorf transportiert. Die Einkünfte der Torfhändler stiegen beständig.

So kam es, dass Talea noch heute vor ihrer kleinen Lehmhütte saß, während die Nachbarsfrauen ihren wachsenden Wohlstand zur Schau stellten. Sie waren nun *steinreich*, wie sie Talea gerne unter die Nase rieben, konnten sie sich doch Backsteine leisten, die ihre Männer über den Kanal ins Moor brachten, um aus ihnen größere, schönere und vor allem wärmere Häuser zu errichten.

»Mudder, guck mal, was die Mädchen für schöne Kleider haben«, sagte die kleine Nomke in ihre Gedanken hinein. Sie saß neben ihrer Mutter vor der Lehmhütte und wusch ihr im Moor ganz schlammig gewordenes Kleid in einer zerbeulten Zinnwanne aus. Verschämt schlug Nomke ihren Blick nieder, als die beiden Nachbarsmädchen ihr nun fröhlich zuwinkten. Doch ganz offensichtlich taten sie dies nicht, um freundlich zu sein. Vielmehr stolzierten sie mit ihren blütenweißen Kleidchen an ihnen vorbei wie zwei verwöhnte Gören aus der Stadt.

»Kannst mein altes Kleid haben, wenn du willst«, rief eines der Mädchen nun herüber, während sich das andere kichernd die Hände vor den Mund schlug. »Ich brauch's ja nun nicht mehr. Aber für dich reicht's gewiss noch.«

Talea strich ihrer nun mit gesenktem Kopf dasitzenden Tochter tröstend über den Kopf.

»Können wir am Sonntag bitte nicht in die Kirche gehen?«, fragte Nomke leise, während sie ihr beinahe nur noch aus Flicken bestehendes Kleidchen im Wasser durchwalkte.

Normalerweise hätte Talea sie nun zurechtgewiesen, kam diese Frage doch einer Gotteslästerung gleich. Doch wusste sie, dass Nomke es nicht so gemeint hatte. Nein, das Mädchen schämte sich einfach nur ihres ärmlichen Äußeren. Sie und ihre Schwester Leefke wünschten sich so sehr, gerade am Sonntag auch mal ein hübsches Kleidchen anziehen zu können. Doch wurden hübsche Kleider gemeinhin erst verschenkt, wenn sie schon lange nicht mehr hübsch waren. Wenn überhaupt. Talea machte die Beobachtung, dass die Nachbarn mit zunehmendem Reichtum immer knausriger wurden. Hatten sie sich früher in ihrer Not gegenseitig beigestanden, wo es eben ging, so war davon jetzt nur noch wenig zu spüren. Reichtum machte arm. Arm an Menschlichkeit. So ihr Fazit.

Während Nomke ihr Kleid aus dem Wasser nahm und über eine an der Hütte befestigte Schnur hängte, machte sich Talea daran, ein wenig Buchweizenmehl mit Wasser zu vermengen. Doch plötzlich legte sich ein Schatten auf sie. Sie schaute auf und blickte in die gütigen, mit einem grauen Schleier verhangenen Augen der buckligen Nomdina.

»Moin«, lächelte sie. Sie mochte ihre alte Nachbarin in ihren langen, schweren Röcken und der schwarzen Stola aus Schafwolle, die sie sich sommers wie winters über die gekrümmten Schultern legte. So schief und krumm, die Nase beim Laufen fast am Boden, sah man Nomdina die höllischen Schmerzen, die sie ertragen musste, schon von Weitem an. Aus der Nähe betrachtet wurde es noch schlimmer. Inzwischen vermied sie es, irgendwem die Hand zu reichen, denn ihre Fingergelenke waren nur mehr geschwollene Knoten, die ihr das Greifen fast unmöglich machten.

Dennoch hielt sie ein Bündel in der Hand, das sie Talea nun mit zittrigen Händen entgegenstreckte. »Für die Kinner«, sagte sie mit ihrer rauchigen Stimme, »damit sie ’n büschen zu Kräften kommen.«

Talea warf einen Blick in das Tuch aus Leinen hinein und schlug sich im nächsten Moment die Hand vor den Mund. »Das ist ja ... lieber Gott im Himmel, du bringst mir Schmalz und fetten Speck! Nomdina! Wie ... ich ... aber das kann ich doch nicht annehmen! Du brauchst das doch für dich!«

»Nee«, winkte Nomdina mit einem kaum wahrnehmbaren Kopfschütteln ab, »ich brauch das nicht. Kimmo, was mein Sohn ist, hat ’ne Mutt[3] geschlachtet und mir da was von gebracht. Aber ich vertrag da ja nicht viel von. Ist man nix für die morschen Gräten. Und da dacht ich, die Lütten könn’s sicher besser gebrauchen, so spillich[4] wie die sind.«

»Nomdina ... ich ... ich ...« Talea hatte Tränen der Rührung in den Augen. »Wie soll ich nur ... und du meinst wirklich ...?«

---

3 Sau
4 spindeldürr

»Lass man gut sein, mien Wicht[5]. Du hast es schwer genug«, war alles, was Nomdina noch sagte, bevor sie sich mit schleppenden Schritten wieder zum Gehen wandte.

»Ich ... ich ... danke!«, rief Talea ihr hinterher. »Möge der liebe Gott dich reich belohnen!«

Talea lief in die Hütte und griff nach der Pfanne. Jetzt schnell! So etwas Gutes bekamen sie nur selten zu essen, und sie wollte es rasch in den Buchweizenfladen verarbeiten, bevor Wübbo nach Hause kam und den Speck für sich reklamierte. Natürlich war er ein treusorgender Vater, aber wenn es um Fleisch oder Speck ging, vertrat er die Ansicht, dass es in erster Linie ihm als Ernährer zustehe. Solange es noch andere Lebensmittel zu essen gab, sollten sich Frau und Kinder mit denen begnügen.

Talea wusste, dass es Ärger geben würde, wenn Wübbo von ihrer Eigenmächtigkeit erfuhr. Aber das war ihr egal. Sie musste zusehen, dass ihre nach dem Winter viel zu dünnen und erbärmlich blass aussehenden Kinder wieder zu Kräften kamen.

»Moin, Mudder, das riecht ja nicht schlecht.« Der Speck hatte gerade angefangen, in der Pfanne zu brutzeln, als ihr ältester Sohn plötzlich neben ihr stand.

»Ach herrje, was machst du denn hier? Was ist passiert, in Gottes Namen?«, rief Talea erschrocken aus und presste die Hand aufs Herz. Wenn Teelko einfach so von seiner Arbeitsstelle verschwand, konnte nur etwas Furchtbares geschehen sein. Die Bauern kannten kein Pardon, wenn es um ihre Arbeitskräfte ging. Nicht selten kam es vor, dass sie den Gendarm auf entlaufene Knechte oder Mägde hetzten.

---

5 Plattdeutsch für Mädchen

»Beruhig dich, Mudder.« Teelko hob beschwichtigend die Hand. »Der Bauer ist plötzlich verstorben und da ...«

»Was? Was heißt das, er ist verstorben?«

»Hä? Er ist tot, heißt das.«

»Aber warum? Was ist passiert?«

»Dein Speck, Mudder.« Teelko deutete aufs Feuer. »Gleich verbrennt er. Wär' schade drum.«

Talea griff hektisch nach der Pfanne und riss sie von der Flamme. »Aber ...«

»Jetzt beruhig dich doch endlich. Hab mich schon gekümmert. Hab neue Arbeit. Beim annern Bauern. In ein paar Tagen fang ich an. Dachte, ich guck solange mal zu Haus vorbei.«

»Na, Gott sei Dank, ich hätte wirklich nicht gewusst ... « Talea strich sich eine Strähne ihres langen, aschblonden Haares aus der verschwitzten Stirn. »Was ist ihm denn passiert?«

»Ist wohl gestürzt. Vom Heuboden runner in'n Gulf[6]. Mit'm Kopf zuerst aufgebrackert. Da brauchst dich auf Morgen nicht zu freuen, wenn du mich fragst.«

»Einfach so gestürzt?«, fragte Talea betroffen. »Das ist aber tragisch für die Familie.«

Teelko winkte ab. »Die haben genug. Der Bauer ist noch nicht mal kalt und die streiten schon drum, wer was erbt. Ist nicht schön. Gerade für die junge Bäuerin nicht. Wo da doch auch gerade erst das Kind gestorben ist ... Vorsicht, Mudder!« Teelko zog schnell die Pfanne aus ihrer Reichweite, denn das Fett spritzte nun nach allen Seiten und hatte sie am Arm erwischt.

»Nun lenk mich doch nicht dauernd mit so fürchterlichen Geschichten ab«, schimpfte Talea und benetzte

---

6 Lagerfläche für Ernte und Gerät

die verletzte Stelle, auf der sich rasch eine Brandblase bildete, mit Speichel. »Ein Kind hat sie verloren«, sagte sie dann kopfschüttelnd, »und nun auch noch das. Und dich wollten sie nun nicht mehr haben? Aber die Arbeit muss doch …«

»Ist 'ne annere Geschichte«, unterbrach Teelko sie, während er die Pfanne mit dem Speck vorsichtig wieder über das Feuer schob. »Hab ja was Neues. Ist alles gut.«

Talea buk nun einen Buchweizenfladen nach dem anderen, sodass der Stapel, den sie auf einem Holzbrett aufschichtete, rasch höher wurde. »Geh deine Geschwister holen. Sie können nicht weit sein. Und vergiss Fine nicht«, sagte sie zu Teelko, der nun einfach nur dasaß und sein Gesicht der wärmenden Sonne entgegenstreckte. Talea war erschrocken, wie dünn und ausgezehrt ihr Junge aussah. Was hätte sie dafür gegeben, wenn sie dem erst Dreizehnjährigen die anstrengende Arbeit beim Bauern ersparen könnte! Genau wie seiner jüngeren Schwester Enna. Ob das Mädchen auf dem Hof zurechtkam? Sie wusste es nicht, hatte schon seit einer ganzen Weile nichts von ihr gehört. Jeden Abend schloss sie sie in ihr Abendgebet ein und bat den lieben Gott, ihr Mädchen zu beschützen. Mehr konnte sie nicht für sie tun.

»Fine?« Teelko hob die Brauen. »Wer ist Fine?«

»Wübbo hat sie … ach, da kommt sie ja schon. Mit Ommo. Wie immer.« Talea lächelte beim Anblick des kleinen Mädchens, das wild gestikulierend hinter ihrem großen Bruder hertapste und ihm anscheinend einen ganzen Schwall ihres weitgehend unverständlichen Wortschatzes entgegenschleuderte, wobei ihre blonden Locken rhythmisch auf und ab wippten. »Guck mal, Fine«, sagte sie zu dem Kind, das wenig später auf ihren Schoß kletterte und die Ärmchen um ihren Hals schlang, »das hier ist dein großer Bruder Teelko. Er ist ganz überraschend gekommen und ...« Sie stockte, als ihr Blick nun auf ihren ältesten Sohn fiel.

»Was ist ’n los, Teelko?«, fragte sie besorgt. »Bist ja plötzlich ganz blass. Und wieso guckst du Fine denn so komisch an?«

»Woher kommt sie?«, krächzte er statt einer Antwort.

»Wübbo hat sie im Moor gefunden. Mitten im Winter. Sie stand ...«

»Aber sie ... sie... das kann doch nicht sein!« Der Junge hatte seine Augen weit aufgerissen und schrie diese Worte fast aus sich heraus. Er trat ein paar Schritte zurück, als könnte er Fines Nähe nicht ertragen. Inzwischen hatten sich – wohl angelockt von dem Geruch gebratenen Specks – all seine Geschwister an der Feuerstelle eingefunden und schauten fragend von einem zum anderen.

»Was redest du da, Teelko? Was kann nicht sein?« Instinktiv schlang Talea ihre Arme fester um Fine, die, genauso wie die kleine Nomke, angesichts des aufbrausenden Jungen zu weinen angefangen hatte.

»Ich ... aber«, er strich sich durch die blonden Haare und machte eine unbestimmte Geste. »Ach wat. Nix. Ist nix. Wirklich. Es war nur ... ich war ... überrascht. Kommt ja nicht jeden Tag vor, dass einem ’n Kind zuläuft.«

»Irgendwas ist doch«, ließ seine Mutter nicht locker. »Warum erschreckt dich das Kind denn so?«

»Ist nix, Mudder. Wirklich. Ist nix.« Teelko zeigte ein schiefes Grinsen. »Gibt’s nun endlich was zu essen? Ich sterbe vor Hunger.«

»Ich auch«, stimmte Ommo ihm zu und rieb sich lachend den Bauch. »Noch einen Moment und ich kipp tot um, wenn ich nix zu essen krieg.«

Talea aber schaute skeptisch auf ihren Ältesten, der

ihren Blick ohne jede Unsicherheit erwiderte. Dann zuckte sie ergeben die Schultern und verteilte das Essen.

Die nächsten Minuten verliefen schweigend. Angesichts der so ungewöhnlich schmackhaften Mahlzeit vergaßen die Kinder die Welt um sich herum. Nicht nur einmal musste Talea sie ermahnen, die Fladen nicht zu schnell in sich hineinzuschlingen. Und doch lief ihr Herz über vor Freude, als sie die glücklichen Gesichter sah. Schon lange hatten ihre Kinder nicht mehr so zufrieden ausgesehen.

»Vergesst nicht, der alten Nomdina für den Speck zu danken, wenn ihr sie seht«, sagte sie, als sich alle satt die Bäuche rieben und sich das Fett von Mündern und Kinn wischten.

»Nomdina ist gruselig«, stellte die kleine Leefke mit einem Schaudern fest. »Sie ist so krumm und schief wie eine Moorhexe«, fügte sie flüsternd hinzu.

»Nomdina ist ein guter Mensch«, erwiderte Talea, auch wenn sie die Vorbehalte ihrer Tochter nur allzu gut verstand. Die alte Frau war in Moordorf zwar gut gelitten, doch hatten wegen ihrer Schrullen auch alle eine gehörige Portion Respekt vor ihr. Es hieß, sie sei als junge Frau ins Dorf gekommen, vor etlichen Jahrzehnten, als das Leben im Moor noch ungleich schwieriger war als heute. Es hieß, sie sei die Tochter wohlhabender Marschbauern, habe sich jedoch als blutjunges Mädchen mit dem Stallburschen eingelassen, und ihr Vater habe die beiden daraufhin mit Schimpf und Schande vom Hof gejagt. Sie fanden zunächst Unterschlupf bei seinen Eltern, die in Moordorf eine kleine, elende Lehmhütte bewohnten, und bauten sich bald darauf eine eigene. Nicht lange, und Nomdina brachte einen gesunden Jungen zur Welt, danach noch zwölf weitere Kinder, von denen jedoch acht das erste Lebensjahr nicht erreichten.

Mit der Zeit kamen bei dem einen oder anderen Dorfbewohner Zweifel an den Gerüchten auf, doch war Nomdina eine der wenigen im Dorf, die lesen, schreiben und rechnen konnte, was darauf hindeutete, dass sie tatsächlich kein Kind armer Leute war.

Talea selbst gab nichts auf das Geschwätz ihrer Nachbarn. Sie schätzte Nomdina über die Maßen, und das nicht nur, weil sie ihnen ab und an mal etwas zu essen zusteckte. Für sie verkörperte die alte, vom harten Leben im Moor missgestaltete Frau mit ihrem wachen Geist und dem großen Herzen vor allem ein Stück Hoffnung. Die Hoffnung nämlich auf eine bessere Welt, in der es nicht mehr arm und reich, gebildet und ungebildet, stark und schwach gab, sondern ein bisschen Liebe und Glück für jeden.

»Wie lange bleibst du?«, fragte sie an Teelko gewandt, der sich zwar bemühte, die kleine Fine nicht allzu auffällig anzustarren, doch anscheinend nicht umhin konnte, seinen Blick immer mal wieder auf ihr verharren zu lassen. Was hatte er nur mit ihr?

»Ein paar Tage. Vielleicht nimmt mich dann einer von den Törfmuttjes[7] ein Stück mit.« Noch bevor irgendjemand etwas erwidern konnte, war Teelko aufgesprungen. Er winkte Ommo, mit ihm zu kommen. »Los«, sagte er geschäftig, »wir gehen Reet holen.« Er deutete aufs Dach der Lehmhütte. »Muss dringend repariert werden, hält bestimmt keinen Herbstregen mehr aus.«

---

7 Kahn zum Transportieren von Torf

9

Ungeduldig hatte Teelko auf diese Gelegenheit gewartet. Es war nicht einfach, in dieser engen Hütte mal alleine zu sein.

Erst jetzt, nachdem er sich bereits über mehrere Monate auf dem großen Marschhof bewegt hatte, ging ihm auf, wie beengt das Leben hier tatsächlich war. Natürlich konnte er auch auf dem Gulfhof nicht ein- und ausgehen, wie er wollte. Vielmehr beschränkte sich sein Bewegungsradius auf die großräumige Gesindeküche und die winzige Schlafkammer unterm Dach, die er sich mit einem weiteren Knecht teilte. Doch hatte der Hof den Vorteil, dass man auch bei Regen oder Kälte nicht aufeinanderhockte wie die Hühner im Stall, dass man sich zurückziehen konnte, wenn man es für nötig befand – und dass man im Bett dank mehrerer grober Wolldecken selbst dann nicht fror, wenn es draußen klirrend kalt war.

Das Leben als Knecht war gewiss nicht einfach. Sieben Tage die Woche stand er mit den Hühnern auf und legte sich erst zu später Stunde schlafen. Dazwischen hieß es schuften, schuften, schuften. So lange, bis man nicht einmal mehr die schmerzenden Muskeln und Knochen spürte. Arbeitspausen gab es nur fürs Essen, das in der Regel aus einer wässrigen Suppe, Kartoffeln und mit viel Glück aus einer dünnen Scheibe Brot mit einer noch dünneren Scheibe Speck bestand. Ja, das Leben auf dem Hof war wahrlich kein Vergnügen; hier im Moor aber war es die Hölle.

Mit Schaudern dachte Teelko an die Jahre in der feuchtkalten Lehmhütte zurück. Zunächst war es noch erträglich gewesen, doch mit jedem Kind, das hinzukam, wurde der Raum zum Wohnen und Schlafen enger, das Essen knapper und die Winter kälter. Als kleiner Junge hatte er seinen Vater einmal gefragt, wie es sein konnte, dass die kalte Jahreszeit mit jedem Jahr noch kälter wurde. Vater hatte nur gelacht und gesagt, er solle nicht so dumme Fragen stellen. Später dann war ihm aufgegangen, dass er die Winter vermutlich nur als kälter empfand, weil er weniger zu essen bekam als in früheren Jahren. Und weil er häufig auf einer Wolldecke auf dem harten Lehmboden hatte schlafen müssen, während die immer größer werdende Schar kleinerer Geschwister die Butze okkupierte.

Er erinnerte sich noch gut an die Nächte, da er zähneklappernd zu den Tieren in den Stall gekrochen war und sich an die Ziege gekuschelt hatte. Zu dieser Zeit hatten sie meistens eine Ziege gehabt, in späteren Jahren nur noch ein paar Hühner.

Auch jetzt saßen gerade mal drei Hühner auf der Stange, die ab und zu mal ein Ei legten. Ommo hatte ihm erzählt, dass die Familie in den Wintermonaten gewiss verhungert wäre, wenn nicht plötzlich Fine mit ihrem prall gefüllten Tornister wie ein Geschenk des Himmels vor der Tür gestanden hätte.

Wie ein Geschenk des Himmels. Teelko spürte beim Gedanken an das kleine Findelkind, wie sich seine Eingeweide schmerzhaft zusammenzogen, was mit dem Gefühl, es hier mit einem himmlischen Wunder zu tun zu haben, nur wenig gemein hatte. Denn je länger er über Fine nachdachte, desto sicherer war er, dass an dem Kind etwas faul war. Nein, korrigierte er sich schnell, dass an der Geschichte rund um das Kind etwas faul war. Und er glaubte

auch zu wissen, was es war. Doch war der Gedanke so ungeheuerlich, dass er sich weigerte, ihn überhaupt zuzulassen.

Und doch konnte er es nicht verhindern, dass sich dieser Gedanke immer wieder in seinen Kopf schlich, sich dort festsetzte. Ganz egal, was er tat, um ihn zu vertreiben, so kam er doch immer wieder zu ihm zurück. Die ganze quälend lange Nacht hatte er ihn gemartert. Teelko hatte sich einen Narren geschimpft, dass es ihm nicht gelang, Fine einfach als das zu akzeptieren, was sie war: ein schutzbedürftiges kleines Mädchen, das nun zu seiner Familie gehörte.

Nun aber, da die aufgehende Sonne einen weiteren milden Frühsommertag ankündigte, lösten sich die quälenden Gedanken allmählich in Wohlgefallen auf. Er wusste, was zu tun sei, und dass er die Sache nicht auf sich beruhen lassen konnte, wollte er nicht für den Rest seiner Tage von Albträumen und einem schlechten Gewissen heimgesucht werden. Er musste handeln.

Teelko horchte in die Stille hinein. Seine Mutter war nach dem Mittagessen mit seinen Geschwistern losgezogen, um Besenheide zu ernten. Aus dieser stellte sie dann Topfschrubber her, mit denen die Kinder anschließend in die umliegenden Dörfer zogen, um sie zu verkaufen. Sein Vater war am gestrigen Abend gar nicht erst heimgekehrt, nachdem er am Morgen losgezogen war, um sich als Tagelöhner zu verdingen. Meistens kam er wenige Stunden später unverrichteter Dinge zurück, denn kaum einer konnte einen Mann gebrauchen, dem nach wenigen Minuten Arbeit die Knochen derart schmerzten, dass er nicht einmal mehr die Hälfte des Pensums eines gesunden Mannes schaffte. Gestern aber schien es geklappt zu haben. Teelko hoffte, dass er am Abend wenigstens ein wenig

Geld mit nach Hause bringen und vor allem zu kaputt sein würde, um seine Frau zu besteigen.

Teelko konnte die Nächte nicht mehr zählen, in denen er seinen Vater hatte stöhnen hören. Ein älterer Moordorfer hatte ihn eines Tages darüber aufgeklärt, was dieses Stöhnen bedeutete, nämlich dass seine Mutter schon bald ein weiteres Kind bekommen würde. Und genauso war es gewesen. Immer und immer wieder.

Wie er jedes Mal gezittert hatte, wenn bei ihr die Wehen einsetzten und sie über Stunden hinweg den Schmerz aus sich hinausschrie! Der besorgte Gesichtsausdruck der Hebamme hatte ihm schier das Herz aus dem Leib gerissen, wenn sie den sich bei jeder Geburt wiederholenden Satz sagte: *Ich glaube nicht, dass sie es diesmal schafft.*

In diesen so endlos langen Stunden hatte die Angst an ihm genagt wie die Ratten, die des Nachts zu ihm unter die Decke krochen. Was sollte bloß aus der Familie werden, wenn seine Mutter nicht mehr war? Wer würde sich um sie kümmern, wer ihnen zu essen geben, wer sie im Arm halten, wenn sie krank wurden?

Und wie groß war die Erleichterung, wenn sie es dann wider Erwarten doch geschafft hatte! Wenn sie trotz aller Strapazen ein weiteres Mal die Kraft gefunden hatte, sich wieder ihren Aufgaben zu widmen. Wenn sie nach ein paar Tagen aus ihrer Butze gestiegen war und einfach so weitermachte wie zuvor.

Jeden Abend betete er in der Hoffnung, dass der liebe Gott seiner Mutter auch bei den nächsten Geburten beistehen würde. Oder sie gar nicht mehr schwanger werden ließ. Sie hatte nun bereits seit beinahe fünf Jahren kein Kind mehr zur Welt gebracht. Gut möglich also, dass seine Gebete erhört wurden.

Teelko schaute noch einmal zum unverglasten Fenster

hinaus, doch noch immer war weit und breit niemand von seiner Familie zu sehen. Auch sonst war es ruhig. Also machte er sich ans Werk und durchwühlte die Lagerräume unter den beiden Butzen, in denen im Winter die wenigen Lebensmittel gelagert wurden. Jetzt im Sommer dienten sie bis zur Ernte als Ablagefläche für die wenigen Dinge, die die Familie besaß und nicht täglich brauchte.

Er wurde rasch fündig und zog einen Tornister hinter ein paar aufgestapelten Bettwärmern hervor. Es gab keinen Zweifel, dass es sich bei diesem gut verarbeiteten Tornister aus Leder um denjenigen handelte, den Fine damals dabei gehabt hatte, als Vater sie im Moor fand. Denn er war purer Luxus. Noch nie hatte die Familie auch nur annähernd Wertvolles besessen.

Auch wenn Teelko sich nicht vorstellen konnte, dass sich noch irgendetwas in dem Tornister befand, das von Interesse war, so schaute er doch in alle Taschen und Klappen, über die dieser verfügte. Und das waren nicht wenige. Vor allem aber prüfte er zunächst, ob sich womöglich irgendwo ein eingestanztes oder gar eingesticktes Wappen oder Ähnliches befand. Aus dem Haushalt des Marschbauern wusste er nämlich, dass die reichen Leute nahezu alles, was sie besaßen, mit ihrem Wappen verzieren ließen. Ganz egal, ob es sich dabei um Wäsche, um Möbel, um Besteck oder um das hauchzarte Briefpapier handelte – auf allem prangte ihr Emblem. So hatte er es zumindest erzählt bekommen.

Nichts. Teelko seufzte. Leider wies bei diesem Tornister nichts darauf hin, wem er gehörte. Auch hatte sein Vater ihn gänzlich ausgeräumt.

Enttäuscht wollte er ihn wieder hinter die Bettwärmer zurückschieben, als seine Finger etwas Hartes ertasteten. Er vermutete zunächst, dass es die eherne Schnalle war, die am Ende einer der Kordeln hing. Dann jedoch fiel sein Blick auf ebendiese, die sich allerdings an ganz anderer Stelle befand als seine Finger. Hatte er bei all seiner Gründlichkeit doch etwas übersehen?

Hektisch schob er seine Hände erneut in das Innere des Tornisters und ließ sie dann in eine der unteren Ecken wandern. Da! Tatsächlich gab es hier eine kleine, feste Erhebung, die er zuvor nicht bemerkt hatte. Allein, er kam nicht dran. Offensichtlich handelte es sich um etwas, das entweder durch ein Loch ins Futter gerutscht oder – ihm stockte der Atem – in dieses eingenäht war.

So sehr er in den nächsten Minuten auch suchte, ein Loch im Futter gab es nicht. Er musste also auf einem anderen Weg herankommen. Mit einem mulmigen Gefühl im Bauch griff er nach dem kleinen Messer, das er immer bei sich trug. Wenn sein Vater mitbekam, dass er dem wertvollen Tornister Schaden zufügte, würde es Prügel setzen, das war gewiss.

Es sei denn, der Fund war es wert, gefunden zu werden.

Das Messer lag schwer und kühl in seiner Hand, obwohl sein Gewicht normalerweise kaum spürbar war. Nur kurz erwog Teelko, es sein zu lassen. Er könnte ja seinen Vater am Abend bitten, einmal nachzuschauen, und es damit ihm überlassen, ob man das Futter zerschnitt oder nicht.

Doch der Wunsch, das Geheimnis jetzt sofort zu lüften, behielt die Oberhand. Also drehte Teelko den Tornister auf Links, ohne dabei den harten Gegenstand auch nur einen Moment loszulassen. Ganz vorsichtig setzte er das Messer an einer Naht an. Er wollte so wenig wie möglich kaputtmachen.

Es genügten ein paar kleine Schnitte.

Teelko schnappte nach Luft, als ihm der feste Gegenstand nun entgegenblitzte. Denn gerade in dem Augenblick, als er ihn aus dem Futter hervorzog, brach sich in ihm ein durchs Fenster hereinscheinender Sonnenstrahl – und brachte ihn zum Funkeln wie tausend Sterne am tiefschwarzen Nachthimmel.

Grüne Sterne. Der Ring, den er nun in den Fingern hielt, blitzte grün.

Etwas derart Schönes hatte Teelko erst einmal gesehen: an dem Abend im Winter, als sich die Familie des Marschbauern anschickte, mit ihrer Kutsche zu einem Ball zu fahren. Ihm war die Aufgabe zugefallen, die Pferde so lange ruhig zu halten, bis man abfahrbereit war. Die junge Bäuerin, die um etliche Jahre jünger war als ihr Ehemann, hatte wunderschön ausgesehen in ihrem langen, mit hunderten glitzernden Schmucksteinen besetzten Ballkleid, das im Licht der Fackeln nur so funkelte. Überstrahlt wurde dieses Funkeln des Kleides lediglich durch das des Colliers, das ihren weißen Hals schmückte.

»Nu guck dir einer diese Smaragde an«, hatte der ältere Stallknecht ihm zugeraunt, »davon kannste deine Familie 'n ganzes Jahr ernähren, wennde se verkaufst. Mindestens.«

Ein Smaragd. Auch wenn Teelko diesen Begriff an jenem Abend zum ersten Mal gehört hatte, so hatte er sich ihm doch eingeprägt. Zu beeindruckt war er von dem Anblick des kostbaren Colliers gewesen.

Und nun, er konnte es kaum glauben, hielt er selber einen solchen Smaragd in der Hand. Und dass es ein Smaragd war, da war er sich ganz sicher. Ehrfürchtig drehte er den Ring ein paarmal um sich selbst. Er hielt ihn ins Sonnenlicht und genoss das Funkeln und Glitzern, mit dem er beschenkt wurde. Er streifte ihn über seinen Ringfinger, doch war der viel zu schmal und gab ihm keinen Halt. Also nahm er ihn wieder schützend in die Hand.

Der Edelstein war so groß wie die Kuhle seiner Handfläche, wenn er die Finger krümmte.

Ob er zu dem Collier der Bäuerin gehörte?

Teelko nickte. Ja, dachte er und spürte sein Herz plötzlich hart gegen die Rippen schlagen, natürlich gehörte er dazu, daran hegte er keinerlei Zweifel.

Blieb nur die Frage, was er jetzt mit diesem Wissen anfing.

10

Talea schaute sich verstohlen um, bevor sie die mit Backsteinen umbaute Lehmhütte betrat. Zwar würde sich niemand in Moordorf wirklich wundern, wenn sie der alten Nomdina einen Besuch abstattete, doch wäre es ihr trotzdem ganz lieb, dabei nicht gesehen zu werden. Wenn Wübbo davon erfuhr, dann würde er Fragen stellen, und sie wäre verpflichtet, ihm zu antworten. Ihm ehrlich zu antworten.

Und dass das nicht ging, stand außer Frage.

Denn wie um alles in der Welt sollte sie einem Mann, der so stolz auf seine Manneskraft und die dadurch gezeugte Kinderschar war, erklären, dass sie ein Kraut nahm? Ein Kraut, das seit der Geburt von Jelto eine erneute Schwangerschaft verhinderte. Nein, nie im Leben durfte Wübbo davon erfahren, denn ganz sicher würde er sie für diese Sünde vor aller Augen totprügeln.

Als sie vor fünf Jahren mit dem kleinen Jelto im Arm völlig entkräftet im Wochenbett lag, hatte sich Nomdina rührend um sie gekümmert. Nie zuvor war sie dem Tod so nah gewesen wie bei dieser letzten Entbindung. Nur ihrer alten Nachbarin und deren Kräutertees und -tinkturen war es zu verdanken, dass sie nach einem hohen Blutverlust überhaupt wieder zu Kräften kam.

Zudem hatte Nomdina Wübbo sämtliche biblischen Plagen geweissagt, sollte er in den nächsten drei Monaten auch nur daran denken, seine Frau anzufassen. »Pass bloß auf«, hatte sie ihn angefaucht und ihm dabei mit dem Zeigefinger vor der Nase herumgefuchtelt, »abfaulen soll er dir, wenn du ihn nicht bei dir behältst, so wahr ich hier vor dir stehe!«

Zu Taleas Erleichterung hatte Wübbo sich diese wenig erstrebenswerte Prophezeiung zu Herzen genommen und sich seiner Frau selbst nach Ablauf der drei Monate nur zögerlich genähert. Denn wenn er auch ein gottesfürchtiger Mann war und dem Aberglauben der Moorbewohner angeblich längst abgeschworen hatte, so fürchtete er doch nach wie vor insgeheim die Macht der Moorhexen, die über das Wohl und Wehe der hier lebenden Menschen befanden und richteten.

Und an der Meinung, dass Nomdina eine dieser mächtigen Hexen war, gab es bei den Moordorfern trotz aller Gottesfurcht nichts zu rütteln. Es hieß, wer einen ihrer Flüche auf sich zog, dessen Dasein sei für den Rest seiner Tage schlimmer als alle Höllenfeuer. Ein Risiko, das freiwillig keiner bereit war einzugehen, gab es doch genügend Beispiele menschlicher Tragödien, bei denen es angeblich genauso gewesen war.

Eines Tages dann, Jelto war gerade acht Wochen alt, hatte Nomdina plötzlich in ihrer winzigen Wohnküche gestanden und gefragt, ob alles in Ordnung sei. Talea hatte peinlich berührt den Blick abgewandt und stumm genickt.

»Das will ich ihm auch geraten haben«, hatte Nomdina mit rauer Stimme gebrummt und ein kleines Leinensäckchen auf den Tisch gelegt. »Jeden Tag eine Tasse von diesem Tee, wenn er wieder zu dir kommt. Jeden Tag, hörst du!?«

Auf Taleas Frage, was das sei, antwortete Nomdina schlicht: »Tu es einfach. Hast ihm Kinner genug geschenkt. Kann er sich nicht drüber beschweren. Am besten, du sagst es ihm gar nicht erst. Muss ja nicht alles wissen, de Fent[8].«

Talea hatte sich diese Worte zu Herzen genommen und ihrem Mann nichts gesagt, auch wenn es ihr schwerfiel, solch ein sündhaftes Verhalten vor sich selber gutzuheißen.

»Moin, Nomdina«, sagte Talea nun, als sie nach einem weiteren Blick über die Schulter deren kleines Haus betrat und ihr der würzige Geruch getrockneter Kräuter und frisch gebratenen Fleisches entgegenschlug. Prompt fing ihr Magen ungehörig an zu knurren, was sie mit einem Räuspern zu übertönen versuchte.

»Moin, Talea, isses schon wieder soweit?«, erwiderte Nomdina und bedeutete ihr, auf einem der Holzstühle Platz zu nehmen.

Talea nickte verlegen und überreichte der alten Frau ein leeres Leinensäckchen. Ihr war es unangenehm, dass sie die Hilfe der alten Frau in einer solch delikaten Angelegenheit in Anspruch nahm, obwohl sie sie für ihre Dienste nicht entlohnen konnte.

Nomdina erhob sich stöhnend und ächzend von ihrem Stuhl, wobei sie eine Hand auf ihren unteren Rücken presste. So sehr sie auch in der Lage war, anderen zu helfen, so hatte sie doch offensichtlich kein Heilmittel gefunden, um ihre eigenen Leiden zu lindern. Wie gerne hätte Talea ihr wenigstens ein bisschen von dem zurückgegeben, was die bucklige Alte ihr Gutes tat.

Während Nomdina mit einem kleinen Korb vor die Tür trat, um Kräuter zu pflücken, nutzte Talea die Gelegenheit, sich im Raum umzusehen. Obwohl die Alte hier alleine lebte, stand ihr mindestens das Dreifache an Wohnfläche

---

[8] Plattdeutsch für „größerer Junge“

zur Verfügung wie Taleas ganzer Familie. Auch hatte sie sich ein freistehendes Bett angeschafft. Vermutlich hatte der Doktor ihr davon abgeraten, in einer der Butzen zu schlafen. Auch bei Talea war er schon gewesen und hatte ihr einen Vortrag darüber gehalten, wie ungesund das Schlafen in den schlecht durchlüfteten Butzen sei. Sie alle würden noch ein Lungenleiden kriegen, hatte er gemeint. Doch selbst wenn es so war: Wo sollte solch ein freistehendes Bett denn überhaupt Platz haben?

Schnell senkte sie den Blick, als Nomdina nun wieder hereinkam und sich in der zwischen den beiden Butzen eingelassenen Buddelei[9] zu schaffen machte. Talea hatte damit gerechnet, dass Nomdina ihr die Kräuter abfüllen würde und sie damit wieder ihrer Wege ziehen ließ, doch nichts dergleichen geschah. Vielmehr legte die Alte das Leinensäckchen scheinbar achtlos beiseite, griff mit ihren geschwollenen Fingern nach einem Holzbrett und füllte frisch gebratenes Fleisch auf dieses.

»Iss«, sagte sie nur und stellte das Brett vor einer völlig verblüfften Talea auf den Tisch.

»Aber ... aber ... nein, Nomdina, das kann ich nicht annehmen«, stammelte Talea. Sie spürte, wie ihr beim Anblick des scharf angebratenen Fleisches ganz flau im Magen wurde. Nur zu gerne hätte sie einfach zugelangt und die herrlich duftenden Stücke in sich hineingeschlungen. Doch das ging nicht. Das ging überhaupt nicht. Beschämt senkte sie den Blick und rieb ihre plötzlich schweißnassen Finger an ihrer schäbigen, mit Löchern durchsetzten Leinenschürze ab. Bestimmt nahm die Alte nun an, dass sie nur zu ihr gekommen sei, um etwas von dem guten Braten abzustauben. Ach! Wäre sie doch nur gleich wieder um-

[9] kleiner Schrank für Geschirr

gedreht, als ihr der köstliche Geruch in die Nase stieg! Dann stünde sie jetzt nicht da wie eine durchtriebene Bettlerin.

»Nu hab dich nicht so!« Energisch schob Nomdina das Brett noch näher an sie heran. »Iss! Ich hab genug davon. Kimmo, was mein Sohn ist, hat geschlachtet. Aber das hab ich dir ja schon erzählt. Ist so viel da davon, dass ich es allein gar nicht schaff. Immer denkt de Fent, dass ich verhungern tu, und gibt mir gleich Fleisch für drei.« Nomdina ließ sich laut ächzend auf ihren Stuhl zurücksinken und griff nach einem Tonkrug mit Bier, aus dem sie hastig trank. »Ich hab keinen Hunger, hab nur Durst. Den ganzen Tag hab ich Durst. Verrückt. Keine Ahnung, was das nun wieder ist.«

»Aber wir hatten doch schon so viel«, wandte Talea mit leiser Stimme ein. »Die Kinder haben sich so über den Speck und das Schmalz gefreut.« Wieder knurrte ihr Magen wie nichts Gutes, aber diesmal versuchte sie nicht, es zu verstecken.

»Und du hast wieder nix abgekriecht«, stellte Nomdina wissend fest. Talea meinte, ein angedeutetes Kopfschütteln zu vernehmen, aber sicher war sie sich nicht.

»Iss!« Nomdinas Stimme klang nun beinahe schneidend. »Was haben deine Kinner davon, wenn du vom Fleisch fällst. Du solltest mehr an dich denken, Talea. Dann ist allen geholfen.«

Talea nickte schwach. Ihr Magen brannte, und in ihrem Mund sammelte sich so viel Speichel, dass sie mit dem Schlucken kaum noch hinterherkam. Zögerlich griff sie nach dem kleinsten Stück Fleisch. Ganz langsam führte sie es zum Mund, immer bereit, es sofort wieder fallen zu lassen, falls Nomdina es sich anders überlegte.

Doch das tat sie nicht, stattdessen grunzte sie zufrieden,

als Talea den ersten Bissen nahm. Und dann noch einen und noch einen. Ihre Finger trieften nur so vor Fett, und plötzlich war es, als seien es gar nicht mehr ihre Hände, die ihr das Fleisch in den Mund schaufelten.

Talea aß und aß und aß. Fast war es, als wollte sie nie wieder damit aufhören. Währenddessen saß Nomdina nur stumm da und schaute ihr mit einem sichtlich zufriedenen Gesichtsausdruck zu.

Als Talea schließlich auch das letzte Stück verputzt hatte und sich die fettigen Finger leckte, stand Nomdina erneut auf und füllte das Leinensäckchen mit Kräutern. »Und dass du deinem Mann nix davon sagst«, mahnte sie mit unnachgiebigem Blick, als Talea den kleinen Beutel entgegennahm. »Nicht von den Kräutern und nicht vom Fleisch.«

»Ist gut«, nickte Talea. Sie wusste, dass sie dieses Versprechen halten würde, schließlich hatte sie keine Lust auf die Prügel, die es sonst setzte. Unter keinen Umständen würde Wübbo es akzeptieren, dass sie Essen von anderen Leuten annahm. Seiner Ansicht nach würden sich sowieso schon alle Nachbarn darüber mokieren, dass er seine Familie nicht ernähren könne. Die Mildtätigkeit Nomdinas würde ihn in seinen Augen noch einmal mehr wie einen Versager dastehen lassen.

»Und pass auf deinen Jungen auf!«

»Was?« Talea, ganz in ihren Gedanken versunken, schaute Nomdina irritiert an. »Sagtest du, ich soll auf meinen Jungen aufpassen?«

»Jo.«

»Wen meinst du?«

»De grooten. Teelko.«

»Was ist mit ihm?«

»Nix Gutes. Er führt was im Schilde. Aber nix Gutes.«

»Aber …« Taleas Mund fühlte sich plötzlich staubtrocken an. »Aber was meinst du damit? Teelko ist ’n lieber Junge, er …«

»Ja. Und genau das wird ihm zum Verhängnis werden, wenn er nicht aufpasst. Frag ihn, was los ist, wenn du nach Hause kommst.«

»Aber was soll denn los sein?«

»Das weiß nur er. Aber irgendwas ist los. Hat mit der Lütten zu tun.«

»Mit der Lütten? Du meinst Fine?«

»Jo. Frag ihn, was los ist.«

»Aber …« Alarmiert griff sich Talea ihr Leinensäckchen und sprang vom Stuhl hoch. Ihr war plötzlich heiß und kalt. Auf ihrer Stirn bildeten sich die ersten Schweißtropfen, ihre Hände zitterten. Wenn Nomdina eine ihrer Ahnungen hatte, hieß es, wachsam sein. Nicht nur einmal hatte sie Unglücke vorausgesagt, die dann tatsächlich eintrafen.

»Sieh zu, dass er von der Sache ablässt«, insistierte Nomdina erneut. »Es kommt nix Gutes dabei raus, wenn man in der Vergangenheit wühlt.«

»In der Vergangenheit wühlt?«, keuchte Talea. »Weiß Teelko was über Fine?« Talea schluckte schwer. Sie erinnerte sich daran, mit welch seltsamem Blick ihr Sohn die Kleine angestarrt hatte, als er sie hier zum ersten Mal sah.

»Gut möglich. Er soll die Vergangenheit ruhen lassen. Hörst du!«

Ohne ein weiteres Wort rannte Talea aus dem Backsteinhäuschen hinaus. Inzwischen war die Dämmerung heraufgekrochen, und die ersten Nebelschwaden zogen auf. Kam es Talea nur so vor, oder hatte das Licht an diesem Abend wirklich etwas Bedrohliches? Was war mit ihrem Ältesten? Was hatte er vor? Voller Panik, ihre Lehmhütte fest im Blick, rannte Talea so flink über die weiten, kahlen Flächen, dass sich ihr geflochtener Zopf auflöste und ihre Haare mit jedem Schritt immer wilder um ihren Kopf schlugen.

Laut schnaufend, die Brust zu eng zum Atmen, riss sie schließlich die Tür zu ihrer Hütte auf. Alle Kinder hatten sich in dem kleinen Wohnraum versammelt, es war längst Zeit zum Abendessen. Nur Wübbo fehlte – und Teelko.

»Wo ist Teelko?«, schrie sie außer sich. »Wo ist Teelko?«

Die Kinder zogen die Köpfe ein und sahen sie aus großen Augen eingeschüchtert an. Nomke, Jelto und Fine brachen in Tränen aus. So kannten sie ihre Mutter nicht.

»Wo ist Teelko?«, schrie Talea erneut.

»Er sagte, er muss noch was erledigen«, kam es schüchtern von Ommo.

»Erledigen? Was?«

»Keine Ahnung.« Ommo zuckte die Schultern. »Ist da was auf der Spur, sagte er.«

Im Gesicht plötzlich wachsweiß, ließ sich Talea auf den nackten Lehmboden sinken und schlug nach Luft schnappend die Hände vors Gesicht.

11

Krummhörn, Sommer 1895

Jetzt war es nicht mehr weit. Teelko hatte Glück gehabt. Als er am frühen Nachmittag zum Kanal kam, war gerade eines der Törfmuttjes zum Ablegen bereit, und auf seine Frage hin, ob man ihn mitnehmen würde, hatte es statt der erwarteten Abfuhr ein kurzes Nicken gegeben. So kam es, dass er den Weg in die Marsch viel schneller zurücklegte als gedacht. Zwischen unzähligen aufgeschichteten Torfsoden sitzend hatte er die Fahrt durch die weite Landschaft sehr genossen, auch wenn der wortkarge Eigner des Bootes ihn hier und da mal zur Mitarbeit anhielt. Aber verglichen mit dem, was er sonst an einem Tag leistete, war diese Fahrt auf dem Fehnkanal geradezu Müßiggang gewesen.

Es kam nicht allzu oft vor, dass Seinesgleichen überhaupt Beachtung geschenkt wurde. Allenfalls derart, dass man ihm Prügel androhte oder gar Steine hinterherwarf, wenn er sich den Häusern wohlhabender Bürger näherte. Als kleine Kinder waren er und seine Schwester Enna von ihrem Vater häufig zum Betteln geschickt worden, wenn es zu Hause mal wieder knapp an Essen war. Wie streunende Hunde hatten die Bauern sie mit wüsten Beschimpfungen vom Hof gejagt. Nur sehr selten waren ihre Betteltouren von Erfolg gekrönt gewesen.

Teelko wusste, dass man die Bewohner der Moorkolonien gemeinhin als Lumpenpack, Sträflinge, Zigeuner oder gar Messerstecher betitelte, und schon häufig hatte man auch ihn selbst so genannt, wenn er barfuß und in seiner abgerissenen Kleidung seiner Wege kam. Dabei waren sie nichts von alledem. Sie waren nur arm. Das aber schien auszureichen, um sie zu niederen Wesen zu degradieren.

Als er den Kahn am frühen Abend verließ, sah Teelko sich an der Verladestelle kurz um, ob er an diesem Glückstag womöglich auch noch einen Knecht fände, der ihm auf seinem mit Torf oder sonstigen Gütern beladenen Anhänger ein weiteres Stück mitnehmen würde. Er sprach einige Burschen an, doch hatten diese offensichtlich Order, kein *Gesindel* einzusammeln, wie sie ihm ungeschönt ins Gesicht sagten.

Also machte er sich zu Fuß auf den Weg. Den Hof, auf dem er bis zum plötzlichen Tod des Bauern gelebt und gearbeitet hatte, würde er frühestens bei Anbruch der Dunkelheit erreichen, womöglich auch erst in der Nacht. Aber das war ihm ganz recht. Je weniger Personen ihn in der Gegend des Gulfhofes herumlungern sahen, desto besser.

Denn er hatte seiner Mutter nicht die ganze Wahrheit gesagt. Als der Bauer vom Heuboden in die Tiefe stürzte, war er in seiner Nähe gewesen, doch zu weit weg, als dass er irgendetwas für ihn hätte tun können. Ein Poltern, ein Schrei, ein Aufklatschen war alles gewesen, was Teelko mitbekommen hatte. Rasch war er nach unten in den Gulf geeilt, um dem Bauern zur Hilfe zu kommen. Der aber war so unglücklich gestürzt, dass er sich dabei das Genick gebrochen hatte. Teelko hatte sich über ihn gebeugt und glaubte, in diesem Moment aus dem Augenwinkel den Schatten einer menschlichen Gestalt gesehen zu haben, die sich rasch entfernte. Doch sicher war er sich nicht. Vielleicht war es auch nur eine Wolke gewesen, die sich für einen kurzen Moment vor die Sonne schob und vom Wind getrieben rasch weiterzog.

Noch ehe er in Gänze begriffen hatte, was Furchtbares geschehen war, herrschte auf dem Hof bereits helle Aufregung. Nachdem man der Bäuerin von dem Unglück erzählt hatte, kam sie herbeigeeilt und begann beim Anblick ihres toten Gemahls derart zu kreischen, dass Teelko sich unweigerlich die Ohren zuhielt. Danach gab es kein Halten mehr. Um ihn herum ein einziges Gewimmel, sodass sich Teelko schon fragte, wo auf einmal all die Leute herkamen. Es war, als habe ein Marktschreier die schreckliche Kunde in Nullkommanichts in der ganzen Krummhörn verbreitet.

Und dann, wie aus dem Nichts, hatte plötzlich dieser Mann vor ihm gestanden. Er nahm an, dass es der Bruder des Bauern war, denn auch er hatte eine Hakennase, eine ähnliche Statur sowie einen ungewöhnlich dichten Haarschopf. Jedenfalls hatte dieser Mann, der gekleidet war in feinstem Zwirn, sich vor ihm aufgebaut und ihn aus seinen stechenden, eisblauen Augen so lange fixiert, bis er, Teelko, die Augen niederschlug. Und dann setzte das Geschrei ein. Niedergebrüllt hatte ihn der Kerl, ihn einen Taugenichts geschimpft, einen nichtsnutzigen Bettler – und schließlich einen Mörder.

Einen Mörder? Teelko hatte zunächst geglaubt, sich verhört zu haben, aber die plötzliche Stille um ihn herum verdeutlichte ihm schnell, dass er sich keineswegs täuschte. Der Kerl in dem feinen Zwirn hatte ihn, Teelko Grootmans, tatsächlich einen Mörder genannt.

Vor lauter Schreck hatte er nichts darauf erwidern können, seine Kehle war wie zugeschnürt. Alle starrten ihn an, einige wichen sogar ein paar Schritte zurück. Es war, als sahen sie in ihm plötzlich einen von schrecklicher Krankheit geplagten Aussätzigen. Alles schrie durcheinander, und immer wieder drang auch das Wort Gendarm an seine Ohren.

Und dann, aus seiner Starre befreit und einer plötzlichen Eingebung folgend, hatte er die Beine in die Hand genommen und war gerannt. Immer weiter gerannt, bis er glaubte, seine Lungen würden zerreißen. Hier und da hatte ein Hund angeschlagen, wenn er an einem Bauernhof vorbeikam, und jedes Mal glaubte er, man habe diesen auf ihn gehetzt.

Zwei Tage und zwei Nächte hatte er sich in einem verfallenen Holzschuppen versteckt. Nur nachts verließ er seinen Unterschlupf, um etwas Essbares zu finden. Der Zufall wollte es, dass bei einem Bauern ein Huhn unbeobachtet über dem Feuer vor der Scheune gebrutzelt hatte. Teelko leckte sich noch heute die Lippen in der Erinnerung an dieses Festmahl.

Am dritten Tag schließlich hatte er sich auf den Weg ins Moor gemacht, in der Hoffnung, dass ihn dort niemand suchte. Wie erleichtert er gewesen war, als er bemerkte, dass ihn in Moordorf alle ganz unverwandt grüßten, ansonsten aber seinem Auftauchen keine besondere Beachtung schenkten. Er konnte also davon ausgehen, dass der Bruder des Bauern die Sache nicht weiter verfolgt hatte. Womöglich hatte er sich auch nur einen Spaß auf seine Kosten machen wollen, als er ihn als Mörder beschimpfte. Reiche Menschen taten seltsame Dinge, diese Erfahrung hatte er schon öfter machen müssen.

Und nun würde er also zurückkehren. Zurück zum Ort des Unglücks. Mit einem Ring, den er an einer Kordel um den Hals trug und der ihm unter dem zerlumpten Hemd kühl aber unsichtbar auf dem Bauch lag. Ein Ring, der womöglich ein furchtbares Geheimnis barg und einem Kind gehörte, das ...

Teelko unterbrach sich selbst in seinen Gedanken, als er plötzlich ein Geräusch vernahm. Ein Rascheln. Angestrengt lauschte er in die Dämmerung hinein, doch hörte er nur die Stille des zur Neige gehenden Tages. Er war bereits einen guten Teil des Weges vorangekommen, die Sonne schickte sich an, hinter dem Horizont zu versinken. Sie zeigte sich an diesem späten Sommerabend blutrot. Erste Nebelschwaden zogen über die unendliche Weite der ostfriesischen Landschaft. Er würde sich bald einen trockenen Schlafplatz suchen müssen. Doch zunächst galt es, das Geheimnis um den Smaragd zu lüften.

Als Teelko sein Ziel schließlich erreichte, lag der Hof des verstorbenen Bauern schwarz und dunkel vor einem sternenklaren Himmel. Das erhabene Gemäuer mit seinem acht Zimmer und zwei Küchen umfassenden Wohnhaus nebst dem direkt an ihn anschließenden Stall mit dem tief heruntergezogenen Dach wirkte vor den klaren Strukturen der flachen Landschaft wie ein wuchtiger Fels, der, vom Himmel gefallen, seinen Platz nur zufällig an genau dieser Stelle gefunden hatte. Weit und breit gab es kein weiteres Gebäude, sondern nur Felder, Felder und nochmals Felder. Durch das Anlegen eines die ganze Marsch durchziehenden Entwässerungssystems war es in den zurückliegenden Jahren gelungen, den morastigen Boden in fruchtbares Weide- und Ackerland zu verwandeln, worauf sich der Reichtum der Marschbauern begründete.

Der beinahe volle Mond sorgte dafür, dass Teelko seinen Weg auch ohne Fackel nicht verfehlte. Dennoch blieb dieser verdammt tückische Nebel, der von See her aufzog, seine Schwaden wie fadenscheinige Tücher über das Land wabern ließ und ihm in unregelmäßigen Abständen wie ein feuchter Lappen durchs Gesicht wischte.

Teelko kam der immer dichter werdende Nebel sehr gelegen, da er jedes Geräusch und jeden Geruch zu verschlucken schien. So war es ein Leichtes, sich dem Gulfhof zu nähern, ohne bereits weit im Vorfeld vom Hofhund gewittert zu werden. Teelko fürchtete den Hund mit seinen spitzen Reißzähnen nicht, denn sie hatten sich im Laufe der Zeit angefreundet. Dennoch würde das Tier zunächst anschlagen, wenn es sich nähernde Geräusche vernahm. Was wiederum zur Folge hätte, dass der ältere Knecht aus dem Schlaf gerissen und nachschauen würde, ob sich womöglich ein Eindringling auf dem Hof befand. Sei es in Form eines Räubers oder eines Fuchses. In beiden Fällen würde der Knecht nicht lange fackeln und nach seiner Flinte greifen.

Mit einer Ladung Munition im Hintern aber gedachte Teelko nicht nach Hause zurückzukehren.

Da! Obwohl er damit gerechnet hatte, erschrak Teelko fürchterlich, als der Hund nur wenig später offensichtlich in seine Richtung preschte und dabei lautstark bellte. Teelko hoffte inständig, dass er ihn rechtzeitig erkennen und dann seine Lautstärke mäßigen würde. Ansonsten wäre er verloren.

Er linste in die Dunkelheit, konnte jedoch nichts erkennen. Womöglich hatte sich eine Wolke vor den Mond geschoben. Oder lag es am immer dichter werdenden Nebel?

Er erschrak beinahe zu Tode, als sich plötzlich ein großes, wolliges Etwas auf ihn stürzte und ihn zu Fall brachte. Schützend hob er seine Arme vors Gesicht – doch das brauchte er nicht. Denn ganz offensichtlich hatte der Hund ihn erkannt und schleckte ihm nun ein paarmal freudig durchs Gesicht.

Im Gegensatz zu Teelko, dessen Magen einem großen, schwarzen Loch glich, schien der Hund keinen Hunger zu haben, denn er ignorierte sogar die Ratten, die in nicht

geringer Zahl an ihnen vorbeihuschten. Überhaupt war nicht zu übersehen, dass die Tiere des Hofes einen besseren Ernährungszustand aufwiesen als das Gesinde.

Teelko legte einen Finger auf die Lippen und bedeutete dem Hund mit einem *Pssssst!* ruhig zu sein. Dann schlich er sich in geduckter Haltung in Richtung der Dreschdiele. Er wusste, dass er durch diese in den Scheunentrakt und von dort aus ungehindert in den Wohntrakt kam.

Als er wenig später inmitten des Stallgebäudes stand, in dem es verführerisch nach frischem Heu duftete, beschloss er, zunächst einmal ein kurzes Nickerchen zu machen. Erst hier in der Wärme merkte er, wie bleischwer seine Beine nach dem langen Marsch waren, und auch seine Augenlider konnten kaum noch ihr eigenes Gewicht tragen.

Teelko wusste von einer Ecke im Heuschober, die praktisch kaum einer jemals betrat. Besonders beliebt war sie daher bei den älteren Knechten und Mägden, die sich hier so manch vergnügliche Stunde bereiteten.

Nachdem er den Hund aus dem Stall ausgeschlossen hatte, damit er den Hof auch weiterhin bewachte, kletterte er die schmale Stiege zum Heuboden hinauf. Oben angekommen warf er einen schnellen Blick zu der Stelle, die dem Bauern sein Leben gekostet hatte. Er fragte sich, ob man ihn wohl inzwischen beerdigt hatte.

Er zuckte die Achseln. Letztlich konnte es ihm egal sein, was in Zukunft auf diesem Hof geschah, denn er würde ganz gewiss nie wieder Teil von ihm sein.

Blieb die Frage, was er tat, wenn er die Sache hier erledigt und der Bäuerin gesagt hatte, dass ihre Tochter Fine noch lebte. Danach würde er ins Moor zurückkehren und auch seiner Mutter die Wahrheit über Fine sagen. Und dann würde Fine auf den Hof zurückkehren. Natürlich

würde seine Mutter traurig sein, wenn sie das Mädchen wieder hergeben musste. Aber sie würde es genauso wollen. Denn niemand durfte einer Mutter ihr Kind wegnehmen, das hatte sie immer wieder gesagt.

Natürlich war es eine Lüge gewesen, als er ihr erzählte, dass er bei einem anderen Bauern eine neue Anstellung gefunden habe. Aber er wollte nicht, dass sie sich Sorgen machte, denn die hatte sie schon genug.

In Wirklichkeit aber würde er, Teelko Grootmans, sein Glück woanders suchen, weit weg von hier und damit von allem, was ihm bisher ein so trostloses Leben beschert hatte. Schon als Pastor Beer vor einigen Jahren in der Kinderbewahranstalt zum ersten Mal davon erzählte, dass es riesige dampfbetriebene Schiffe gab, die die Menschen über das große Meer Richtung *Neue Welt* brachten, wollte auch er einer dieser Auswanderer sein. Dort drüben sei alles besser, hatte der Pastor immer gesagt und dann einen so fröhlichen Glanz in den Augen bekommen. Ja, der Pastor hatte es geschafft. Im letzten Jahr war er vom fernen Bremerhaven aus mit einem der großen Dampfer in See gestochen. Wie hatte er ihn darum beneidet!

Teelko selbst war dieser Traum stets so endlos weit weg erschienen wie der Sternenhimmel. Doch nun hatte er den Ring. Die Versuchung war groß. Aber natürlich konnte er nicht einfach so den Schmuck anderer Leute klauen. Andererseits: Hatten die nicht sowieso schon genug? Würden sie es überhaupt bemerken, wenn etwas fehlte?

Teelko lachte unterdrückt auf, als ihm ein Gedanke kam. Der Edelstein konnte es doch nicht nur ihm, sondern seiner ganzen Familie ermöglichen, in die Neue Welt aufzubrechen. Sie alle würden da drüben noch mal von vorne beginnen. Sie würden ein Haus aus Stein haben und frei-

stehende Betten. Jeder von ihnen hätte einen Schlafplatz für sich mit warmen Decken. Keiner müsste mehr frieren oder gar Hunger leiden. Es würde das Paradies sein.

Aber durfte man aus eigenem Leid heraus zum Dieb werden?

Teelko gähnte herzhaft. Darüber würde er am nächsten Tag nachdenken. Er ließ sich in der versteckten Ecke des Heuschobers der Länge nach ins Heu fallen und schloss erschöpft die Augen. Ja, dachte er, nur noch ein einziger Tag, und alles könnte gut sein.

Teelko erwachte am Morgen nach einem kurzen aber tiefen Schlaf mit dem Krähen des Hahns, der lautstark den Beginn eines neuen Tages verkündete. Zunächst wusste er nicht, wo er sich befand, dann aber kamen die Erinnerungen mit Wucht zurück: Noch war er auf dem Hof des toten Bauern. Mit viel Glück aber würde er bereits in der nächsten Nacht zurück im Moor sein. Und nur wenig später im Gelobten Land, den Vereinigten Staaten von Amerika.

Beinahe hätte er vor Glück laut aufgelacht, doch die tiefe Stimme des Knechts Rouven ließ ihn zusammenzucken. Vorsichtig robbte er durchs Heu an eine Luke heran, die in die Längsseite des Stalltraktes eingelassen war, und linste hinaus. Rouven führte den Hund an einem Strick zu seinem Platz vor dem Wohnhaus, an dem er bei Tag an langer Leine Wache hielt. Nur nachts stromerte er frei übers Gelände und trug Sorge dafür, dass sich niemand Unbekanntes dem Gutshof auf unangemessene Distanz näherte.

Über den Feldern lag noch der Dunst des Morgennebels, doch die Sonne lugte bereits über den Horizont und würde nicht lange brauchen, um den weißen Schleier aus

Feuchtigkeit zu vertreiben. Die Tage waren um diese Zeit sehr lang. Erbärmlich lang, wie Teelko aus eigener Erfahrung wusste. War das Arbeitspensum zur kalten Jahreszeit durch die früh hereinbrechende Dunkelheit deutlich eingeschränkt, so schien die Maloche an Sommerabenden kein Ende zu nehmen und nach nur wenigen Stunden Schlaf auch schon wieder zu beginnen. So wie heute, da Rouven noch vor dem Krähen des Hahns seine Schlafstatt verlassen hatte.

Auch das Trällern der Magd war bereits zu hören. Sie war vermutlich auf dem Weg zum Melken der Kühe. Stets begann sie mit dem Aufstehen zu singen und hörte erst zum Schlafengehen wieder damit auf. Für Teelko hatte dieser Singsang immer etwas Beruhigendes gehabt, denn seine Mutter merkte stets an, dass es, wo gesungen wurde, nichts Böses geben könne.

Gerade wollte sich Teelko wieder ins Heu zurückziehen, als er draußen Stimmen vernahm. Es war Rouven, der mit jemandem sprach, dessen Stimme ihm nur allzu bekannt vorkam. Es war dieselbe, die ihn einen Mörder genannt hatte.

Für einen kurzen Moment ergriff Panik von Teelko Besitz. Was, wenn der Kerl doch noch auf der Suche nach ihm war? Was, wenn er ihn hier oben entdecken würde? Ganz gewiss ließe er ihm diesmal keine Möglichkeit zu entkommen, sondern würde ihn direkt dem Gendarm vorführen.

Andererseits: Wäre es dem Mann in den letzten Tagen nicht ein Leichtes gewesen, seiner habhaft zu werden? Schließlich war es kein Geheimnis, dass er aus Moordorf kam. Wenn man ihn also tatsächlich des Mordes verdächtigte, dann hätte man ihn vermutlich dort als erstes gesucht.

Teelko atmete tief durch. Er durfte sich durch die Anwesenheit des Mannes nicht verrückt machen lassen, sondern musste unbeirrt an seinem Plan festhalten. »Amerika«, murmelte er ein paarmal kaum hörbar vor sich hin, »Amerika, Amerika, Amerika.«

Aus dem Gespräch der Männer vernahm er, dass an diesem Tag die Beisetzung des Bauern stattfinden solle. Und dass das gesamte Gesinde an ihr teilnehmen würde. Auch die Köchin und die Zofe, die das Haus ansonsten nur höchst selten mal verließen.

Ein breites Grinsen zeigte sich auf Teelkos Gesicht. Das lief ja besser als geplant! Doch schon der nächste Satz des Mannes sorgte dafür, dass ihm das Lachen im Halse stecken blieb. »Wenn ich den Burschen erwische, der meinen Bruder auf dem Gewissen hat, dann Gnade ihm Gott.«

»Glaubense wirklich, dass unser Teelko was mit dem seinem Tod zu tun hat?«, fragte nun Rouven und spuckte irgendetwas vor sich auf das Kopfsteinpflaster.

»Ich hab's gesehen, mit eigenen Augen«, knurrte der Bruder des Bauern. »Ich hab gesehen, wie er ihn gestoßen hat, der Bengel.«

Teelko erstarrte. Warum log er? Er konnte ihn gar nicht gesehen haben, schließlich war er, Teelko, in dem Moment, als der Bauer stürzte, nicht mal in dessen Nähe gewesen. Und warum überhaupt hätte er dem Bauern, der ihm Brot und Schlafstatt gab, etwas so Furchtbares antun sollen?

Für einen kurzen Moment überlegte er, einfach von hier abzuhauen. Viel zu groß war die Gefahr, dass man ihn hier erwischte.

Er schüttelte energisch den Kopf. Nein. Ganz gewiss würde er seinen Plan, Fine wieder zu ihrer Mutter zu bringen, nicht aufgeben. Bevor er jedoch mit der Bäuerin sprach, wollte er unbedingt herausfinden, ob es sich bei dem Smaragdring tatsächlich um einen Teil des Altinga'schen Familienschmuck handelte. Denn wenn es so war, dann war es für ihn der Beweis, dass Fine tatsächlich die Tochter des Bauern war. Wie sonst hätte der Ring in ihren Tornister kommen sollen? Außerdem: Was sollte denn schon passieren? Niemand würde im Haus sein, niemand ihn beobachten. Eine Trauerfeier für solch einen hochstehenden Herrn, wie es der Bauer gewesen war, konnte schon mal dauern. Schließlich gab es anschließend auch noch ein Trauermahl.

Fast bedauerte Teelko, nicht mehr dabei sein zu können, denn alleine beim Gedanken an ein köstliches Mahl fing sein leerer Magen ganz ungehörig an zu knurren und ihm wurde prompt übel vor Hunger. Natürlich würden für ihn und den Rest des Gesindes sowieso nur die Reste zum Essen bleiben, aber immerhin. Selbst die Reste waren mit Sicherheit ein wahres Festmahl gegenüber dem, was er sonst bekam. Bekommen hatte. Auf diesem Hof gehörten solche Gelegenheiten für ihn für immer der Vergangenheit an.

Er machte sich eine gedankliche Notiz, wenn er im Haus war, auch kurz in der Küche vorbeizuschauen und sich etwas Essbares zu stibitzen.

Die Zeit verging quälend langsam, und Teelko atmete erleichtert auf, als er vor dem Haus mehrere Kutschen vorfahren hörte. Nun würden alle gemeinsam zur Kirche in Pilsum fahren, die vom Hof ein gutes Stück entfernt lag. Zu späterer Stunde würde der Bauer dann in der Familiengruft hier am Hof beigesetzt.

Teelko hatte die ganze Prozedur schon einmal mitgemacht, als angeblich im vergangenen Winter die kleine Tochter des Bauern verstarb. Sie war bei einem Feuer umgekommen, das aus nie geklärter Ursache im Gartenhaus ausgebrochen war, in dem sie gerade spielte.

Das Leid der Eltern war einfach entsetzlich und kaum zu ertragen gewesen. Das kleine Mädchen war das einzige Kind der Bauersleute, und wie man hörte, hatten sie lange auf Nachwuchs warten müssen.

Teelko erinnerte sich noch gut an den Tod seiner vier Geschwister, die im jungen Alter von einem Lungenleiden dahingerafft wurden. Niemals würde er die unendlich traurigen Augen seiner Mutter vergessen, als sie die winzigen Körper der kalten Erde übergeben hatte. Es war ein wirkliches Unglück, sein Kind zu verlieren, und Teelko war der Schmerz der Bäuerin beinahe genauso nahegegangen wie der seiner Mutter.

Doch was war, wenn die Bauerstochter gar nicht tot war? In demselben Moment, da er die kleine Fine zum ersten Mal sah, war ihm, als habe er sie schon mal irgendwo gesehen. Praktisch im gleichen Atemzug war ihm aufgegangen, woher: Sie sah genauso aus wie die Lütte vom Hof, wie das Kind, das sie doch erst vor wenigen Monaten beerdigt hatten. Er selbst hatte die verkohlte Leiche gesehen, als sie aus der Asche des Gartenhauses geborgen wurde. Irgendetwas stimmte an der Sache nicht. Aber was?

Teelko horchte den abfahrenden Kutschen hinterher. Auf dem Hof war alles ruhig. Obwohl er sich sicher war, nun mit den Tieren alleine zu sein, blieb er vorsichtig. Schließlich wäre es nicht das erste Mal, dass der ein oder andere aus einem bestimmten Grund doch zu Hause blieb.

Langsam und mit Bedacht kletterte er die schmale Stiege hinab und fand sich nur wenig später vor der Tür wieder, die ihn vom Stall über die Gesindeküche – in der er sich zunächst mit kaltem Fleisch und frischem Brot stärkte – zum Wohntrakt führte.

Schon mit den ersten vorsichtigen Schritten in die

Wohnräume hinein verschlug es Teelko den Atem. Den Knechten und Mägden war der Zutritt strengstens untersagt, es sei denn, sie wurden von den Herrschaften ausdrücklich dazu aufgefordert.

Er selbst war nie in den Genuss gekommen, diesen Teil des Hofes betreten zu dürfen, mit dem Ergebnis, dass ihm jetzt vor Überwältigung schwindelte. Noch niemals in seinem jungen Leben hatte er solch einen Reichtum gesehen! Zwar hatte er eine ungefähre Ahnung davon gehabt, was ihn hier erwartete – musste sich jedoch eingestehen, dass die Realität seine Vorstellung bei weitem übertraf.

Das am schönsten eingerichtete Haus, das er jemals betreten hatte, war das von Pastor Beer in Victorbur gewesen, und schon damals hatte er kaum glauben wollen, dass jemandem ein solcher Komfort vergönnt war.

Der Gutshof aber sprengte all seine Vorstellungskraft. Riesige Zimmer gab es hier, bestückt mit den edelsten Möbeln aus lackiertem Holz. Wie es sich wohl anfühlte, auf einem dieser Polstermöbel zu sitzen? Kurz überlegte er, es einfach mal auszuprobieren, doch letztlich verließ ihn der Mut. Er würde sie höchstens schmutzig machen.

Auf den glänzenden Dielenböden lagen flauschige Teppiche; es war das erste Mal, dass Teelko welche zu Gesicht bekam. Kaum traute er sich, sie mit seinen dreckigen Füßen zu betreten. Als er es schließlich doch tat, schnappte er kurz nach Luft. Wie nur konnte irgendetwas so unglaublich weich sein!?

Und dann das Geschirr! Er hatte nicht einmal gewusst, dass man von etwas anderem essen konnte als von grob geschnitzten Brettern aus Holz. Er zögerte kurz, bevor er die Hand ausstreckte und eine der hauchzarten Porzellanteller berührte, die fein säuberlich angeordnet im Regal einer Vitrine standen. Wie kühl und glatt es sich unter seinen Fingern anfühlte! Er schaffte es kaum, sich von diesem wunderbaren Anblick loszureißen.

Dann fiel ihm beim Betrachten eines Colliers, das auf einem der wuchtigen Ölgemälde verewigt war, plötzlich wieder ein, warum er eigentlich hier war. Und dass ihm wahrscheinlich nicht viel Zeit blieb, um das zu erledigen, was es zu erledigen gab.

Da er unten keine Schlafgemächer ausmachen konnte, vermutete er sie im oberen Geschoss, zu dem eine viel breitere Stiege hinaufführte, als er sie kannte. Auch diese war mit einem alle Geräusche verschluckenden Teppichboden ausgelegt.

Sich langsam am Geländer hochhangelnd, genoss er jeden Schritt auf diesem weichen Untergrund. Und wieder schoss ihm der verbotene Gedanke in den Kopf: Ob sie sich eines Tages in Amerika auch so etwas Fantastisches würden leisten können?

Insgesamt sechs Türen gingen von der Empore ab, und Teelko beschloss, sie der Reihe nach zu öffnen und zu schauen, was sich hinter ihnen verbarg. Doch bevor er es tat, blieb er auf dem oberen Treppenabsatz stehen und lauschte, ob sich im Haus irgendetwas tat. Nichts. Außer dem Zwitschern der Vögel und dem gelegentlichen Blöken der Schafe, das von draußen hereinklang, war alles ruhig.

Rasch lief er zu einer der Türen im hinteren Bereich des Flurs und öffnete sie. Beim Anblick des Schlafgemachs blieb ihm der Mund offen stehen. Hatte schon mal jemand solch ein Bett gesehen! Es war riesig und mit einem Überzug aus schwerem Stoff überdacht. Natürlich hatte er gewusst, dass nicht alle Menschen in Butzen schliefen, aber das hier ... Die alte Nomdina zum Beispiel hatte ihm ihr freistehendes Bett gezeigt, als er bei ihr vorbeikam, um sich für Schmalz und Speck zu bedanken, wie seine Mutter es ihnen aufgetragen hatte. Wie immer hatte sie ihn ein wenig seltsam gemustert, als er vor ihr stand, aber das hatte er gelernt zu ignorieren. Nomdina schaute immer seltsam, ganz egal, wem sie auch begegnete. Nur eines hatte ihm zu denken gegeben. Sie sagte zu ihm: »Und dass du mir keinen Blödsinn machst. Lass besser die Finger von der Sache, sie bringt nur Unglück.« Aber auch das hatte er ignoriert, weil die bucklige Alte ständig komische Sachen sagte.

Teelko schlich zu einer Kommode hinüber, strich kurz mit seinen dünnen Fingern über das sorgsam abgeschliffene Holz und zog dann die obere Schublade auf. Sie knarrte, und er hielt erschrocken inne. Hatte ihn jemand gehört?

Alles blieb ruhig. Also nahm er sich die nächsten Schubladen vor, fand jedoch nichts, außer Unmengen von Betttüchern und Wäsche, die er mit roten Wangen der Hausherrin zuordnete.

Rasch lief er in das Zimmer nebenan, doch auch hier wurde er nicht fündig. Fasziniert blieb er vor einem detailreich ausgearbeiteten und bunt bemalten Gegenstand stehen. Er erschrak fürchterlich, als er aus reiner Neugierde heraus an einer kleinen Schraube drehte und plötzlich Musik erklang, während sich die im Kreis angeordneten Figuren um sich selbst drehten.

Ansonsten aber kam er auch in diesem Zimmer keinen Schritt weiter.

Im nächsten hatte er mehr Glück. Schon beim Betreten des Raumes sah er die Schatulle auf einem Tisch mit eingelassenen Türen und Schubladen stehen. Zwar kannte er auch dessen Funktion zunächst nicht, doch schloss er anhand all der Bürsten, Kämme, Haarspangen und Tiegel darauf, dass sich hier womöglich jemand zum Ausgehen herrichtete. Vermutlich die Bäuerin.

Der Schreck fuhr ihm in die Glieder, als er sich über all dem Krimskrams hinabbeugte und sich plötzlich einem dürren Jungen in abgerissener Kleidung gegenübersah, der ungefähr in seinem Alter war. Es brauchte einen Moment, bis er begriff, dass es sich bei diesem Jungen um ihn selber handelte. Erleichtert lachte er auf. Bisher hatte er sein Spiegelbild stets nur im Wasser gesehen, nie ganz klar, sondern immer etwas verschwommen. Ein bisschen komisch war es ja schon, sich quasi zum ersten Mal selbst betrachten zu können. Er fand, dass er seinem Bruder Ommo ähnlich sah. Das gleiche blonde und nach allen Richtungen abstehende Haar, die gleichen blauen Augen, das schmale Gesicht, die Stupsnase mit den Sommersprossen. Ja, irgendwie sah er aus wie Ommo, allenfalls ein wenig größer.

Aber um das festzustellen, war er nicht hier, schalt er sich im nächsten Moment selbst. Er wandte sich wieder der Schatulle zu, löste die silbern glänzende Schnalle und öffnete sie. Schon beim ersten Blick, den er hineinwarf, blieb ihm vor Staunen der Mund offen stehen, denn vor ihm lag ein wahrer Schatz. Ein in allen Farben schillernder und funkelnder Schatz. Ketten, Armreifen, Broschen, Ohrringe. Gold, Silber, Edelsteine. Einfach alles an Schmuck, was man sich nur vorstellen konnte. Niemals hätte er gedacht, dass eine einzelne Frau so viel Kostbares besitzen konnte. Und dass das, was er hier vorfand, kostbar war, stand außer Frage.

Voller Ehrfurcht ließ Teelko ein paar der wertvollen Stücke durch seine mageren Finger gleiten. Er wunderte sich über das Gewicht so manchen Schmuckstücks, über die Kühle der Steine und die Lichtreflexe, die diese aussandten, wenn die Strahlen der durch das Fenster hereinscheinenden Sonne auf sie trafen.

Völlig in sich und dieser für ihn so neuen und fantastischen Welt versunken, dauerte es einen Moment, bis er von draußen das Geräusch einer auf dem Kies vorfahrenden Kutsche vernahm. Aufs Höchste erschrocken erwachte er aus seinen Tagträumen.

Obwohl dieses der richtige Moment gewesen wäre, so schnell wie ihn seine dürren Beine trugen, in Richtung Gesindeküche und von da aus in den Stall zu flüchten, stand er starr vor Schreck einfach nur stocksteif da und glotzte ins Leere. Ihm sackte das Herz in die Hose, als er nur wenig später das Knarren einer Tür – vermutlich der schweren, mit schmiedeeisernen Ornamenten geschmückten Haustür – vernahm. Gleich darauf waren Stimmen zu hören, die sich ihm langsam näherten.

Er saß in der Falle.

12

Sein Herz schlug ihm bis zum Hals, während Teelko auf die Tür starrte wie ein Kaninchen auf die Schlange. Sie würden doch nicht ausgerechnet in diesen Raum kommen? Es waren eindeutig Männerstimmen, die sich ihm näherten. Männer hatten in den Zimmern von Frauen nichts zu suchen. Und wenn doch? Hektisch sah Teelko sich um. Gab es eine Möglichkeit zu fliehen? Durch die Fenster vielleicht?

Er warf einen Blick hinaus, dann fluchte er und schüttelte den Kopf. Würde er hier hinunterspringen, fiele er direkt dem Kutscher in die Arme, der anscheinend nur darauf wartete, dass die Herrschaften zurückkamen.

Sollte er sich irgendwo verstecken? Unter dem Bett vielleicht? Oder hinter den schweren Vorhängen, die die Fenster einrahmten?

In Anbetracht der sich weiterhin nähernden Stimmen entschied er sich für das Bett. Es war kaum anzunehmen, dass jemand zufällig darunter schaute, selbst wenn er sich im Zimmer aufhielt.

Hastig lief er quer durch das Zimmer in Richtung Versteck. Dabei stolperte er jedoch über einen Bettwärmer aus Kupfer, der daraufhin mit großem Getöse durchs Zimmer flog.

Teelko hielt den Atem an und lauschte. Die Stimmen im Flur waren verstummt. Nach einem kurzen Schockmoment beschloss er, nun einfach drauflos zu rennen und auf sein Glück zu hoffen. Doch gerade, als er die Tür erreichte, sah er den sich drehenden Knauf, und nur den Bruchteil einer Sekunde später wurde sie mit so viel Schwung aufgerissen, dass sie ihm beinahe gegen den Kopf gedonnert wäre.

Das nächste, was er sah, war der Bruder des Bauern, der, wie er zu wissen meinte, Hermannus hieß.

Er war verloren.

Das anfängliche Erstaunen auf dem Gesicht des Mannes wich rasch einem verschlagenen Grinsen. »Na, das nenne ich ja mal einen Fang«, säuselte er, während er einem anderen Mann, der mit hochgezogenen Brauen zum Zimmer hereinschaute, Zeichen machte, näher zu treten. »Nun guck dir mal an, wen wir hier haben. Eindeutig ein kleines Stück Dreck, wenn du mich fragst.« Er trat ein paar Schritte näher, während Teelko nicht in der Lage war, sich auch nur einen Millimeter zu bewegen. Doch zu seiner Verwunderung machte der Mann mit der Hakennase nicht vor ihm Halt, sondern lief an ihm vorbei zum Frisiertisch.

Oh nein! Dem Jungen wurde ganz schwindlig, als ihm klar wurde, was sein Widersacher im Blick hatte. Die Schatulle mit dem Schmuck! Sie stand immer noch offen! Verdammt! Jetzt musste der Kerl natürlich denken, dass ...

»Ein mieser, kleiner Dieb bist du also«, sagte der Mann prompt, während er eine Perlenkette aus der Schatulle zog und sie mit triumphierendem Blick in die Luft hielt, »ein mieser, kleiner Dieb. Am Familienschmuck der trauernden Witwe wolltest du dich also bereichern.« Sein Mund verzog sich zu einem noch breiteren Grinsen. »Aber, wie wir wissen, ja nicht nur das.« Er warf seinem Begleiter, der mit verschränkten Armen dastand und Teelko wie ein widerliches Insekt musterte, einen heimtückischen Blick zu. »Hatte ich dir nicht gerade erst davon berichtet, dass dieser kleine Hänfling hier«, er tat einen unerwarteten Satz auf Teelko zu und ergriff ihn am Ohr, woraufhin dieser einen Schmerzensschrei ausstieß, »dass der kleine Hänfling meinen geliebten Bruder auf dem Gewissen hat?«

»Aber ...«, setzte Teelko zum Protest an, doch bekam er im selben Moment eine so heftige Ohrfeige verpasst, dass er meinte, sein Kopf müsse zerspringen.

»Du redest nur, wenn du gefragt wirst, du kleine Moorwanze, haben wir uns verstanden?« Der Mann hatte sich zu ihm hinabgebeugt. Sein Gesicht befand sich nun dicht vor Teelko, so dass der seinen schlechten Atem riechen konnte und sich unwillkürlich abwandte.

»Du willst mir wohl nicht in die Augen sehen«, säuselte der Widerling.

»Aber ...«

Klatsch! machte es, und eine zweite, noch heftigere Ohrfeige fand ihr Ziel.

Teelko wurde zurückgeschleudert und hätte sich beinahe auf seinen Hosenboden gesetzt, wenn er nicht vom Geländer des Bettes abgefangen worden wäre.

Der Mann mit der Hakennase schnaubte abfällig und ließ die Perlenkette aus der Schatulle vor seinem Gesicht hin und her baumeln. »Nicht genug, dass mein Bruder dir Arbeit, Essen und einen Schlafplatz gegeben hat und du ihm dafür das Leben genommen hast. Nein. Jetzt muss es auch noch der Familienschmuck sein! Was meinst denn du, was man mit so einer durch und durch bösen Moorwanze machen sollte?«, wandte er sich erneut an seinen Begleiter.

»Zerquetschen«, antwortete der prompt und brach in grölendes Gelächter aus.

»Die Tochter vom Bauern, sie lebt.« Teelko trat angesichts seines Gegners, der nun mit bereits erhobener Faust auf ihn zukam, die Flucht nach vorne an.

»Was?« Der Mann hielt mitten im Schritt inne und starrte ihn aus schmalen Augen an. »Was sagst du da?«

»Das Mädchen ... das verbrannte Mädchen ... es ... es lebt«, wiederholte der Junge zögernd, auch wenn er nicht den Eindruck hatte, dass sein Einwurf den Mann besänftigt hatte. Ganz im Gegenteil nahm dessen knallrotes Gesicht nun einen ungesunden Grauton an.

Der Mann schnappte nach Luft, und für einen kurzen Moment sah es so aus, als wollte er sich auf ihn stürzen. Dann jedoch besann er sich, zupfte mit undurchdringlicher Miene an der Weste seines schwarzen Dreiteilers herum und entschied sich schließlich für ein kaum wahrnehmbares Kopfschütteln. Mit einem Seitenblick auf seinen Gefährten sagte er: »Tststs, nun hör dir diese kleine Wanze an. Als wäre es noch nicht schlimm genug, was er uns angetan hat, kommt er nun auch noch mit einer Lüge, wie sie hinterhältiger und geschmackloser kaum sein könnte.«

Wieder dieses Grinsen, das sich nun ins Diabolische steigerte. Genauso stellte Teelko sich den Teufel vor. »Zerquetschen ist nicht gut genug für ihn, findest du nicht?«

»Eindeutig«, nickte der andere Mann. Er legte den Kopf schief und den Zeigefinger auf die Lippen, während er Teelko so abschätzend musterte, als wäre er ein Gaul und stünde auf dem Pferdemarkt zum Verkauf. »Hm, was hältst du von einer Treibjagd?«

»Eine Treibjagd?« Hermannus legte die Stirn in Falten. »Hm. Eigentlich eine charmante Idee.«

Teelko sackte das Herz in die Hose. Wollten sie ihn etwa wie einen Hasen über das Feld jagen?

»Weißt du was«, sagte die Hakennase nun in einem

Tonfall, als würde er über das Wetter sprechen, »du kannst gehen.«

»Was?« Teelko schluckte.

»Du hast schon richtig verstanden. Du kannst gehen.« Hermannus deutete grinsend auf die Perlenkette. »Und das da nimmst du mit.«

»Aber ...«

Hermannus trat mit einem ausladenden Schritt auf den Jungen zu, der, in der Erwartung einer weiteren Ohrfeige, reflexartig den Kopf einzog und die Arme vor dem Gesicht verschränkte. Doch alles, was der Mann tat, war, sich zu bücken und die Perlenkette in Teelkos Hosentasche zu stopfen.

»Und jetzt geh«, sagte er dann. »Wir geben dir drei Stunden Vorsprung. Solltest du schneller bei deinen Eltern im Moor sein als wir, lassen wir dich in Ruhe. Ansonsten ...« Er machte mit den Armen eine weitgreifende Bewegung. »Ansonsten liefern wir dich deinem ... Richter aus.«

Mit diesen Worten zog er Teelko an den Haaren nach oben und jagte ihn mit einen Tritt in den Hintern zur Tür hinaus.

»Und wehe«, hörte Teelko ihn hinter sich herrufen, als er die Treppenstufen hinunterspurtete, »du wagst es, uns zu foppen! Denn wo auch immer du dich versteckst, wir werden dich finden. Also laufe lieber rasch nach Hause. Es ist deine einzige Chance.«

13

Krummhörn, Sommer 2016

Die alte Frau hatte ein gütiges Gesicht. Als Hilke Wibben und Franziskus Weerts das Wohnzimmer der alten Dame in der kleinen, etwas windschiefen Kate direkt hinter dem Deich betraten, lächelte sie ihnen von einem abgeschabten braunen Sofa her freundlich entgegen. Ein wenig erinnerte sie Hilke an ihre eigene Mutter, die auch im hohen Alter noch stets mit sich und der Welt im Reinen gewesen war.

»Moin«, grüßte Hilke und gab ihr die Hand, während Sontka ihnen freundlich zulächelte und sich daran machte, den bereits aufgebrühten Tee einzuschenken.

»Moin«, erwiderte Sontkas Urgroßmutter Katrina Heeren, und ihr etwas verschleierter Blick blieb wohlwollend an Franziskus hängen. Sie schien Gefallen an ihm zu finden, als er sich jetzt vorstellte und ihr ein ungewöhnlich aufgeschlossenes Lächeln schenkte. Für Hilke war das nicht neu, denn auf den ersten Blick kam ihr gutaussehender Neffe bei der Damenwelt immer gut an. Das änderte sich jedoch gemeinhin, wenn sie ihn näher kennen lernten. Mit seiner so offen zur Schau gestellten Arroganz und Großkotzigkeit wollten sich die Frauen in der Regel nicht länger als nötig abgeben.

»Es freut mich zu sehen, dass es Ihnen offensichtlich gut geht, Frau Heeren«, meinte Hilke und setzte sich der Frau gegenüber in einen Sessel.

»Och, wissense, man muss die Tage ja nu mal nehmen, wie sie kommen«, antwortete die Frau und strich mit den Händen über eine rotgemusterte Wolldecke, die über ihren

Beinen lag. »Wissense, in meinem Alter kann man ja nu wirklich nich verlangen, dass noch alles so funktioniert wie früher. Schließlich is man ja keine neunzich mehr. Meine Beine zum Beispiel machen schon länger nich mehr das, was ich ihnen sach. Aber so isses nu mal. Es gibt Schlimmeres, sach ich immer.« Ihr Gesicht umwölkte sich schlagartig, als sie mit gerunzelter Stirn hinzufügte: »Das, was meiner Mutter passiert is, zum Beispiel. Deswegen sind Sie ja wohl hier, sacht Sontka.« Sie beobachtete ihre Urenkelin für einen Moment, wie diese Sahne in die frisch mit Tee gefüllten Tassen gab. »Nu sei mal nich so knauserich«, meinte sie prompt, als Sontka den winzigen Sahnelöffel wieder aus ihrer Tasse zurückzog. »Gib mal ruhich noch 'n Löffel mehr drauf, dass das Wulkje[10] auch ordentlich groß wird. Man weiß ja nie, ob es nicht das letzte is, was man kricht.«

Sie zwinkerte Hilke spitzbübisch zu, woraufhin die zu lachen anfing. Die Frau gefiel ihr. Wie schade, dass ihr Onkel Ibbe gesundheitlich nicht mehr auf dem Damm war, sonst hätte sie die beiden gerne zusammengebracht. Katrina Heeren war genau seine Kragenweite. Bestimmt hätten sie zusammen viel Spaß gehabt.

Sontka brachte noch einen Apfelkuchen aus der Küche, tat jedem ein Stück davon auf den Teller und reichte dann die Schlagsahne herum. Für eine Weile waren daraufhin alle mit Tee und Kuchen beschäftigt, wobei Sontka ihrer Uroma beim Essen die Gabel hielt. Die Tasse hingegen konnte sie noch alleine halten, wenn auch nur mit beiden Händen. »Is 'n büschen krümlich der Kuchen«, stellte die alte Dame fest. »Und dann noch die Sahne. Das gibt nur Sauerei. Is besser, dass Sontka das macht.«

---

[10] Sahnewölkchen auf dem Tee

»Und Sie leben noch ganz alleine hier?«, fragte Franziskus und sah sich im eher ärmlich eingerichteten Zimmer um.

»Jo. Das is wohl so. Solange es noch geht, sach ich immer, soll man es auch so machen. Wenn man alles immer nur hinterhergetragen kricht, dann rostet man ein.« Wieder zwinkerte sie. »Und außerdem hab ich ja schließlich fünf Kinder, acht Enkel und ...« Sie überlegte und zählte leise vor sich hin murmelnd etwas an den Fingern ab. »Neun Urenkel«, vervollständigte sie dann ihre Liste. »Stimmt doch, oder?«, vergewisserte sie sich in Richtung Sontka blickend.

»Du hast die Ururenkel vergessen«, erwiderte die. »Sind immerhin auch schon drei.«

»Stimmt«, nickte Katrina, während sie ihre Tasse mit zittrigen Händen zum Mund führte. »Die vergess ich immer. Aber die gibt's ja auch noch nich so lange. Muss man sich erst dran gewöhnen.«

»Mein Onkel vertut sich da auch gerne«, lachte Hilke. »Aber das macht ja nichts, solange noch irgendwer den Überblick behält.«

Katrina Heeren warf ihr einen langen Blick zu, dann sagte sie: »Ihre Familie kommt also aus dem Moor.«

»Ja. Ich lebe heute noch in Moordorf«, nickte Hilke.

»War immer verdammt hart, das Leben im Moor«, erwiderte die alte Frau. »Da hat man keinen drum beneidet, wenn er da hausen musste. Ja, war richtich hart. Zu Zeiten meiner Eltern noch viel mehr als nach dem Kriech. Aber auch da war längst noch nicht alles gut.«

»Ihre Mutter kam aber nicht aus dem Moor, oder?«, beschloss Franziskus mit einem Blick auf die Uhr zum Thema zu kommen. Hilke registrierte, dass Sontka ihm dankbar zunickte. Anscheinend wollte auch sie ihre Zeit nicht endlos mit den beiden alten Schachteln verbringen. Mit ihren dreiundsechzig Jahren fühlte sich Hilke zwar noch alles andere als alt, aus der Perspektive der jungen Leute aber würde sie bestimmt nicht mehr als frisch durchgehen, da machte sie sich nichts vor.

»Nee, Muddi kam nich aus 'm Moor«, schüttelte Katrina Heeren den Kopf. »Ihre Familie kam aus Marienhafe. Zum Arbeiten, da gingen sie zum Bauern, wie so viele damals.«

»Erzähl ihnen, wie es damals mit Anni war, deswegen sind sie hier«, forderte Sontka sie auf, und diesmal nickte Franziskus zustimmend.

»Anni. Ja, das war nich schön«, seufzte ihre Urgroßmutter. »Muddi is da nie drüber wechgekommen. War schlimm für sie, dass ihr Kind einfach so auf einmal verschwand.« Ihre Augen funkelten böse, als sie fortfuhr: »Und diesen Schietkerl hat's nich interessiert. Sein eigen Fleisch und Blut, und es hat ihn nich interessiert.«

»Sie reden von Abbo Altinga?«, fragte Hilke vorsichtig. »Sontka meinte, er sei Annis Vater gewesen.«

»Ihr Erzeuger«, erwiderte Katrina Heeren, und ihre etwas kratzige Stimme sank eine Oktave tiefer. »Vadder kann man das wohl nich nennen. Zuerst macht er sich 'nen Spaß mit meiner Mudder und dann ...« Sie machte eine fahrige Geste. »Aber da kamen die ja mit durch damals, die ach so *feinen* Herren. Die kamen ja mit allem durch.« Das Wort *feinen* hatte sie regelrecht ausgespuckt. Die Wut schien immer noch tief zu sitzen.

»Und Sie meinen, dass er auch am Verschwinden Annis die Schuld trägt?«, hakte Franziskus nach.

»Sicher. Oder ...« Auf der Stirn der Frau bildeten sich tiefe Furchen. Bevor sie weitersprach, ließ sie sich von ihrer Urenkelin einen weiteren Bissen Kuchen in den Mund schieben. »Oder es war Hermannus.«

»Sein Bruder?«, fragte Hilke erstaunt. »Was hätte der für einen Grund haben sollen?«

»Denselben, den er immer hatte: Erbschleicherei natürlich.«

Hilke sah, dass es in Franziskus' Hirn zu arbeiten begann. Und auch sie selber betrachtete die ganze Angelegenheit plötzlich aus einer völlig neuen Perspektive. Doch noch war es zu früh, aus dem Gehörten konkrete Schlüsse zu ziehen.

»Sie halten Hermannus für einen Erbschleicher?«, hakte sie nach.

»Ich hab den doch gar nich gekannt«, winkte Katrina Heeren ab. »Aber meine Mudder, die hat das immer gesacht. *Da hat er sich aber fein ins gemachte Nest gesetzt*, hat sie immer gesacht.«

»Klingt nicht so, als ob Ihre Mutter Hermannus Altinga besonders mochte«, stellte Franziskus fest. Hilke fiel auf, dass sein Blick immer häufiger zu Sontka wanderte. Und andersherum war es genauso. Fast hatte sie den Eindruck, als wären sich die zwei sympathisch.

»Hermannus war ein Tyrann«, behauptete Katrina Heeren nun. »Sein Bruder war auch nich gerade das, was man einen netten Kerl nannte. Aber Hermannus war der Teufel.«

»Nun mal der Reihe nach«, meinte Franziskus. »Uns geht es vor allem um Teelko. Sontka hat Ihnen sicherlich erzählt, dass er mit uns verwandt ist.« Nach einem warnenden Blick seiner Tante fügte er schnell hinzu: »Und natürlich um Anni. Um die beiden Toten in unseren Familien also. Deshalb schlage ich vor, dass wir versuchen, die genauen Abläufe der damaligen Ereignisse zu rekonstruieren. Wer starb oder verschwand denn als erstes?«, stellte er sogleich eine konkrete Frage.

Sontka schenkte noch mal Tee nach, dann sagte sie: »Zuerst passierte das schreckliche Unglück mit Abbos Tochter. Und – nee, Moment mal – das mit Anni passierte bereits ein paar Tage zuvor, oder?« Sie blickte fragend zu Katrina Heeren.

»Jo. So is richtich. Anni verschwand ein paar Tage, bevor das mit der Lütten von Altingas passierte«, nickte die.

Also fuhr Sontka fort: »Die kleine Anni ist für ein paar Tage bei ihrem Onkel gewesen, der beim Bauern nebenan beschäftigt war. Anni spielte wohl gerne mit seinen drei Kindern, die ähnlich alt waren wie sie. Meiner Ururoma passte es ganz gut, dass sie sie ab und zu mal bei der Schwägerin abgeben konnte. In ihrem noch jungen Alter war sie mit dem Kind schnell überfordert, zumal sie ja auch noch viel arbeiten musste.«

»Arbeiten?«, rief Katrina Heeren empört aus. »Sagtest du *arbeiten*? Pah! Geschuftet hat sie, von morgens bis abends, sieben Tage die Woche, genauso wie ich später. Da hat keiner Rücksicht drauf genommen, ob so 'n Mädchen dran kaputt ging oder nich.«

»Und von dort ist sie dann verschwunden?«, ignorierte Franziskus den Ausbruch der alten Dame.

»Ja«, antwortete Sontka nach einem Blick auf ihre Uroma, die ihr mit einer Geste zu verstehen gab, dass sie antworten solle. »Annis Onkel sei eines Abends plötzlich ganz aufgeregt angerannt gekommen, weil er glaubte, Anni sei alleine nach Hause gelaufen. Aber dort war sie nicht angekommen. Sie blieb verschwunden.«

»Ist Anni denn öfter mal einfach so weggelaufen?«, fragte Hilke.

Sontka schüttelte den Kopf. »Nein, bis dahin wohl nie. Vielleicht hat sich das Kind verlaufen und ist erfroren. Es war Winter und bitterkalt, als sie verschwand.

Man hat sie gesucht, aber ... nun ja, sie wurde nicht gefunden.«

»Das arme Kind.« Hilke schauderte bei dem Gedanken, dass ein kleines Mädchen völlig auf sich allein gestellt im tiefsten Winter durch die Gegend irrte und nicht mehr nach Hause fand. Welch furchtbare Angst sie ausgestanden haben musste! Oder war sie gar entführt worden? Sie stellte die Frage laut.

»Könnte man meinen«, nickte Sontka. »Aber mal ganz ehrlich, wer sollte zu damaliger Zeit ein völlig mittelloses Mädchen entführen? Die Leute hatten allesamt Kinder genug, gerade die armen. Und die Wohlhabenden hätten ein solches Mädchen für sich doch gar nicht erst in Betracht gezogen, selbst, wenn sie selber keine Kinder hatten.«

»Nun, bleiben wir mal bei den Fakten«, meldete sich Franziskus wieder zu Wort. »Spekulieren können wir später. Also: Wann starb denn dann der Bauer? Nach den Aufzeichnungen, die uns vorliegen, konnte es nicht viel später gewesen sein.«

»Abbo Altinga stürzte rund vier Monate nach dem Feuertod seiner Tochter vom Heuboden«, antwortete Sontka.

»Feuertod?« Das war das erste, was Hilke hörte.

»Ja. Die Kleine ist verbrannt. In einem Gartenhaus, das zum Hof der Altingas gehörte.«

»Wie furchtbar.« Hilke schluckte schwer. Bisher hatte sie angenommen, das Kind sei vermutlich krank gewesen. Aber so ... was für ein Albtraum für die armen Eltern.

Franziskus kratzte sich an der Schläfe und sah dann mit schmalen Augen prüfend in die Runde. »Und dieser Sturz vom Bauern könnte nicht vielleicht ein Rachefeldzug von Annis Mutter gewesen sein?«, fragte er dann in sachlichem Tonfall.

Im Zimmer schien daraufhin die Zeit für ein paar Sekunden stillzustehen, bis Katrina Heeren hörbar nach Luft schnappte. Doch statt der Schimpftirade, die Hilke angesichts ihrer empörten Miene erwartete, sagte die alte Frau lediglich: »Nein. Das kann nich sein. Denn Muddi war zu diesem Zeitpunkt nich mal in der Nähe des Stalls. Das wurde damals natürlich alles überprüft.« Sie funkelte Franziskus aus dunklen Augen böse an, und auch Sontka schüttelte missbilligend den Kopf.

»Also geriet Teelko in Verdacht«, sagte Hilke schnell, weil sie dem sich jetzt anbahnenden Stimmungsumschwung rasch entgegenwirken wollte. Natürlich fand sie die Frage ihres Neffen gar nicht so abwegig, auch ihr war der Gedanke an einen möglichen Rachefeldzug in den Sinn gekommen. Dennoch hätte Franziskus seine Frage anders und vor allem sensibler formulieren können. Aber Sensibilität war ja noch nie seine Sache gewesen.

»Ja«, ging Sontka auf Hilkes Rettungsaktion ein, woraufhin diese befreit die Luft ausstieß. »Teelko geriet in Verdacht, weil er sich zum selben Zeitpunkt wie Abbo Altinga auf dem Heuboden aufhielt.« Sie zögerte, bevor sie mit leicht eingezogenem Kopf hinzufügte: »Und weil er später dann ja angeblich auch noch den Schmuck gestohlen hat.«

»Unter anderem diesen Ring hier.« Hilke beschloss, mit offenen Karten zu spielen, schließlich hätten sie ansonsten keine Chance, in ihren Recherchen weiterzukommen. Also öffnete sie ihre Handtasche und zog die kleine Schmuckschatulle hervor. Sie reichte sie Sontka, die sie mit gehobenen Brauen fragend ansah und gleich darauf den Ring hervorzog.

»Oh mein Gott!«, geriet Katrina Heeren angesichts des funkelnden Smaragds in helle Aufregung. »Dann ist es also tatsächlich wahr, dass Teelko ...!« Sie brachte den Satz nicht zu Ende, sondern schlug sich sichtlich aus der Fassung geraten die knochige Hand vor den Mund.

»Wir haben keine Ahnung, wie der Ring in den Besitz unserer Familie gekommen ist«, beeilte sich Hilke zu sagen, während Franziskus fragte: »Sie erkennen dieses Schmuckstück also wieder?«

»Ja«, krächzte Katrina Heeren immer noch aufgeregt. »Greta, was meine Freundin war, hat mir den Familienschmuck mal gezeigt. Sie hat als Zofe für die gnädige Frau gearbeitet.« Sie senkte den Kopf und sagte leise: »Ich hab sie immer um ihre Arbeit beneidet, weil sie den ganzen Tach mit so vielen schönen Dingen zu tun hatte, während ich ... na ja, is ja auch egal. Jedenfalls sachte sie damals, dass der Ring fehlt, und dass man einen früheren Knecht beschuldicht, dass der ihn geklaut hat. Ich dachte allerdings immer, da wär nix dran, weil meine Mudder das auch dachte.«

Hilke musste zugeben, dass diese Vermutung dennoch nicht ganz von der Hand zu weisen war, zumal sich der Ring ja nun ausgerechnet in ihrer, also Teelkos Familie wieder eingefunden hatte.

»Was ist eigentlich aus der vorherigen gnädigen Frau geworden?«, fragte Franziskus.

»Bitte?« Alle sahen ihn nun fragend an.

»Na, Sie erwähnten gerade eine gnädige Frau, und ich frage mich, was damals aus der Frau von Abbo Altinga geworden ist, nachdem er und die Tochter gestorben waren. In den Aufzeichnungen, die wir gesichtet haben, stand bei ihrem Namen nicht einmal ein Todesdatum.« Er grinste süffisant, bevor er hinzufügte: »Ich denke ja mal, dass wir davon ausgehen können, dass sie inzwischen gestorben ist.«

»Sie meinen Wilhelmine«, erwiderte Katrina Heeren und seufzte schwer. »Muddi sachte, sie hat das alles nicht verkraftet. Zuerst ihr Kind und dann ihr Mann. Das war 'n büschen viel für die Arme. Sie wurde ... je nu ... sie wurde wohl verrückt, sacht man. Und dann hat ihr Schwager Hermannus sie wechgebracht. In ein Sanatorium oder so was Ähnliches. Keiner weiß, was dann aus ihr geworden is.«

»Sie meinen, es hat sich danach niemand mehr um sie gekümmert?«, fragte Hilke. Gänsehaut überzog ihren Körper. Was waren die Altingas nur für eine bizarre Familie! Entweder hatte das Schicksal ihnen ungewöhnlich hart mitgespielt – oder aber der ein oder andere von ihnen hatte dem Schicksal ein klein wenig auf die Sprünge geholfen.

Die alte Frau zuckte kaum merklich die steifen Schultern. »Hermannus sachte wohl, Wilhelmine brauche ihre Ruhe und dass sie nicht mehr mit den schlimmen Dingen belästicht werden soll. Sonst würde sie nie mehr gesund werden, sachte er. Da haben sich dann alle dran gehalten. Irgendwann ist sie dann wohl in Vergessenheit geraten.«

In Vergessenheit geraten. Hilke durchfuhr es eiskalt, als sie sich vorstellte, wie sich die arme Frau gefühlt haben musste, nachdem man ihr nach Mann und Kind auch noch ihr Zuhause nahm und sie in eine Klinik sperrte, aus der sie offensichtlich nie wieder herauskam. Und sie stellte sich die Frage, ob diese Maßnahme tatsächlich nötig gewesen war. Oder wollte ihr Schwager sie damals einfach nur geschickt aus dem Weg räumen? Schließlich hatte Katrina Heerens Mutter ihn stets als Erbschleicher bezeichnet. Und Wilhelmine war damals die Einzige, die ihm noch im Weg stand, wenn er es auf den Hof abgesehen hatte.

»Ich denke, dass wir für den Augenblick genug erfahren

haben«, sagte Hilke, als sie bemerkte, dass Katrina Heeren nach all der Aufregung plötzlich einen sehr erschöpften Eindruck machte. Nur noch halbherzig schien sie dagegen anzukämpfen, dass ihr die Augen zufielen.

»Ja, ich denke auch, dass meine Uroma sich jetzt ausruhen sollte«, stimmte Sontka ihr zu. Sie lachte unfroh auf. »Und auch ich selbst habe das Gefühl, für mich erstmal einiges sortieren zu müssen.« Sie sah Franziskus, der sich von seinem Platz erhob, mit einem vielsagenden Blick an und sagte: »Es würde mich freuen, wenn wir unser Gespräch bald fortsetzen könnten.«

Täuschte sich Hilke, oder wurde ihr Neffe jetzt tatsächlich rot? Sie grinste breit, stand auf und sagte nur: »Es war aufschlussreich, mit Ihnen zu plaudern. Wir sollten uns tatsächlich bald mal wieder treffen.« Sie schüttelte Sontka die Hand. Dann ging sie zu Katrina Heeren hinüber, strich ihr sanft über die faltige Wange und sagte: »Ich verspreche Ihnen, dass wir herausfinden, was damals wirklich mit Anni passiert ist.«

Die alte Frau nickte müde. »Du bist ’n gutes Kind«, sagte sie leise. »Ich hatte ja die Hoffnung schon fast aufgegeben, aber nu glaub ich, dass doch noch alles gut wird.«

14

Es war einer dieser lauen Sommerabende, wie es sie in Ostfriesland nur höchst selten gibt. Der Wind war eingeschlafen und die Luft angenehm warm. Es duftete intensiv nach Heu, denn die Landwirte hatten die Gelegenheit der warmen und trockenen Tage genutzt, um ihren Vorrat für den Winter einzufahren. Bis vor rund einer Stunde war noch das entfernte Brummen mehrerer Traktoren zu hören gewesen, doch inzwischen lag eine ungewohnte Stille über Moordorf. Fast war es, als habe jemand bis auf das gelegentlich von nachtaktiven Tieren verursachte Rascheln im Laub alle Geräusche aus dieser Nacht verbannt.

Nach dem Treffen mit Sontka und Katrina Heeren summte Hilke der Kopf vor lauter Informationen. Da tat es ganz gut, einfach nur mal mit hochgelegten Füßen auf der Terrasse zu sitzen, den zarten Geräuschen der Nacht zu lauschen und ein Glas Rotwein sowie Baguette mit gutem Camembert zu genießen.

Gleich nach ihrer Rückkehr hatte Hilke ihrem Onkel Ibbe von den Erzählungen seiner Altersgenossin Katrina berichtet. Er hatte heute einen seiner besseren Tage, und gemeinsam hatten sie versucht, die neu gewonnenen Informationen in das Bild der damaligen Ereignisse rund um Teelkos gewaltsamen Tod einzuordnen.

Als Hilke die Sprache schließlich auf die verschollene Anni brachte, war Ibbe plötzlich schweigsam geworden, und er hatte minutenlang nur mit verschlossenem Gesichtsausdruck aus dem Fenster gestarrt. All ihr Nachfragen aber lief ins Leere, bis Ibbe sich schließlich in seine Kissen zurücksinken ließ und wortlos die Augen schloss zum Zeichen, dass er jetzt in Ruhe gelassen werden wollte.

Seither schlief er. Nur zu gerne hätte Hilke gewusst, was ihm durch den Kopf gegangen war, ja, was ihn offensichtlich so aus der Fassung brachte, dass er aus dem für seine Verhältnisse recht lebhaft geführten Gespräch einfach ausstieg.

Nun, sie würde sich gedulden müssen. Vielleicht würde Ibbe am nächsten Tag soweit sein, sie über den Grund seiner plötzlichen Verschlossenheit aufzuklären. Bis dahin würde sie versuchen, von dem, was sie heute erfahren hatte, ein wenig Abstand zu gewinnen, denn sie wusste, dass ihr ansonsten eine unruhige, im Gedankenkarussell gefangene Nacht bevorstand.

Hilke schenkte sich ein weiteres Glas Rotwein ein. Erfahrungsgemäß würden zwei, drei Gläser Spätburgunder ihr dabei helfen, die Ereignisse des Tages und mit ihnen die Geschwindigkeit des Karussells auf ein erträgliches Maß herunterzufahren.

Sie lehnte sich, das Glas in der Hand haltend, in ihrem Liegestuhl zurück und schloss die Augen. Doch noch gelang es ihr nicht, die Bilder, die sich vor ihrem inneren Auge aufbauten, zu verscheuchen. Aus allem, was sie bisher erfahren oder sich ausgemalt hatte, entstand ein buntes, wild durcheinander purzelndes Mosaik aus Menschen, Behausungen und Ereignissen. Also versuchte sie, ihren Blick zu fokussieren.

Nach und nach gestaltete sich eine kleine Lehmhütte vor ihrem Auge, wie sie sie aus dem in ihrer Nachbarschaft beheimateten Moormuseum kannte. Sie ordnete ihr den kleinen Teelko und seine zahlreiche Geschwisterschar zu, wie sie versunken im seltenen Spiel über die sumpfigen

Weiten der Moorlandschaft tollten, alltägliche Arbeiten verrichteten oder sich zusammengekauert zu einem Knäuel aus Leibern, Armen und Beinen in ihrer Butze von den Lasten des Tages erholten.

Doch so sehr sie sich auch anstrengte, so wollte es ihr doch nicht gelingen, einzelne dieser Bilder festzuhalten. Vielmehr schwammen sie, sobald schemenhaft entstanden, wie von einer Welle getragen wieder davon.

So, wie ihr die Zusammenhänge immer wieder davonschwammen, die sie aus dem bisher Recherchierten versucht hatte zusammenzusetzen. Es hatte in diesem Sommer 1895 mindestens drei Tote und eine Vermisste gegeben. Doch bedingten diese Fälle tatsächlich einander, wie es Hermannus Altinga dem Knecht Teelko dereinst anlastete? Oder versuchte der Bauer lediglich, aus zufällig aufeinandertreffenden Ereignissen eine Geschichte zu konstruieren, die es ihm erlaubte, Teelko zu beschuldigen, vom Hof zu jagen und womöglich auch noch zu töten?

Doch wo lag das Motiv? Schließlich ermordete man nicht einfach mal so einen Menschen, noch dazu ein Kind. Es sei denn, man war skrupellos. Oder dieser Mensch hatte einem etwas so Schlimmes angetan, dass man keinen anderen Ausweg mehr wusste, als sich auf diese unabänderliche Art zu rächen.

Oder aber – und das schien Hilke naheliegender – man wollte von sich selber ablenken.

Als ihre Gedanken erneut begannen sich im Kreis zu drehen und sie erkannte, dass sie mit ihren Überlegungen genau dort wieder ansetzte, wo sie es bereits vor zwei Stunden getan hatte, seufzte sie laut und beschloss, sich ins Bett zu legen und ein gutes Buch zu lesen. Am besten eines, das sie derart fesselte, dass sie in eine völlig andere Welt abtauchte und damit alles andere um sich herum vergaß.

Hilke nahm sich die Zeit, ihr Weinglas in Ruhe zu leeren, dann erhob sie sich von ihrem Liegestuhl. Ein Blick zum sternenklaren Himmel sagte ihr, dass es vermutlich nicht regnen würde. Dennoch nahm sie die Auflage ihres Stuhls lieber mit ins Haus. In diesem Landstrich wechselte das Wetter manchmal schneller, als man das Wort Wetterwechsel aussprechen konnte.

Sie warf einen Blick in Ibbes Zimmer: Er lag noch immer ruhig da, sein Atem ging gleichmäßig. Langsam schloss sie wieder die Zimmertür.

Doch was war das? Ein Schatten hinter der verglasten Haustür? Ja. Jemand ging davor auf und ab. Hilke presste vor Schreck die Hand aufs Herz, als die Gestalt nun näher kam und schon im nächsten Moment der plötzlich unnatürlich laut klingende Ton ihrer Türklingel durchs Haus schrillte.

Ein schneller Blick auf die Uhr sagte ihr, dass es bereits nach Mitternacht war. Wer würde zu so später Stunde etwas von ihr wollen? Ein Einbrecher würde es wohl kaum sein, denn gemeinhin betätigten die keine Klingel. Die Polizei? War etwas passiert? Mit ihren Kindern vielleicht?

Die Gestalt legte nun die Hände beidseitig an ihren Kopf und presste ihr Gesicht an die Scheibe. Anscheinend wollte sie wissen, ob sich hier etwas tat. Was darauf hindeutete, dass es sich bei dem späten Besuch vermutlich nicht um Polizisten handelte.

Hilke holte tief Luft und entschloss sich zum Überraschungscoup. Als die Person wieder zurückwich, machte sie ein paar beherzte Schritte auf die nicht abgeschlossene Haustür zu und riss sie mit Schwung auf.

»Sontka?«, fragte sie im nächsten Moment überrascht.

Nun war es an der jungen Frau, sich die Hand aufs

Herz zu pressen. »Oh Gott, jetzt haben Sie mich aber erschreckt!«, keuchte sie.

»Oh, bitte entschuldigen Sie meinen Überschwang!« Hilke verzog spöttisch das Gesicht. »Könnte gegebenenfalls daran liegen, dass ich es nicht gewohnt bin, dass nachts irgendwelche Gestalten ihr Gesicht an die Scheibe meiner Haustür drücken.«

Zu ihrer Überraschung lachte Sontka nun laut auf. »Ich liebe Ihren Humor, Frau Wibben, wirklich! Wie schön, dass Sie noch wach sind.« Ohne auf eine Aufforderung zu warten, trat sie in den Hausflur.

»Öhm ... bitte, kommen Sie doch rein!« Nun grinste auch Hilke. Sie mochte forsch auftretende Leute, die nicht lange um den heißen Brei herumredeten. Bei Sontka hätte sie nach dem ersten Eindruck zwar nicht mit einem solchen Auftreten gerechnet, aber bitte schön, warum nicht. »Glas Wein?«, fragte sie und führte Sontka durch das Wohnzimmer auf die Terrasse, wobei sie im Vorbeigehen zwei Sitzpolster mitnahm und auf die Gartenstühle legte.

»Gerne.« Sontka nickte. »Nach diesem Tag kann ich einen guten Schluck gebrauchen.«

»Das geht uns sicherlich allen so«, seufzte Hilke und stellte wenig später zwei Gläser auf den Tisch, die sie mit Wein füllte. »Aber wegen des Weins sind Sie sicherlich nicht hier«, stellte sie dann fest.

»Nein.« Sontkas Gesicht wurde ernst. »Es geht noch mal um meine Uroma. Sie hat mir noch was erzählt.«

»Etwas Wichtiges?«

»Sonst wäre ich nicht hier.«

»Ja, das will ich hoffen. Für etwas Unwichtiges wäre Ihr Besuch ein bisschen spät geraten«, grinste Hilke und freute sich, als es nun auch um Sontkas Mundwinkel zuckte. Humor hatte sie also auch. Aus irgendeinem Grund fiel ihr nun ihr völlig humorloser Neffe Franziskus ein. Sie fand, dass Sontka und er trotz aller Unterschiede ein gutes Team wären. Oder gerade deswegen. Zumindest bekäme Franziskus in der Zusammenarbeit mit ihr überhaupt mal eine Idee davon, wie gut sich Humor anfühlte, wenn man sich ihm öffnete.

»Es geht um Wilhelmine«, sagte Sontka und nippte an ihrem Wein. »Oh, ein wirklich guter«, nickte sie dann anerkennend und tippte aufs Glas.

»Wilhelmine?« Hilke kniff überlegend ihre Augen zusammen. Sie wusste, dass dieser Name am heutigen Nachmittag eine Rolle gespielt hatte. Doch kreisten in ihrem Kopf derzeit so viele Namen umeinander, dass sie gerade nicht wusste, wem sie diesen zuordnen sollte.

»Die Frau von Abbo Altinga«, klärte Sontka sie auf. »Sie landete in der Psychiatrie, nachdem ihr Mann und ihre Tochter gestorben waren.«

»Ach ja, richtig, diese arme Person. Ist Ihrer Uroma nun doch noch eingefallen, was aus ihr geworden ist?«

»Nein. Ihr Verbleib nach der Einweisung liegt völlig im Dunkeln. Zumindest nach allem, was wir wissen. Aber ...« Sontka hob den Zeigefinger und sah Hilke bedeutungsvoll an.

»Aber?«

»Uroma erwähnte ihre ältere Freundin Greta, die bei Wilhelmine und später auch bei Hermannus' zweiter Frau als Zofe gearbeitet hat.«

»Ja, ich erinnere mich. Die, die immer mit den schönen Dingen zu tun hatte.«

»Genau.« Sontka beugte sich nun ein Stück vor und raunte: »Und diese Greta hat meiner Uroma wohl mal von einem Tagebuch erzählt.«

»Einem Tagebuch?«, raunte Hilke zurück, obwohl ihr

bewusst war, dass ihnen hier sowieso niemand zuhörte. Nicht an diesem Ort und nicht um diese Zeit.

»Ja, Wilhelmine hat wohl Tagebuch geführt. Meine Uroma kann sich noch gut daran erinnern, dass Greta ihr ständig von der so hübsch verschnörkelten Schrift der Dame vorschwärmte. Sie durfte Wilhelmine ab und zu mal beim Schreiben über die Schulter schauen.«

»Und was hat sie dabei erfahren?«, fragte Hilke gespannt, während sie aus unerfindlichem Grund mit dem Zeigefinger über den Rand ihres Weinglases fuhr.

»Dass Wilhelmine eine hübsch verschnörkelte Schrift hatte.«

»Hä?«

»Greta konnte nicht lesen.«

»Ach so. Doof.« Hilke stellte ihr Glas ab und hob fragend die Brauen. »Und warum erzählen Sie es mir dann?« Und das mitten in der Nacht, fügte sie in Gedanken hinzu.

»Haben Sie Schokolade?«

»Bitte?«

Sontka deutete auf den Wein. »Ich esse zum Wein gerne ein wenig Schokolade. Am liebsten zartbitter.«

»Muss ich mal nachsehen.« Hilke stand auf. »Machen Sie es nun eigentlich extra spannend?«, fragte sie über die Schulter, als sie von der Terrasse ins Wohnzimmer ging.

»Nee. Aber ich glaube, dass Sie gleich Nervennahrung brauchen«, antwortete Sontka schulterzuckend.

»Und warum sollte das der Fall sein?«, knüpfte Hilke nahtlos an die Bemerkung der jüngeren Frau an, als sie sich wenig später wieder in ihren Stuhl sinken ließ und eine Tafel Schokolade auf den Tisch legte. »Gab nur Vollmilch mit Karamell«, sagte sie bedauernd.

»Besser als nichts«, kommentierte Sontka, nahm die

Packung in die Hand, zog gleich darauf einen Riegel hervor und biss herzhaft hinein. »Mmmmh, köstlich.«

»Und welchen Angriff planst du … oh, Entschuldigung, planen Sie jetzt auf meine armen Nerven?«

»Du ist schon okay«, grinste Sontka, »so als Komplizinnen, meine ich.«

»Du machst mir Angst.«

»Nee, es ist nur …« Sontka spülte ihre Schokolade mit einem Schluck Wein hinunter und wurde wieder ernst. »Also, meine Uroma meint, es sei gut möglich, dass es das Tagebuch von Wilhelmine noch gibt.«

»Nach so langer Zeit?«, fragte Hilke.

»Ja. Es ist ein wenig … gruselig.« Sontka biss sich auf die Unterlippe. »Also, wenn es so ist, wie meine Uroma sagt, dann …«

»Dann?« Hilke sah sie nun mit gesenktem Kopf von unten herauf lauernd an.

»Dann gibt es sogar ihr ganzes Zimmer noch.«

»Ist nicht dein Ernst!« Nun war Hilke wirklich perplex.

Sontka zuckte die Schultern. »Es ist zumindest das, was man sich erzählt. Auch mir wurde dieses Gerücht vor etlicher Zeit mal zugetragen, aber ich habe ihm keinerlei Bedeutung beigemessen.«

»Was genau ist das für ein Gerücht?« Hilke schenkte noch mal Wein nach.

»Es heißt, dass Hermannus Altinga verfügt habe, dass das Zimmer von Wilhelmine für alle Zeiten unangetastet bleiben müsse.«

»Hermannus soll so was verfügt haben?« Hilke war baff. »Aber er selbst hat sie doch vom Hof weggeschafft, indem er sie in die Irrenanstalt einweisen ließ.«

»Ja«, nickte Sontka über ihr Weinglas hinweg. »Das

verstehe wer will. Doch scheint es so zu sein, dass dieses Zimmer tatsächlich noch existiert.«

»Und es wurde nichts verändert? Hast du es gesehen?«

»Ich hatte nie Zugang zu den Privaträumen der Altingas«, verneinte Sontka. »Aber zu den Zeiten, als meine Uroma dort arbeitete, gab es das Zimmer auf jeden Fall noch. Das wusste sie von Greta. Und, wie gesagt, auch heute hält sich hartnäckig das Gerücht, dass es nach wie vor so sei.«

»Wen könnten wir denn da mal fragen? Ich meine, wer müsste es denn konkret wissen?«

Sontka winkte ab. »Es heißt, seit Jahrzehnten habe niemand mehr das Zimmer betreten. Zumindest keine Bediensteten. Angeblich ist es Tag und Nacht verschlossen.«

»Das *ist* gruselig!« Hilke schüttelte sich. Was mochte solch eine seltsame Verfügung für einen Sinn haben? Warum hielt man an dem Erbe einer Frau fest, von der seit 1895 niemand mehr etwas gehört hatte? Oder war womöglich alles ganz anders, als es schien? »Hat denn die neue Hausherrin, also die zweite Frau von Hermannus, Wilhelmines Zimmer nicht für sich beansprucht?«, fragte sie in ihre sich überschlagenden Gedanken hinein.

»Anscheinend nicht. Sie bewohnte wohl einen anderen Raum. Daran kann sich Uroma noch gut erinnern.«

»Und keiner hat den Raum jemals wieder betreten?«, vergewisserte sich Hilke erneut.

»So heißt es, ja.« Sontka lutschte nachdenklich auf einem Stück Schokolade herum.

»Ähm ...« Hilke biss sich kurz auf die Lippen, bevor sie den ungeheuerlichen Gedanken aussprach, der ihr gerade gekommen war und ihre Eingeweide wie eine Klammer aus Eis zusammenschnürte. »Und was ist, wenn sie ... also Wilhelmine ... das Zimmer nie verlassen hat? Was ist, wenn ...« Sie schluckte schwer, bevor sie den Satz beendete. »Was ist, wenn sie dort immer noch ... liegt?«

»Klingt abenteuerlich, nicht wahr?«, nickte Sontka. »Aber um das herauszufinden, lässt sich ja was tun.«

Sie wirkte für Hilkes Geschmack erstaunlich gelassen, immerhin kamen sie hier gerade den Schreckensszenarien eines Horrorfilms sehr nahe. »Und was genau willst du tun, um es herauszufinden?«, fragte sie vorsichtig, weil sie sich vor der Antwort fürchtete.

Statt einer Antwort zwinkerte Sontka ihr nur verschwörerisch zu und genehmigte sich noch ein Stück Vollmilchschokolade mit Karamell.

Wider Erwarten hatte Hilke Wibben trotz der Neuigkeiten zu so später Stunde gut geschlafen. Was vermutlich am Rotwein lag, von dem Sontka und sie noch eine zweite Flasche geköpft und geleert hatten.

Trotzdem oder vielleicht auch gerade deswegen fühlte sich Hilke an diesem Morgen ausgeschlafen, und das war weit mehr, als sie nach den Ereignissen der letzten Tage erwartet hätte.

Auch Ibbe ging es erfreulich gut, er hatte sogar nach Frühstück verlangt, was längst nicht an jedem Tag der Fall war, denn – wenn überhaupt – war ihm in der Regel erst gegen Mittag danach, eine Kleinigkeit zu sich zu nehmen.

Die Gunst der Stunde nutzend hatte Hilke ein schmackhaftes Frühstück bereitet und es auf einem Tablett zu ihm ins Zimmer getragen. Sie stellte es auf einer Vorrichtung ab, die sie eigens zu diesem Zweck hatte anfertigen lassen. Es handelte sich dabei um einen Tisch mit extra langen, auf Rollen stehenden Beinen, der sich von hinten über das Bett schieben ließ, und auf dem Ibbe alles das platzieren konnte, was er im Laufe eines Tages so brauchte. Und nun eben das Frühstück.

Hilke half ihrem Onkel nur dabei, sich ein wenig aufzurichten, denn Ibbe bestand darauf, sich beim Essen nicht helfen zu lassen.

»Wenn ich das Gefühl habe, dass ich etwas alleine hinbekomme, dann mache ich es auch«, sagte er. »Mit jeder Bewegung, die ich nicht mache, geht es schneller zu Ende mit mir.«

Hilke lächelte, als sie sich daran erinnerte, dass die alte Katrina Heeren am Tag zuvor etwas ganz Ähnliches gesagt hatte. Ja, dachte sie, die beiden würden wirklich gut zueinanderpassen. Vielleicht sollte sie mal bei Katrina vorfühlen, ob sie nicht Lust auf einen Ausflug nach Moordorf hätte. Wenn es Ibbe so gut ging wie in den letzten Tagen, dann würde ihn ein wenig nette Gesellschaft sicherlich noch ein bisschen mehr aufmuntern.

Während sie ihre Brötchenhälfte mit Butter und Marmelade bestrich, überlegte Hilke, wie sie Ibbe wieder auf das Thema Anni lenken könnte. Nachdem er gestern so seltsam auf die Geschichte ihres nach wie vor ungeklärten Verschwindens reagiert hatte, wollte sie nicht riskieren, dass er sich sofort wieder in sich zurückzog, wenn sie ihren Namen erwähnte. Andererseits wüsste sie zu gerne den Grund für sein Verhalten, denn sie wurde das Gefühl nicht los, dass das Schicksal des kleinen Mädchens womöglich der Schlüssel zu allen anderen Geschehnissen des Sommers 1895 war.

»Du denkst über die kleine Anni nach«, hörte sie Ibbe zwischen zwei Schlucken aus seiner mit Tee gefüllten Schnabeltasse sagen, als sie gerade in ihr Brötchen biss. Diese Worte kamen für sie so überraschend, dass sie sich prompt verschluckte und in der Folge mit einem heftigen Hustenanfall zu kämpfen hatte.

»Entschuldige bitte«, krächzte sie schließlich, »ich war nur so ...« Ein erneuter Hustenanfall unterbrach sie in ihrer Erklärung, doch Ibbe vervollständigte ihren Satz: »Überrascht. Ja, ich weiß. Die ganze Sache kommt auch für mich ein wenig ... hm ... ja, überraschend. Ich konnte gestern einfach nicht darüber reden, weil ich mir erst selbst über einiges klar werden musste. Bitte verzeih.«

» Kein Ding«, winkte Hilke ab und blinzelte ihn aus vom Husten tränenverhangenen Augen an. »Und was ist bei deinen Überlegungen herausgekommen?«

»Dass dieses kleine Mädchen meine Mutter war.« Ibbe sagte es so emotionslos, als würde er übers Wetter reden.

»Bitte?« Wieder spürte Hilke einen Hustenreiz in sich aufsteigen, versuchte jedoch, ihn zu unterdrücken. Es gab jetzt einfach Wichtigeres. »Das hab ich jetzt aber falsch verstanden, oder?«, hakte sie nach. »Du sagtest nicht wirklich, dass Anni deine ...« Sie senkte den Kopf und schaute ihn von unten herauf fragend an. »Dass Anni deine *Mutter* war?«

Ibbe tupfte sich mit einer Serviette über den Mund. »Doch, genau das sagte ich.« Er begegnete ihrem ungläubigen Blick, indem er hinzufügte: »Und nein, ich bin nicht geistig verwirrt. Vielmehr sehe ich jetzt um einiges klarer.«

Hilke schluckte schwer. »Das ... müsstest du mir mal näher erklären, bitte. Bisher ging ich – ach was! – gingen wir alle davon aus, dass Fine deine Mutter war.«

»Ja. Und Fine ist Anni.«

»Versteh ich jetzt nicht.«

»Ja«, nickte Ibbe, »eure Generation hat davon auch nichts mitbekommen, soviel ich weiß. Es war ja auch nie wichtig. Bis jetzt.«

»Was war nicht wichtig?«

»Dass Fine ein Findelkind war.«

»Ein Findelkind!?« Hilke hätte vor lauter Überraschung fast ihren Tee verschüttet. »Sagtest du *Findelkind*?«

»Ja. Meine Tante Leefke hat es mir mal erzählt. Meine Mutter selbst hat es wohl nie erfahren. Aus irgendeinem Grund schien diese Tatsache Taleas Gewissen zu belasten, denn Großmutter fühlte sich wohl sichtlich unwohl, als sie es Leefke erzählte. Ich habe nie verstanden warum, denn schließlich hatten Talea und Wübbo doch alles richtig gemacht, indem sie trotz ihrer eigenen Kinderschar und den erbärmlichen Lebensverhältnissen im Moor auch noch ein offensichtlich verwaistes Kind aufnahmen. Aber nun weiß ich warum.«

»Du meinst, deine Großeltern wussten, dass es sich bei diesem Kind, also deiner Mutter, um die verschwundene Anni handelte?« Hilke spürte ihr Herz kräftig gegen die Rippen schlagen. Das waren ja mal Neuigkeiten! »Aber warum haben sie sie dann behalten und nicht zu ihrer leiblichen Mutter zurückgebracht, als sie davon erfuhren?«

»Das frage ich mich auch schon die ganze Zeit. Vermutlich hatten sie sie lieb gewonnen und wollten sie nicht mehr hergeben.«

»Das ist verständlich«, meinte Hilke, »aber dennoch nicht richtig.«

»Nein, richtig ist es wohl nicht«, pflichtete Ibbe ihr bei.

Hilke zog nachdenklich die Stirn in Falten und schwieg für eine Weile, während Ibbe ein paar Löffel seines Rühreis aß. »Wie genau kam sie denn zu unserer Familie?«, fragte sie dann.

»Mein Großvater Wübbo fand sie am späten Abend im Moor. Er nahm an, dass sie jemand dort ausgesetzt hatte.«

»Ausgesetzt? Wie einen Hund?«

»Ja. So ähnlich. Kam damals wohl gar nicht so selten vor. Es waren schwierige Zeiten, gerade hier im Moor. Was auch ein Grund dafür gewesen sein dürfte, warum sie Fine, also Anni, zu sich nahmen.«

»Die schwierigen Zeiten? Warum sollten die ein Grund sein?« Hilke sah ihren Onkel verständnislos an. »In schwierigen Zeiten nimmt man nicht unbedingt freiwillig ein weiteres Kind auf.«

»Nein, natürlich nicht. Aber sie hatte wohl ein paar Sachen dabei.«

»Ein paar Sachen? Was für Sachen?«

»Lebensmittel. In einem Tornister.«

»Anni soll Lebensmittel in einem Tornister dabeigehabt haben?« Hilke schüttelte energisch den Kopf. »Aber das kann nicht sein. Denn welches zweijährige Kind, bitte schön, läuft von zu Hause weg und packt vorher noch einen Tornister mit Lebensmitteln? Das ist doch völlig absurd!« Sie machte vor ihrem Gesicht einen Scheibenwischer.

»*Wenn* sie von zu Hause weggelaufen ist, Hilke, *wenn*!« Ibbe fuchtelte ihr mit dem Zeigefinger vor der Nase herum. »Ich sagte ja gerade, dass meine Großeltern davon ausgingen, man habe sie ausgesetzt.«

»Aber warum sollte jemand etwas so Schreckliches tun?«

Ibbe nickte kaum merklich. »Ja«, sagte er, »genau das gilt es herauszufinden. Warum, um alles in der Welt, sollte jemand etwas so Schreckliches tun?«

15

Moordorf, Sommer 1895

Den ganzen Tag schon hatte Talea diese innere Unruhe verspürt. Ganz egal, was sie auch tat, ihre Gedanken waren immer bei ihrem ältesten Sohn. Seit der düsteren Prophezeiung von Nomdina hatte sie das Gefühl, nicht mehr frei atmen zu können.

Sie saß in der Abenddämmerung vor ihrer Lehmhütte und durchsuchte das Haar ihres Findelkindes nach Ungeziefer. Immer wieder fuhr sie mit einem hölzernen Kamm hindurch, und tatsächlich fanden sich ohne Unterlass kleine Viecher, die aus den blonden Locken herausfielen. Fine ertrug die ganze Prozedur mit Fassung. Wo ihre anderen Kinder stets Geschrei anstimmten, fiel dem kleinen Mädchen selbst in dieser Situation noch etwas ein, womit sie sich ablenken konnte. So betrachtete sie gerade konzentriert die Wolken und erzählte ihrer Mutter in ihrer kindlichen Sprache, welche Tiere gerade vom Wind über den Himmel getrieben wurden. Einmal meinte sie gar, die Gestalt von Nomdina zu erkennen, und Talea gab ihr nach einem Blick nach oben lachend recht. Diese Wolke sah tatsächlich exakt so aus wie die vom Leben gebeugte alte Frau.

Talea seufzte, als Fine ihr nun mit ihren kleinen Händen auf den Oberschenkeln herumtatschte. Konnte es wirklich sein, dass Teelko etwas über Fine herausgefunden hatte? Über ihre Herkunft vielleicht? Aber wenn es so war, warum hatte er ihr nichts gesagt? Warum behielt er sein Geheimnis für sich und verschwand ohne ein Wort von hier? Hatte er womöglich vor irgendetwas Angst? Was nur trieb ihn gruß- und wortlos von seiner Familie fort, die ihm in schwierigen Zeiten stets Zuflucht und Heimat gewesen war? Seinen Vater hatte er nicht einmal mehr begrüßt, sondern war schon in den Weiten des Moors verschwunden, als Wübbo nach zwei anstrengenden Tagen schmerzgeplagt und mit entsprechend übler Laune nach Hause kam.

Eigentlich hatte Talea vorgehabt, ihrem Mann gar nichts von Teelkos plötzlichem Auftauchen zu sagen. Doch natürlich informierten ihn seine anderen Kinder beim Abendessen über dieses Ereignis, und er sah sie aus mürrischen Augen fragend an und brummte: »Was hat er beim Bauern angestellt, dass die ihn rausschmeißen?«

»Ich weiß nicht«, hatte sie nur gesagt und erschöpft die Hände vors Gesicht geschlagen, »ich weiß es nicht. Er sagt, der Bauer ist plötzlich verstorben und da haben sie ihn weggeschickt.«

»Wenn der Bauer stirbt, brauchen sie erst recht jede Hand. Keiner wäre so dämlich, den Jungen wegzuschicken. Irgendwas muss er also angestellt haben.«

So hatte Talea es noch gar nicht gesehen. Doch leuchtete ihr Wübbos Begründung ein. Warum sollten sie den Jungen nach Hause schicken, wenn es nun an allen Ecken und Enden brannte? Und das tat es gewiss, wenn ein Gutsherr von jetzt auf gleich das Zeitliche segnete.

»Also?«, fragte Wübbo erneut. »Wenn er was angestellt hat, gehört ihm ordentlich der Hintern versohlt. Das fehlt mir noch, dass mein Sohn andernorts Scherereien macht, noch dazu beim Bauern, der ihm Arbeit und Brot gibt.«

Talea hatte nur stumm genickt und sich wieder ihrer Arbeit zugewandt. Was hätte sie auch sagen sollen, wenn sie so gar nichts wusste?

So sehr hatte sie gehofft, dass Teelko in der Nacht wieder auftauchen und sich sein Lager im Hühnerstall richten würde. All die langen Stunden hatte sie wachgelegen, während Wübbo nach Erfüllung seiner ehelichen Pflichten, wie er es nannte, neben ihr lag und lautstark schnarchte. Ihn schien es nicht zu berühren, dass sein Sohn wieder verschwunden war. Allenfalls ärgerte es ihn, dass er ihn nicht zur Rede stellen und züchtigen konnte.

Umso besorgter war sie, als Teelko auch am nächsten Tag nicht wiederkam. Stets hatte sie Ausschau nach ihm gehalten und hier und da gemeint, seine dürre Gestalt zwischen Wollgras und Glockenheide entdecken zu können. Doch wurde sie Mal um Mal enttäuscht. Ihr Sohn blieb verschwunden.

Und nun war es schon wieder Abend. Wübbo war an diesem Morgen gar nicht erst zur Arbeit aufgebrochen, zu ermattet fühlte er sich nach den Anstrengungen der Vortage. Stumm und missgelaunt hatte er seine Buchweizenfladen in sich hineingeschaufelt, sich über die lärmenden Kinder beschwert und Jelto eine Ohrfeige verpasst, weil der ihn mit einem angeblich aufmüpfigen Blick provoziere. Teelko hatte er mit keinem Wort mehr erwähnt.

Nachdem sie mit Fines Haarpflege fertig war, brachte Talea die Kinder früh zu Bett, während Wübbo mit drei Männern vor der Hütte saß und literweise Bier und Selbstgebrannten in sich hineinschüttete, den einer der Männer, sie kannte ihn nicht, irgendwie ergattert haben musste. Talea vermutete, dass er für irgendeinen wohlhabenden Bauern oder Schiffseigner irgendetwas nicht ganz Gesetzliches erledigt hatte. Dafür gab es schon mal ein Fass Selbstgebrannten als Belohnung. Aber nach dem genauen Anlass für die Trinkfreuden fragte hier keiner. Es gab einfach Dinge, die man gar nicht wissen wollte.

»Ist 'n patenter Kerl, dein Teelko, was man so mitkriegt«, hörte Talea ihren Nachbarn namens Siebo von draußen sagen, wobei er mehr lallte als sprach.

»So, sagt man das«, brummte Wübbo.

»Jo. Hörste überall. Bauer Altinga ist zufrieden mit ihm. Kann anpacken wie 'n Großer, sagt er.« Siebo kippte sich den nächsten Schnaps hinter die Binde, wie Talea aus dem Fenster beobachten konnte. »Nicht, dass der Bauer mit mir spricht. Jetzt ja sowieso nicht mehr, wo er tot ist. Nee, der Knecht sagt das. Ist wohl auch selbst ganz froh, dasse den Lütten haben.«

»Hörst du, Weib?«, rief Wübbo daraufhin ins Haus. »Ich sag ja, dass die ihn nicht einfach rausschmeißen. Irgendwas hat er angestellt, de Fent.«

»Nun sag nicht, die haben ihn rausgeschmissen«, meldete sich Nachbar Geert zu Wort. »Nun, wo der Bauer tot ist und die doch jeden brauchen können.«

»Sag ich doch«, nickte Wübbo Richtung Hütte. »Der soll mir noch mal nach Hause kommen, da vermöbel ich den, dasser nicht mehr gradaus gucken kann. Vielleicht sagt er mir ja dann, wasser angestellt hat.«

Talea schüttelte sich. Alleine die Vorstellung, dass Wübbo auf ihren Sohn eindrosch, bereitete ihr körperlichen Schmerz. Auch wenn sie sich selbst ständig fragte, was der Grund für Teelkos Rauswurf gewesen sein mochte, so konnte sie sich doch nicht vorstellen, dass er sich etwas hatte zuschulden kommen lassen. Nicht ihr Teelko, der schon immer versucht hatte, es allen recht zu machen.

Während die Sonne verschleiert von Nebelschwaden in einem milchigen Orangerot hinter dem Horizont verschwand, wurden die Männer mit zunehmendem Alkoholpegel lauter. Nicht, dass sie wahllos herumgrölten, nein, sie schienen einfach nur zu glauben, dass man sie mit normal erhobener Stimme nicht mehr verstehen könne. Talea schauderte bei dem Gedanken, dass sich Wübbo zu später Stunde völlig betrunken zu ihr ins Bett legen würde. Sie hasste es, wenn er sie die ganze Nacht mit alkoholgetränktem Atem anhauchte und dabei noch lauter schnarchte als sonst. Gott sei Dank kam das nicht allzu häufig vor, denn der Vorrat an hochprozentigem Alkohol war gemeinhin eher gering.

»Wird ganz schön neblig über dem Moor«, bemerkte der ihr unbekannte Mann. »Kannst dich ordentlich verlaufen, wennde nicht aufpasst. Besser ich geh jetzt mal nach Haus, sonst versack ich nachher noch irgendwo im Spitt. Kannst ja nix mehr sehen in der Brühe.« Er erhob sich von seinem Hocker, schulterte das Fass mit dem Schnaps und wankte auf unsicheren Beinen davon. Ohne ein weiteres Wort schlossen sich ihm Siebo und Geert an.

Doch gerade als der Nebel sie beinahe gänzlich verschlungen hatte, gellte plötzlich ein so animalischer Schrei durch die anbrechende Nacht, dass sie erschrocken zusammenzuckten. Auch Wübbo stand jetzt starr vor Schreck am zur Neige gehenden Feuer und lauschte angestrengt in die rasch zunehmende Dunkelheit.

»Was war denn das?«, knurrte er, als ein zweiter, nicht weniger furchterregender Schrei erklang. »Kenn ich gar nicht, dass ein Tier so schreit.«

Verwirrt schaute er seiner Frau hinterher, die nun mit wachsbleichem Gesicht und gerafften Röcken aus der Lehmhütte gestürzt kam und mit sich überschlagender Stimme schrie: »Teelko, oh mein Gott, das ist Teelko!«

Nun kam auch in Wübbo Leben. »Aber was redest du denn da?«, rief er, während er hinter ihr herstolperte. »Was rennst du denn jetzt weg, Weib? Das kann doch gar nicht ... was soll denn der Junge da draußen im Moor?«

»Es ist Teelko! Oh mein Gott, Teelko!«, schrie Talea erneut, während sie immer mehr vom Nebel verschluckt wurde.

»Sie kann doch nicht einfach ohne Licht ins Moor rennen!«, rief nun Siebo, der, gefolgt von Geert, zur Lehmhütte zurückgehechtet war. Er schnappte sich eine der Fackeln, die neben dem Eingang standen, entzündete sie am Feuer und rannte hinter Wübbo und seiner Frau her.

Nach kurzem Zögern tat Geert es ihm gleich, und nur wenig später durchzuckten den von Minute zu Minute dichter werdenden Nebel die bizarren Muster tanzenden Feuerscheins.

16

Noch bevor die Männer in ihrem angetrunkenen Zustand zu ihr aufschließen konnten, hatte Talea ihren Sohn erreicht. Sie wusste hinterher nicht zu sagen, wie genau sie im dichten Nebel zu ihm gefunden hatte. Sie sei einfach ihrem Herzen gefolgt. Dem Herzen einer liebenden Mutter.

Doch so sehr sie sich auch beeilt hatte, so war sie doch zu spät gekommen. Ein wehklagendes Aufschluchzen entfuhr ihr, als sie ihren Sohn blutüberströmt und in unnatürlich verrenkter Haltung zwischen zwei jungen Birken am Boden liegen sah. Es drang nur noch wenig Licht durch den Nebel, der ihren Sohn nun wie ein Leichentuch einhüllte.

»Teelko«, wimmerte sie, beugte sich zitternd zu ihm hinab und hob seinen schlaffen Körper sanft an, sodass sein Kopf auf ihrem Schoß zu liegen kam. »Mein Junge, was ist denn nur passiert?« Mit bebenden Fingern strich sie ihm über seine Wunden und Blutergüsse, die seine dürre Gestalt übersäten wie Geschwüre einen Pestkranken. Sofort war ihr klar, dass diese Verletzungen nicht von einem Sturz herrührten, wie er hier auf dem unwegsamen Gelände nicht selten vorkam. Nein, ihr Sohn musste in die Fänge brutaler Menschen geraten sein, die ihn gnadenlos zu Boden geprügelt hatten. Aber warum? Was war geschehen? Warum tat jemand so etwas Furchtbares?

»Teelko, wer hat dich nur so zugerichtet?«

Talea schrak fürchterlich zusammen, als ihrem vermeintlich toten Sohn im nächsten Moment ein kaum vernehmbares Stöhnen entfuhr.

»Teelko?«

»Mudder.« Die Stimme des Jungen war nur ein Hauchen, aber Talea war sich sicher, dass er genau dieses Wort gesagt hatte.

Sie führte ihr Ohr näher an seinen schrecklich verformten und verquollenen Mund heran, weil sie meinte, dass er ihr etwas mitteilen wollte. Teelko aber fingerte mit letzter Kraft an seinem Hemd aus Leinen, unter dem sich in Höhe seines Bauchnabels eine kleine Auswölbung abzeichnete.

In der Erwartung, womöglich etwas zu finden, das bei dem offensichtlich ungleichen Kampf durch die Haut in seinen Bauchraum eingedrungen war, griff Talea in sein Hemd. Umso verwunderter war sie, als sie eine Kordel erspürte, an der anscheinend etwas Schweres hing. Vorsichtig zog sie die Kordel hervor – und erschrak. Ein Ring! Teelko trug einen offenbar kostbaren Ring mit sich!

»Was ist das?«, hauchte sie erschrocken. »Woher hast du das, Teelko?«

»Fine.«

»Was?« Wieder führte sie ihr Ohr zu seinem Mund.

»Fi ... Fi ... ne«

»Du hast diesen Ring von Fine? Teelko?«

Doch so flehentlich sie ihn auch ansah, ihr Junge antwortete nicht mehr. Mit einem letzten, kaum hörbaren Aufstöhnen sank sein Kopf zur Seite, und seine Hand, die gerade noch die seiner Mutter gesucht hatte, fiel schlaff zu Boden.

Noch viele Jahre später sollten sich die Bewohner Moordorfs hinter vorgehaltener Hand von dem markerschütternden Wehklagen einer Mutter erzählen, die, als ihr ältester Sohn im Alter von nur dreizehn Jahren sein Leben aushauchte, ihren unsäglichen Kummer mit so unbändiger Kraft ins Moor hinausschrie, dass selbst der dichte Nebel ihn nicht hatte verschlucken können.

»Was ist mit ihm?« Erst Minuten später, durch das qualvolle Jammern seiner Frau schlagartig wieder nüchtern und auf den richtigen Weg geführt, kam Wübbo mit seinen beiden Kumpanen an die Stelle im Moor, an der Talea nach wie vor auf dem schlammigen Weg saß, die Arme fest um ihren leblosen Sohn geschlungen.

»Oh, mein Gott! Teelko! Er ist doch nicht … nein!« Während die anderen beiden Männer angesichts des toten Jungen ihre Mützen vom Kopf zogen und mit gesenktem Haupt dastanden, versagte Wübbo die Stimme. Auch er fiel nun auf die Knie und strich seinem Ältesten mit bebenden Fingern über das zerschundene Gesicht. »Was … wer war das?«, krächzte er.

Talea schüttelte stumm den Kopf, während Tränen ihre Wangen hinunterliefen und das bleiche Gesicht ihres Sohnes benetzten.

»Ich bringe ihn um«, knurrte Wübbo, »wenn ich den erwische, der meinem Jungen das angetan hat, dann bringe ich ihn um. So wahr ich Wübbo Grootmans heiße.«

»Versündige dich nicht«, brummte Geert, während Siebo meinte: »Das kann nur mit 'm Tod vom Bauern zu tun haben.«

»Mit 'm Tod vom Bauern? Warum das?« Wübbo sah ihn aus schmalen Augen an. »Was hat mein Sohn damit zu tun? Was weißt du darüber?«

Auch Talea hob nun erstmals wieder ihren Blick, ohne jedoch den Griff um ihren Sohn zu lockern.

Siebo biss sich auf die Lippen, als wollte er das Gesagte zurücknehmen. Er wandte seinen Blick ab, als er nun hervorpresste: »Ich wollt's ja nicht glauben. Ich hab noch gesagt, dass das totaler Quatsch ist. Ich hab's gesagt.«

Wübbo sah ihn alarmiert an: »Das was totaler Quatsch ist?«

Siebo starrte auf seine schwieligen Hände, die schon die ganze Zeit seine Mütze kneteten, als wollten sie diese auswringen. »Je nu, in der Marsch sagt man, dass Teelko den Bauern vom Heuboden gestoßen hat.«

»Was?« Wübbo sprang mit wutverzerrter Fratze auf, packte seinen Freund am Revers seiner schäbigen Jacke und schüttelte ihn. »Sag das noch mal! Sag noch mal, dass mein Sohn 'n Mörder ist, und ich prügel dir jeden morschen Knochen aus 'm Leib!«

»Aber ich sag das doch gar nicht, ich ...« Siebo versuchte energisch, sich aus den Klauen Wübbos zu befreien, die ihn wie ein Schraubstock umklammerten.

»Wübbo!« Talea zupfte ihren Mann am Hosenbein. »Doch nicht jetzt. Doch nicht hier.« Sie deutete mit dem Kopf stumm auf ihren toten Sohn.

»Ich ... aber ...« Zur Verwunderung seiner Frau brach Wübbo jetzt von einem Moment auf den anderen in sich zusammen, sank auf die Knie, schlug die Hände vors Gesicht und wurde plötzlich von heftigen Weinkrämpfen geschüttelt. Wübbo! Selbst beim Tod seiner vier so früh verstorbenen Kinder hatte er kaum eine Gefühlsregung gezeigt. Immer hatte er die Fassung gewahrt, sodass sie schon glaubte, dass er unfähig war zu lieben. Und nun das. Er weinte so hemmungslos, wie man angesichts seines toten Kindes nur weinen konnte. Beinahe begann sie, so etwas wie Zuneigung für ihn zu empfinden.

»Wir ... sollten ihn nach Hause tragen«, meldete sich Geert in gesenkter Lautstärke zu Wort und machte eine raumgreifende Bewegung. »Ich meine ... der Nebel. Und nun ist's auch noch düster. Besser wird's nicht.«

Siebo nickte. »Jo. Wird Zeit, dass wir den Jungen nach Hause bringen.«

Talea schluchzte auf, als Geert sie nun sanft an der Schulter fasste und ihr bedeutete, ihren Sohn freizugeben. Nur widerwillig kam sie dieser Bitte nach, strich Teelko ein letztes Mal eine blonde Locke aus der Stirn. Ein Schwall von Trauer überflutete sie, als Geert den toten Jungen hochhob und dessen Kopf dabei schlaff und leblos zur Seite fiel. Er war doch gerade noch so voller Leben gewesen!

Sie sah ihn wieder vor sich, wie er plötzlich vor ihr gestanden und sich über den Geruch des gebratenen Specks gefreut hatte. Wie glücklich er in diesem Augenblick aussah! Und dann sein Blick, als ihr Findelkind zum ersten Mal vor ihm stand, und sein so überraschter Ausruf: *»Aber sie ... sie ... das kann doch nich sein!«*

Was kann nicht sein? Teelko alleine hätte ihr darauf eine Antwort geben können. Doch Teelko war nicht mehr. Er würde nie wieder sein.

Mit einem lauten Aufschluchzen tastete Talea in ihrer blutverschmierten Schürze nach dem Ring. Er würde alles sein, was ihr von ihrem Sohn blieb, und sie schwor sich schon jetzt, ihn nie wieder aus der Hand zu geben, ganz egal, was auch geschehen sollte. Er war ihr Geheimnis. Auch Wübbo sollte auf keinen Fall von dem Ring wissen. Noch nicht. Vielleicht nie. Sie musste erst selbst einen klaren Kopf kriegen. Dann würde sie weitersehen.

Sie konnte sich keinen Reim auf all das machen, was in den letzten beiden Tagen über sie hereingebrochen war. Sie wusste nur eins: Teelko, ihr über alles geliebter Sohn, war tot. Im Moor erschlagen wie eine Ratte.

Es war mehr Leid, als sie glaubte ertragen zu können.

Nur zwei Tage nach seinem Tod wurde Teelkos Leichnam dem feuchten Moorboden übergeben. Nie hätte Talea geglaubt, einen so furchtbaren Tag erleben zu müssen. Natürlich, ihr Leben war nicht einfach, war es nie gewesen. Sie war froh für jeden Tag, den sie zu essen und einen einigermaßen warmen Schlafplatz hatten. Ein Kind nach dem anderen hatte sie geboren und jede einzelne Entbindung nur knapp überlebt. Vier ihrer kleinen Lieblinge waren durch Krankheit gestorben, und sie hatte tatsächlich geglaubt, dass es nicht schlimmer würde kommen können. Und doch war nun genau das eingetreten.

Mit Engelszungen hatten Wübbo und sie auf den neuen Herrn Pastor eingeredet. Dennoch war der hart geblieben. Ihr Junge durfte nicht in geweihter Erde ruhen. Ohne göttlichen Segen würde er vor den himmlischen Vater treten und dann – wollte man dem Geistlichen Glauben schenken – geradewegs den Weg in die Hölle antreten.

Denn Teelko war ein Mörder. Und ein Dieb, der angeblich eine wertvolle Perlenkette gestohlen habe. Überall redete man inzwischen davon, da irgendwer offenbar nicht müde wurde, genau diese Behauptung zu streuen. Und weder Mördern noch Dieben wurde ein christliches Begräbnis zugestanden.

Talea hatte diese Erkenntnis wie ein Schlag getroffen. Wie furchtbar es war zu wissen, dass ausgerechnet eines ihrer Kinder, denen sie stets Ehrfurcht vor allem Lebenden und an erster Stelle Gottesfurcht gelehrt hatte, auf ewig im Höllenfeuer würde schmoren müssen!

Verscharren sollten sie ihn, hatte der Pastor gesagt. Einfach in der Erde verscharren. Und das möglichst weit von jedweder Siedlung entfernt, damit die Seelen rechtgläubiger Toter nicht von der Seele eines sündigen Verbrechers besudelt würden.

Mit geneigten Köpfen also standen sie nun vor einem Grab, das Wübbo irgendwo im Moor, weit weg von jeder Besiedlung, gegraben hatte. Außer Eltern und Geschwister waren auch Geert und Siebo erschienen, um Teelko auf seinem letzten Weg die Ehre zu erweisen. Talea und Wübbo rechneten es ihnen hoch an, gekommen zu sein, obwohl der Pastor auch den beiden verkündet hatte, sie würden sich mit einem solchen Schritt an Gott versündigen.

»Je nu«, hatte Siebo nur schulterzuckend geknurrt, »dann soll das ja wohl so sein.« Und sein Freund Geert hatte hinzugefügt: »Jo. Seh ich auch nicht anners als Siebo.«

Nun aber, da die beiden an Teelkos unwürdigem Grab standen und nervös die Mützen in ihren Händen kneteten, sahen sie nicht eben überzeugt aus, dass ihre Entscheidung die richtige gewesen war. Immer wieder warfen sie einen verstohlenen Blick zum Himmel, wohl in der Furcht, der liebe Gott könne sie für ihr sündiges Verhalten von einem Blitz erschlagen lassen. Denn in nicht allzu weiter Ferne braute sich eindeutig ein Gewitter zusammen. Aber trotz aller düsteren Prophezeiungen waren sie gekommen, und allein das war es, was zählte.

Als Dritte im Bunde hatte sich ihnen die alte Nomdina angeschlossen, die sich gemeinhin einen Dreck darum scherte, was irgendein Pastor meinte, kundtun zu müssen. Seit es ein Geistlicher gewesen war, der ihre Eltern vor vielen Jahrzehnten davon überzeugte, die Tochter wegen unzüchtigen Verhaltens mit einem Moorburschen aus dem wohlbehüteten Zuhause schmeißen zu müssen, hatte sie allem vermeintlich Heiligen abgeschworen.

Einerseits bewunderte Talea sie für diese Willenskraft; anderseits aber sorgte sie sich um deren Seelenheil und schloss Nomdina jeden Abend in ihr Nachtgebet ein. Vorsorglich. Man wusste ja nie. Was, wenn sie nach ihrem Tod tatsächlich in der Hölle schmorte? Das hatte die Alte, die sich so sehr um ihre Mitmenschen sorgte, nicht verdient.

Das warme Frühsommerwetter war in den letzten Tagen einer beinahe unerträglichen Gluthitze gewichen. Talea gelang es nicht, sich von dem Gedanken freizumachen, diese erdrückende Hitze sei der Vorbote der Hölle, der sich auf den Weg zur Erde gemacht hatte, um ihren Teelko ins ewige Feuer zu begleiten.

Umso dankbarer war sie, als Nomdina nun mit ihrer krächzenden Stimme sagte: »Der liebe Gott wird nicht zulassen, dass ein so guter Junge die ewige Verdammnis zu spüren bekommt. Teelko war ein guter Junge. Er hat niemanden umgebracht. Er hat nur versucht zu helfen. Das könnt ihr einer alten Frau glauben. Er hat nur versucht zu helfen.«

Als sich die Männer nach einem letzten gemeinsamen Gebet anschickten, Teelkos erkalteten, in eine Decke eingewickelten Körper in den kühlen Moorboden hinabzusenken, umklammerten sich eine wachsbleiche Talea und ihre bitterlich um ihren großen Bruder weinenden Kinder so fest, als könnten sie Teelko dadurch aus seiner Totenstarre in ihre Mitte zurückholen.

Talea war sich sicher, noch nie in ihrem Leben ein größeres Leid verspürt zu haben als in den letzten Tagen, Stunden und Minuten. Doch als just in dem Moment, da Wübbo die ersten Brocken schlammiger Erde auf den geschundenen Leichnam ihres Sohnes warf, ein tosendes Gewitter losbrach, wusste sie instinktiv, dass Gott jenen zürnte, die einen kleinen, unschuldigen Jungen zu Tode geprügelt hatten. Sie wusste, dass Teelkos Tod gerächt würde. Wenn nicht in diesem, dann in einem anderen Leben.

So wahr sie hier an Teelkos Grab stand.

17

Mit jedem Tag wurde die Wut, die Wübbo tief in seinem Innern verspürte, größer. Zunächst noch überlagert von einem Gefühl unbändiger Trauer, kroch sie dann mit jeder Stunde höher und höher und schien sich dabei unablässig im Bauchraum auszuweiten, bis sie drohte, seinen Körper von innen heraus zu sprengen.

Er bildete sich ein, dass, ganz egal wohin er kam, sich in den Blicken seiner Mitmenschen seit Teelkos Tod etwas verändert hatte. Mit unverhohlen zur Schau gestellter Verachtung konnte er umgehen, schließlich begegnete man den armen Moorbewohnern gemeinhin selten mit Respekt. Jedoch lag in den Blicken nun auch ein stiller Vorwurf an den Vater, versagt zu haben. Denn wer, so fragten sie, konnte schon schuld daran sein, wenn ein kleiner Junge so derart auf die schiefe Bahn geriet, dass er zum Mörder wurde? Es musste zwangsläufig mit seinem Elternhaus, seiner Erziehung zu tun haben, anderes war kaum vorstellbar.

Und dann war da dieser Zorn, der sich in den Blicken so mancher Nachbarn zeigte. Zorn darauf, dass sie, die Moorbewohner, nun einmal mehr am Pranger standen. Dass nun erst recht mit dem Finger auf sie gezeigt und hinter ihnen hergerufen wurde: »Seht her, da läuft es, das Lumpenpack, das nichts hervorbringt als Diebe und Mörder!«

Wübbos Frau Talea traute sich kaum noch vor die Hütte, aus lauter Angst, beschimpft und bespuckt zu werden. Es gab nur wenige, die ihr und ihrer Familie in diesen

Tagen ihr Mitgefühl aussprachen, die weiterhin für sie da waren. Da nützte es auch nichts, dass Nomdina allen Stänkerern im Dorf ordentlich die Leviten las und ihnen mit ihrer krächzenden Stimme mitteilte, dass Teelko übel mitgespielt worden sei. Wer sich an ihm und seiner Familie versündige, der versündige sich an Gott.

Doch so sehr sich die Bucklige auch für Teelkos guten Leumund einsetzte und die Reinheit seiner noch so jungen Seele beschwor, die Skepsis der Dorfbewohner blieb. Und auch Wübbos Kinder begannen unter der schlechten Stimmung zu leiden, da sie nun immer häufiger von Altersgenossen geschnitten wurden. Es war, als seien sie plötzlich von einer ansteckenden Krankheit befallen. Erst gestern war die kleine Leefke tränenüberströmt nach Hause gekommen, weil sie von anderen Kindern als Mörderbrut und Diebesgesindel beschimpft worden war.

Beim Anblick seiner von Trauer und Enttäuschung gezeichneten Ehefrau, die ihr sonst so fröhliches Findelkind ans Herz presste und dessen tiefe Traurigkeit mit einem Wiegenlied zu trösten versuchte, brach sich seine ganze Wut bahn. Es war, als würde etwas aus ihm herausbrechen, was sich über einen längeren Zeitraum in ihm angestaut hatte, und nun plötzlich mit aller Macht nach Entladung drängte.

Mit einem donnernden Fausthieb auf den schäbigen Tisch in seiner Hütte sprang Wübbo auf und rannte zeternd und fluchend nach draußen. »Ommo, komm her, ich hab dir was zu sagen!«, schrie er seinem zweitältesten Sohn zu, der vor der Hütte damit beschäftigt war, ein neues Bein für einen zu Bruch gegangenen Hocker zu schnitzen. Dann trat Wübbo mit einem so heftigen Tritt gegen einen blechernen Eimer, dass dieser in hohem Bogen davonflog und ein gutes Stück weiter auf einem neben einer Torfkarre liegenden Sticker[11] scheppernd zu liegen kam. Ein Schwarm am Boden pickender Vögel schreckte auf und flog kreischend davon.

Auch Ommo fuhr erschrocken hoch und zog beim Anblick seines vor Wut schnaubenden Vaters sogleich den Kopf ein. Man konnte geradezu sehen, wie es in seinem Hirn arbeitete bei der Überlegung, was er verbrochen haben mochte, um seinen Vater derart in Rage zu versetzen.

»Vadder?«, fragte er kleinlaut, nachdem er seinen instinktiv einsetzenden Willen zur Flucht getrotzt hatte und schließlich aufrecht vor ihm stand.

»Ich bin für ein paar Tage weg!«, polterte Wübbo. »Du bist nun der Mann im Haus und siehst zu, dass hier alles in Ordnung ist. Und du tust, was deine Mudder dir aufträgt. Und wenn ich zurückkomm, will ich keine Klagen hören, dass was nicht geklappt hat, sonst gibt's 'n Schlag an 'n Hals, den du nicht mehr vergisst. Ist das klar!?«

»Ja, Vadder«, nickte Ommo ergeben.

»Und ihr guckt zu, dass ihr Ommo helft«, giftete Wübbo nun die siebenjährige Nomke an, die dabei war, ein Bündel Bentgras[12] wieder aufzulesen, das ihr vor lauter Schreck aus den Armen gefallen war und sich dabei auf dem Boden zerstreut hatte. »Sag das deinen Geschwistern! Ein Aufmucken, und sie kriegen's mit mir zu tun, wenn ich zurück bin!«

»Ja, Vadder«, kiekste nun auch Nomke mit dünner Stimme und senkte ebenso den Kopf wie ihr Bruder.

»Aber wo willst du denn hin?«, hörte Wübbo die Stimme seiner Frau von der Hütte her.

---

[11] Mit einem Sticker (Holzstiel mit Eisenblatt) wurden die Torfsoden beim Abbau von oben angestochen

[12] lange, harte und knotenlose Halme aus dem Moor, die u. a. zum Reinigen langer Tabakpfeifen genutzt wurden

Er fuhr herum und sah sie aus blitzenden Augen an. »Ich verschaff dem Jungen Gerechtigkeit«, stieß er hervor und unterstrich seine Worte mit einer unmissverständlichen Geste seiner zur Faust geballten Hand. »Mein Junge ist kein Mörder, hörst du, Weib! Er ist kein Mörder! Und wer noch einmal so was behauptet, dem prügel ich Verstand ins Hirn!«

»Oh mein Gott, Wübbo, mach dich, mach uns doch nicht unglücklich!«, wimmerte Talea angsterfüllt, und sie wiederholte diese Worte immer noch, als seine humpelnde Gestalt am Horizont des unendlich erscheinenden Moores nur noch als kleiner Punkt auszumachen war.

Wenn Hermannus Altinga eines nicht leiden konnte, dann war es sich auf seinem Hof herumtreibendes Gesindel. Es war schon schlimm genug, dass er sich tagtäglich mit dubiosen Gestalten aus den Moorgebieten herumplagen musste, die ihm den Haushalt in Ordnung hielten oder im Stall die niederen Tätigkeiten verrichteten, an denen er sich selbst niemals die Finger schmutzig machen würde. Gestalten, die plötzlich vor der Tür standen und um Arbeit bettelten, bei denen man jedoch nie wissen konnte, ob sie einen nicht bei allzu viel Entgegenkommen übers Ohr hauen oder einem sogar ein Messer zwischen die Rippen stoßen würden.

Viel lieber hätte er Bedienstete aus anderen Landstrichen der Region in Lohn und Brot gehabt, doch fühlten die sich häufig zu fein, um dieser Art Arbeit nachzukommen. Dass es so war, daran war nur diese unsägliche und schwerlich gottgewollte Arbeiterbewegung schuld, die immer mehr Mitglieder rekrutierte, sich allenthalben breitmachte wie ein lästiges Geschwür und ihre vermeintlichen Rechte einforderte.

Rechte! Pah! Seit wann standen dem niederen Volk besondere Rechte zu! Ihren Herrschaften zu dienen hatten sie und sonst nichts! Wo käme man denn da hin, wenn jetzt jeder Privilegien für sich einforderte, die ihm qua Geburtsrecht alles andere als zustanden!

Mit Schaudern beobachtete Hermannus seit geraumer Zeit die fortschreitende Impertinenz der Arbeiterbewegung. Immer mehr dieser verhassten Gewerkschaften schossen wie Pilze auch aus deutschem Boden und erschütterten und vergifteten die doch so gut funktionierenden politischen und gesellschaftlichen Strukturen bis ins Mark.

Hermannus gab die Hoffnung nicht auf, dass es sich bei dieser unschönen Entwicklung lediglich um eine bedauernswerte Episode handelte, der man recht bald Einhalt gebieten werde.

Doch zunächst einmal musste er sich wohl um jenen Eindringling kümmern, den er bereits seit geraumer Zeit hinter dem Fenster stehend beobachtete und der auf seinem Hof ein Geschrei anstimmte, als wollte er mit ihm die Mauern dieses herrschaftlichen Anwesens zum Einsturz bringen.

Anstatt ihn jedoch einfach des Hofes zu verweisen, standen seine Trottel von Arbeitern angesichts des Messers, das der Eindringling drohend vor sich her trug, einfach nur dumm glotzend um ihn herum wie um einen wild gewordenen Ochsen.

Also würde er sich jetzt selbst um die Angelegenheit kümmern und dafür sorgen, dass dieser aufbrausende Bursche alsbald der Gendarmerie übergeben wurde. Oder besser noch dem Tod.

Hermannus grinste breit in der Erinnerung an den Stallburschen seines verstorbenen Bruders Abbo, den er erst unlängst durchs Moor gescheucht und schließlich wie ein tollwütiges Tier totgeprügelt hatte. Es war ihm die reinste Wonne gewesen.

Warum es also nicht einfach wiederholen?

Er zog seinen Rock über, schnippte ein paar imaginäre Fusseln vom Revers und machte sich auf den Weg nach draußen.

»Was ist da los? Was will der hier?«, fragte seine Frau Edda, die mit finsterer Miene am Fenster neben der Haustür stand und hinausstierte. An ihre Schürze geklammert stand ihr knapp vierjähriger Sohn Johann und lutschte müde am Daumen.

»Es wird einer dieser verfluchten Moorgesellen sein, die zum Arbeiten zu faul sind und sich einbilden, bei uns auf Milde hoffen zu können«, brummte Hermannus, während er seine Jagdflinte schulterte, dann seinem Sohn mit einem *Macht das vielleicht ein richtiger Mann!?* den Daumen aus dem Mund schlug und die Tür aufriss. »Eine Ladung Schrot im Hinterteil wird ihn wohl lehren, achtsame Leute zukünftig nicht mehr mit seinem selbstmitleidigen Gejammer zu behelligen.«

»Er ist mir nicht geheuer«, erwiderte Edda, die ihrem nun heulenden Sohn abwesend über den blonden Haarschopf strich. Sie verengte ihre Augen zu schmalen Schlitzen, während sie ihren Blick nicht von dem tobenden, abgerissen aussehenden Mann abwandte. »Er hat etwas Dunkles, etwas Teuflisches. Du solltest ihn von seinem Fluch erlösen.« Sie zog eine der spöttischen Grimassen, die Hermannus das Fürchten lehrten. »So, wie du jüngst diesen armen, fehlgeleiteten Jungen von seinem armseligen Dasein erlöst hast.«

Hermannus kniff ihr in die Wange. »Wir werden sehen. Beklagen jedenfalls würde seinen Tod wohl niemand. Wer weint schon um eine Ratte.« Er lachte grölend auf und ließ die schwere hölzerne Haustür im nächsten Moment hinter sich ins Schloss fallen.

Als er sah, dass der ungebetene Gast nun, das Messer wild vor sich her fuchtelnd, wutschnaubend auf einen seiner Knechte zuschritt, riss er das Gewehr in die Luft und gab einen Warnschuss ab. Prompt zuckten alle auf dem Hof Stehenden zusammen und hielten in ihrer Bewegung inne.

»Scher dich zum Teufel, du Hurensohn!«, schrie Hermannus dem Mann mit dem Messer entgegen, dessen Augen nun mordlüsterne Blitze auf ihn abzufeuern schienen. »Scher dich zum Teufel, oder ich zeige dir, wie man mit tollwütigem Vieh wie dir umgeht!« Ein erneuter Schuss zerriss die Luft, und die Knechte machten, dass sie davonkamen.

Der schmächtige Mann mit den dunkel funkelnden Augen aber blieb stehen, das Messer nach wie vor auf Brusthöhe von sich streckend.

»Ich, Wübbo Grootmans, verlange Gerechtigkeit für meinen Sohn!«, rief er. »Ich fordere den Kopf seines Mörders!«

Sagte er Grootmans? War dieser Lump etwa der Vater dieser kleinen Moorratte, die er erschlagen hatte?

»Ach du herrje«, rief Hermannus ihm hämisch zu, »hat man deinen Jungen womöglich im Moor ersäuft? Nun, dann wird das einen guten Grund haben. Wüsste nur nicht, was wir damit zu tun haben. Aber bei euch elendem Pack aus dem Moor sind wir Marschbauern ja für alles verantwortlich, nicht wahr?«

»Bestreite, dass du meinen Teelko auf dem Gewissen hast, und du wirst schneller in der Hölle schmoren, als du dein letztes Gebet sprechen kannst!«, schrie Wübbo rasend vor Wut zurück.

Hermannus zuckte bei diesen Worten innerlich zusammen, bemühte sich jedoch, sich nach außen nichts anmerken zu lassen. Er streckte seine Gestalt, reckte sein Kinn nach vorne und rief: »Was weiß denn ich, was deinem Bengel widerfahren ist!? Mit uns jedenfalls hat das nichts zu tun! Schlimm genug, dass er uns jetzt nicht mehr zu Diensten sein kann. Also, noch eine Unterstellung dieser Art, und ich lass dich vom Gendarm abführen!« Er hob die Waffe und zielte auf den Eindringling. »Oder ich mach dich gleich hier kalt! Und nun sieh zu, dass du mir aus den Augen gehst, Bastard! Noch einen Schritt in meine Richtung, und ich knall dich ab wie einen räudigen Hund!«

Als er die Flinte auf sich gerichtet sah, hob Wübbo sein Messer wie zum Wurf. Genauso hatte Hermannus es mal auf einem Jahrmarkt gesehen. Wenn der Kerl sein Handwerk verstand und er selbst nicht achtsam war, dann würde die schmale und gewiss scharfe Klinge ruckzuck zwischen seinen Augen stecken.

Mit Genugtuung registrierte Hermannus aus dem Augenwinkel, dass zwei seiner treuen Untergebenen wieder zurückgekommen waren und sich nun so lautlos wie Katzen an den Eindringling heranschlichen. Offensichtlich planten sie, ihn zu überwältigen. Besser konnte es gar nicht laufen. Wenn es gelang, würde er den Burschen zur Belohnung später ein kleines Fass von dem selbstgebrannten Schnaps ausgeben.

»Guck mal, Moorgesell, was haben wir denn da!«, rief er aus, als seine Männer nur noch wenige Schritte von dem Unhold entfernt waren. Er deutete mit der Flinte nach oben, woraufhin auch sein Gegenüber reflexartig den Blick hob – und im nächsten Moment zwischen den Beinen seiner Bediensteten und mit der Nase im Staub am Boden lag.

Hermannus ließ ein zufriedenes Grunzen hören und trat an seinen Widersacher heran, der, von seinen Männern eingekeilt, dalag wie ein schlachtreifes Schaf kurz vor dem finalen Stich in die Kehle. Ein erquickliches Gefühl durchströmte seinen Bauch, als er dem wehrlosen Körper mit seiner Flinte einen kräftigen Stoß zwischen die Rippen versetzte und Wübbo Grootmans vor Schmerzen laut aufstöhnte.

»Du willst wissen, was mit deinem kleinen Bastard geschehen ist?«, fragte Hermannus mit rauer Stimme. »Du willst es wirklich wissen?« Ein weiterer Stoß, diesmal in die Nieren, entlockte dem am Boden Liegenden einen erstickten Schrei.

»Nun, das kannst du haben: Dein Teelko, wie du die kleine Ratte nennst, hat meinen geliebten Bruder hinterrücks vom Heuboden gestoßen.«

»Mörder«, keuchte Wübbo, »verdammter Mörder!« Ein nächster Stoß der Flinte fand sein Ziel, und als der so Malträtierte sich nun vor Schmerzen aufbäumte und nach Luft schnappend den Mund aufriss, rammte ihm einer der Männer sogleich einen schmalen, grob geschnitzten Holzkeil zwischen die Zähne. Verzweifelt versuchte Wübbo, den Keil wieder loszuwerden, doch führte ihn dieses gänzlich aussichtslose Bemühen lediglich an den Rand des Erstickens, was an seinem sich nun bläulich verfärbenden Gesicht unschwer zu erkennen war. Also gab er seinen Widerstand auf und ließ seinen Kopf mit der Stirn zuerst auf den Boden sinken.

»Schau mich an, wenn ich mit dir rede!«, brüllte Hermannus, woraufhin seine Männer Wübbo an den Haaren packten und seinen Oberkörper wieder nach oben rissen. In Wübbos hervorquellenden Augen stand nun die nackte Panik, und seiner Kehle entwichen gurgelnde Geräusche.

»Ganz recht«, nickte Hermannus selbstgefällig, »dein Teelko ist ein verdammter Mörder. Vermutlich ist er auch für das Verschwinden der kleinen Anni verantwortlich, dem Töchterlein einer unserer Küchenhilfen. Sie war gerade mal zwei Jahre alt. Ihre arme Mutter hat den schweren Verlust nie verwunden.« Er nahm sein Kinn zwischen Daumen und Zeigefinger und blickte scheinbar überlegend zum Himmel. »Tja«, sagte er dann, »ich fürchte fast, dass Teelko dafür verantwortlich ist. Und nicht nur das.« Er schmiss seine Flinte in eine Blumenrabatte, beugte sich hinab und brachte sein Gesicht ganz nahe an das seines Opfers. »Ob du es nun glaubst oder nicht, so hat sich doch dieser verdammte Nichtsnutz nun auch noch als skrupelloser Dieb herausgestellt. Ich selbst habe ihn dabei erwischt, wie er sich an den Juwelen der gnädigen Frau Gattin meines seligen Bruders vergriff. Sieht so der Dank dafür aus, dass man ihm tagein, tagaus Arbeit und Brot gab? Ich denke nicht. Und weiß du, was ich dann mit diesem undankbaren Geschöpf gemacht habe? Na?«

Auf einen Wink hin, trat einer der Bediensteten Wübbo nun mit derartiger Wucht in den Rücken, dass dieser vornüberkippte, mit dem Gesicht zuerst auf dem Boden landete und dann zuckend liegen blieb. Den Holzkeil trieb es beim Aufschlagen so tief in seinen Mund, dass der Kiefer knirschend zersplitterte und das Blut nur so hervorschoss.

Gerade holte Hermannus schwungvoll zu einem Tritt gegen Wübbos Kopf aus, als plötzlich ein ohrenbetäubender Schuss, gleich gefolgt von einem weiteren, die Luft in Stücke zu reißen schien. »Lasst den Mann los, oder ihr steht schneller vor eurem Schöpfer, als ihr Amen sagen könnt!«, erklang eine drohende Stimme vom Hoftor her.

Nun drei Gewehrläufe vor Augen, die sich ihm und seinen Männern langsam und auf Augenhöhe näherten, hielt

Hermannus abrupt in der Bewegung inne. Nervös schielte er zu seiner Flinte hinüber, die für ihn jedoch unerreichbar in der Blumenrabatte lag. Verdammt!

»Wer seid ihr? Verschwindet von meinem Hof!«, knurrte er und versuchte, hinter den Flinten Gesichter zu erkennen. Vergeblich. Einzig an der verschlissenen Kleidung der sich nach wie vor nähernden Gestalten konnte er festmachen, dass sie offensichtlich zum gleichen Lumpenpack gehörten wie der Mann vor ihm am Boden, dessen immer noch durch den Keil verstopftem und entstelltem Mund ein ungesund klingendes Röcheln entwich.

»Lasst den Mann los, habe ich gesagt!«, donnerte es praktisch zeitgleich zu einem Schuss über den Hof. Als die Männer daraufhin noch immer nicht von Wübbo abließen, zerriss ein weiterer Schuss die angespannte Stille. Die unmittelbare Folge war ein markerschütternder und lang anhaltender Schmerzensschrei, als die Gewehrkugel einem von Hermannus' Männern das Knie zerfetzte.

»Seid ihr verrückt geworden!«, schleuderte der Bauer den Eindringlingen heiser krächzend entgegen. Die aber zeigten keinerlei Reaktion, sondern marschierten unbeeindruckt weiter, während sich der verwundete Mann am Boden wälzte und schrie und schrie und schrie. Sein Kumpan war derweil aufgesprungen und versuchte, sich stolpernden Schrittes aus dem Staub zu machen. Die Männer ließen ihn gehen.

»Wenn dir dein Leben lieb ist«, wandte sich der mittlere der bewaffneten Männer an den Gutsbesitzer, der nun mit leichenblassem Gesicht auf den sich am Boden wälzenden Mann starrte, »dann gehst du jetzt ganz langsam, die Hände überm Kopp, zum Haus zurück. Du sorgst dafür, dass sich bis zum Dunkelwerden nix mehr auf diesem Hof bewegt. Und wenn ich nix sage, dann meine ich nix, hörst du? Sollte sich hier nämlich auch nur ein kleiner Finger regen, dann isser ab. Da machen wir gar nicht lang rum, hörst du? Haste ja gerade 'ne Kostprobe von gesehen.«

Ohne sich noch um irgendwen zu kümmern, rannte Hermannus, so schnell er eben konnte, zum Haus zurück. Das zugleich hilflose und verzweifelte Krächzen seines verwundeten Bediensteten, der anscheinend einer Ohnmacht nahe war, ignorierte er. Schließlich gab es keinen ersichtlichen Grund, für niederes Volk sein eigenes Leben zu riskieren.

18

Wie ihr Mann so bleich und kaum noch atmend vor ihr lag, glaubte sie, er sei tot. Sein geschundener Körper und vor allem sein zertrümmerter, über und über mit Blut verschmierter Kiefer bestärkten sie noch in diesem Eindruck.

Drei Tage und drei Nächte waren Geert und Siebo sowie ein dritter Nachbar namens Gottfried mit ihrer schweren Last unterwegs gewesen, immer darauf bedacht, dem ohnehin schwer verletzten Wübbo so wenig Leid und Pein wie möglich zuzufügen.

Doch war das leichter gesagt als getan, denn der Weg von der Marsch ins Moor war beschwerlich. In einem Tuch aus grobgewebten Leinen hatten sie Wübbo getragen, soweit es die Wegverhältnisse zuließen. Manchmal aber hatte sich das Tuch auch einfach unter Wübbo weggedreht, und er war in hohem Bogen mitten im Klei[13] oder auf steinigem und stacheligem Untergrund gelandet.

Verzweifelt hatten die Männer versucht, Wübbo wenigstens auf einem der Törfmuttjes unterzubringen, die regelmäßig den Abelitz-Moordorf-Kanal befuhren. Doch waren ihre Bemühungen nicht von Erfolg gekrönt gewesen, denn keiner der Geschäftsmänner hatte eine durch den Transport eines Verwundeten verursachte Zeitverzögerung in Kauf nehmen wollen. Schließlich könne ihnen keiner garantieren, dass Wübbo nicht irgendwo auf der Strecke sein Leben aushauche, hatte es geheißen. Und

[13] entwässerter Schlick, hartnäckig klebend

dann? Wer würde sich in diesem Fall um den Leichnam kümmern? Außerdem sei der Platz an Bord der Kähne ohnehin begrenzt und werde bis auf den letzten Flecken für die zu transportierenden Waren benötigt.

Nein, auf ihre flehentlichen Bitten hin hatten die Männer allenthalben nur Kopfschütteln geerntet. Die einzigen Hilfeleistungen, die sie bekommen hatten, waren hier und da ein Krug mit frischem Wasser oder auch ein paar Buchweizenfladen gewesen, die man ihnen für Gottes Lohn und mit den besten Wünschen für eine schnelle Genesung mit auf den Weg gab.

Irgendwann am Mittag waren die Männer in Moordorf eingetroffen. Erschöpft bis ins Mark, die Mägen vor Hunger knurrend, hatten sie Wübbo bei Talea vor der Hütte abgeliefert und ihr erzählt, was geschehen war.

Nun saß Talea da und beobachtete ihren Mann. Wartete auf ein Zeichen, dass er noch lebte. Da! Einer seiner Finger bewegte sich und ein unterdrücktes Stöhnen entwich seinem Mund.

»Schnell«, rief sie ihrer Tochter Leefke zu, »lauf und hol Nomdina! Erzähle ihr, was passiert ist. Erzähl ihr, dass man deinen Vadder zusammengeschlagen und er üble Wunden davongetragen hat! Sag ihr, sie soll alle Medizin mitbringen, die man in einem solchen Fall braucht. Und ihr«, wandte sie sich dann an ihre Söhne Ommo und Jelto, »holt so viel Wasser aus dem Brunnen, wie ihr tragen könnt. Wir werden es brauchen, um Vadders Wunden zu reinigen.«

Nachdem die Kinder losgeflitzt waren, um ihre Aufträge schnellstmöglich zu erfüllen, forderte Talea ihre Tochter Nomke auf, den mittlerweile wieder in ihre eigenen Hütten zurückgekehrten Rettern Siebo, Geert und Gottfried von dem Speck vorbeizubringen, den Nomdina ihr am Morgen gebracht hatte. Natürlich hätte sie diesen gerne ihren chronisch unterernährten Kindern zukommen lassen, doch führte kein Weg daran vorbei, sich den Männern gegenüber für ihr beschwerliches Tun erkenntlich zu zeigen. Ohne sie wäre Wübbo vom Marschbauern sicher totgeschlagen worden, daran hatten sie bei ihrer Ankunft keinen Zweifel gelassen.

Und wenn sie ihren Gatten so ansah, dann war sie vom Wahrheitsgehalt dieser Aussage überzeugt. Ja, Wübbo verdankte seinen tapferen Freunden sein Leben, was hieß, dass er und seine ganze Familie für immer in deren Schuld stehen würden.

Talea hatte ihrem Mann im Stall ihrer Lehmhütte eine Bettstatt aus Strohsäcken und Decken gerichtet, auf der er leidlich gut gebettet war. Allerdings schien es ganz egal zu sein, in welcher Position sie ihn lagerte, stets entrann ihm ein wehklagendes Stöhnen.

Beim Anblick ihres so gebeutelten Mannes, schossen Talea plötzlich Tränen in die Augen. Nicht aus Mitleid mit ihm, sondern weil der Anblick seines geschundenen Körpers sie an jenen späten Abend erinnerte, da sie ihren Jungen blutig geschlagen und mit verrenkten Gliedern im Moor fand. Es musste Teelko ganz ähnlich ergangen sein wie seinem Vater, nur dass sein noch so zerbrechlicher Körper den harten Schlägen und Tritten seiner Peiniger nichts entgegenzusetzen vermocht hatte.

Alleine der Gedanke daran, welch Angst und Schmerz ihr doch stets so gutmütiger Sohn in seinen letzten Minuten hatte ertragen müssen, brachte Talea beinahe um den Verstand.

»Ach herrje, ach herrje«, krächzte die bucklige Nomdina, als sie nach geraumer Zeit mit Leefke wieder zurückkam. Das Mädchen trug mehrere Körbe, die gefüllt waren mit allerhand Kräutern, Tinkturen, Salben und Tüchern. »Das sieht ja gar nicht gut aus, wie die den zugerichtet haben. Wird wohl lange dauern, bisser wieder heil ist. Na ja, werd mein Bestes geben. Mehr kann ich auch nicht tun für ihn.«

»Meinst du, dass er überleben wird?«, fragte Talea mit besorgter Miene, nachdem Nomdina ihren Mann von oben bis unten abgetastet und erste Wunden versorgt hatte.

»Das weiß nur der liebe Gott allein«, antwortete die Bucklige. »Kann aber gut sein, dass er noch schlechter beisammen ist als vorher, wenn er überlebt.« Sie deutete mit ihrem geschwollenen Finger auf den zertrümmerten Kiefer. »Das wird wohl nie mehr richtig werden. Müsste eigentlich ein Arzt ran.«

»Aber den können wir nicht bezahlen«, schluchzte Talea auf.

»Eben.« Nomdina blickte bedauernd zu ihr auf. »Ist nix Schönes, wenn man arm ist. Aber wem sag ich das.«

»Wir ... können dich auch nicht bezahlen«, erwiderte Talea kummervoll. Sie warf einen Blick auf ihre um sie herumstehenden Kinder, die ihren Vater teils erschrocken, teils fasziniert betrachteten. »Aber meine Lütten werden für dich arbeiten. Sag nur, was du brauchst, dann wird das sofort gemacht.«

»Lass mal gut sein«, brummte Nomdina, während sie mit sorgenvollem Gesicht Wübbos Hämatome in Höhe der Rippen betrachtete und diese vorsichtig befingerte. »Bei mir verplempern sie nur ihre Zeit. Nee, die Lütten sollen lieber fleißig zur Schule gehen und lernen, was immer es zu lernen gibt, damit was Anständiges aus ihnen wird. Sie sollen es ja schließlich mal besser haben. Ein paar Rippen sind wohl auch gebrochen«, fügte sie dann übergangslos hinzu. »Müssen wir aufpassen, dass er's nicht mit der Lunge kriegt. Ich hoff, dass da nix vom Knochen in der Lunge steckt. Kann man nicht wissen. Fühlt sich aber fast so an. Könnt ich mehr zu sagen, wenn der dicke Bluterguss nicht wär.«

Nachdem Nomdina alles getan hatte, was sie für Wübbo zu diesem Zeitpunkt tun konnte, erhob sie sich ächzend von ihrem Stuhl, den Talea ihr rasch an das Lager aus Stroh gestellt hatte. »Nun bist du dran«, krächzte sie, nahm nach und nach unterschiedliche Tiegel in die verkrüppelten Hände und erläuterte den Zweck deren Inhalts. »Sieh zu, dass er kein Fieber kriegt. Obwohl …« Sie legte die Hand auf Wübbos Stirn. »Geht wohl schon los. Nun ja, mehr als abwarten können wir ja nun mal nicht. Wenn er'nen heißen Kopp kriegt, machst ihm Wadenwickel mit kalten Tüchern.« Sie wühlte in einem ihrer Körbe und drückte Talea ein Fläschchen in die Hand. »Davon gibst du ihm alle Stunde was auffe Zunge. Aber sei vorsichtig. Siehst ja selbst.« Sie deutete seufzend auf Wübbos Mund. »Die Zunge ist geschwollen wie die Hoden vom Ochsen. Wird auch mit 'm Wasser schwierig, aber trinken muss er ja nun mal, sonst isser bald hinüber. Wär besser, draußen wär's 'n büschen kühler, aber da kannst ja nix dran ännern.«

Talea begleitete die alte Frau aus der Hütte. Nomdina versprach ihr, am Abend noch mal nach Wübbo zu sehen, und als sie sich voneinander verabschiedeten, traute sie sich kaum, der Alten in die Augen zu sehen. Verzweifelt versuchte Talea, ihre Scham zu unterdrücken, als sie die vom entbehrungsreichen Leben gebeugte Greisin mit schmerzverzerrtem Gesicht davonhumpeln sah. So viel waren sie Nomdina nun schuldig und würden es doch nie wieder gutmachen können. Die Bucklige hatte recht, es gab sicherlich nichts Schlimmeres als arm zu sein.

Wie aus dem Nichts kochte plötzlich eine so unbändige Wut in ihr hoch, dass sie die Hände zu Fäusten ballte. Doch, natürlich gab es Schlimmeres! Nämlich einen Mann, der nichts Besseres zu tun hatte, als für den Gedanken an Rache das Leben seiner Familie aufs Spiel zu setzen. Denn ganz egal, was jetzt aus Wübbo wurde, sie würden alle verhungern, elendig verhungern! Und das nur, weil Wübbo sich aus blinder Wut heraus versündigt hatte.

Siebo hatte ihr erzählt, dass sie einen Mann mit der Flinte schwer verletzen mussten, um Wübbo zu befreien. Das würde sich der Bauer genauso wenig gefallen lassen wie das Drohen mit der Waffe. Es war also nur eine Frage der Zeit, bis der Gendarm hier auftauchte und Siebo, Geert und Gottfried und natürlich auch Wübbo verhaftete.

Und an allem war nur Wübbo schuld. Er ganz allein. Es war eine Schande, und Talea hatte keine Ahnung, wie sie und ihre Kinder auf Dauer mit dieser leben sollten. War denn nicht sowieso schon alles schlimm genug? Warum nur hatte ihr Mann nun auch noch den Rächer seines Sohnes spielen müssen, obwohl doch von Anfang an klar war, dass er nur verlieren konnte? Arme Leute verloren immer.

Und nun auch noch ihre Ehre.

Talea erschrak heftig, als sie sich bei dem Gedanken erwischte, dass sie wünschte, ihr Mann wäre an Teelkos statt gestorben. Verzweifelt schlug sie die Hände vors Gesicht und brach in Tränen aus.

Diese schlimme Sünde würde ihr der liebe Gott ganz sicher nicht verzeihen.

19

Moordorf, Herbst 1895

Nur mit Mühe konnte sich Wübbo auf den Beinen halten, sowie er überhaupt alles nur noch mit Mühe erledigen konnte. Mit unendlich viel Mühe sogar.

All die Jahre zuvor hatte er geglaubt, an einem fürchterlichen Gebrechen zu leiden, das ihm bei so vielen Verrichtungen hinderlich sei. Doch nun wünschte er sich nichts sehnlicher wieder herbei, als diese geringen Leiden, die zu nichts wurden gegenüber seinem jetzigen Zustand – zu einem Paradies.

Dennoch war er dankbar, dass Gott ihm ein zweites, wenn auch noch mühseligeres Leben geschenkt hatte. Also übte er sich in Demut und war fest entschlossen, nun seinerseits Gutes zu tun. Vor allem wollte er nicht mehr so hart zu Frau und Kindern sein, ohne deren Zuwendung er die Qualen der letzten Wochen gewiss nicht überstanden hätte.

Er stand, mit beiden Händen auf einem Stock gestützt und angestrengt atmend, vor der Lehmhütte und beobachtete das Treiben der kleinen Fine. Wie immer brabbelte sie munter vor sich hin, obwohl sie mit ihren drei Jahren bereits schwere Arbeit zu verrichten hatte. Gerade war sie dabei, eine Torfsode nach der anderen in den Stallbereich der Hütte zu tragen. Zu mehreren Dutzend lagen diese aufgeschichtet auf einem Torfkarren, den sein Freund Geert an diesem Morgen vom Trockenfeld hierher gezogen hatte.

Normalerweise hätte einer der Jungen diese Tätigkeiten verrichtet, doch waren die gemeinsam mit ihren älteren Schwestern und ihrer Mutter damit beschäftigt, sich um die Beschaffung von Nahrungsmitteln zu kümmern. Der Winter stand vor der Tür.

Talea hatte vorgeschlagen, die Soden noch einen Tag länger auf dem Trockenfeld liegen zu lassen, sodass Fine sich nicht mit einer Arbeit abzugeben brauche, die eigentlich noch viel zu schwer für ihren zarten Körper sei. Wübbo aber hatte den Kopf geschüttelt. »Es zieht ein Herbststurm mit viel Regen auf. Spätestens heute Nachmittag isser hier«, hatte er gesagt. »Die Soden werden dann alle wieder nass, und wir bekommen sie für den Winter nicht mehr trocken.«

Also plagte sich Fine jetzt mit einer Arbeit ab, die ihr Vater ihr noch vor wenigen Monaten problemlos hätte abnehmen können. Wübbo tat es fast körperlich weh, dabei zuzusehen, wie sich sein kleines Mädchen über die Maßen abrackerte, doch konnte er nichts daran ändern.

Sein kleines Mädchen. In Gedanken nannte er sie manchmal Anni – und auch in seinen Albträumen, die ihn seit jenem folgenschweren Tag vermehrt heimsuchten. Wie ein Trommelwirbel hallte dann immer und immer wieder dieser eine Satz in seinem Kopf nach: *»Vermutlich ist er auch für das Verschwinden der kleinen Anni verantwortlich, dem Töchterlein einer unserer Küchenhilfen.«*

Hieß ihre kleine Fine also in Wirklichkeit Anni?

Lange Zeit hatte sich Wübbo diesen Gedanken verboten, sobald er ihm in den Kopf kam. Fine war Fine und damit basta! Doch hatte ihm die Möglichkeit, dass sie tatsächlich die verschollene Tochter eines Küchenmädchens war, keine Ruhe mehr gelassen. Wie auch, war doch alleine die Vorstellung, diese Annahme könnte der Wahrheit entsprechen, einfach ungeheuerlich.

Sollte es aber dennoch genauso sein, wie es der Bauer behauptete, was hatte dann Teelko damit zu tun? Nie im Leben hätte sein Sohn einem Kind etwas angetan, geschweige denn, es von seiner leiblichen Mutter weggerissen!

Andererseits: Hatte Fine nicht am Wegesrand gestanden, an dem sie über kurz oder lang hatte gefunden werden müssen? Und hatte sie nicht einen Tornister voller Lebensmittel dabeigehabt, damit sie nicht verhungerte?

Also hatte derjenige, der sie dort abstellte, nicht gewollt, dass sie starb. Nein, für ihr plötzliches Auftauchen im Moor musste es einen anderen Grund geben. Aber welchen?

Wübbo zog sich mit lautem Stöhnen und Ächzen in die Hütte zurück, da nun der Wind in kräftigen Böen über die sumpfigen Felder fegte und ihm die Luft zum Atmen nahm. Zudem hatte sich der Nieselregen zu ordentlichen Schauern ausgewachsen, die der Sturm in waagerechten Schleiern über das Land trieb. Talea und die Kinder würden bis auf die Haut nass werden.

»Komm rein, Fine, es wird zu kalt!«, rief er seinem Findelkind zu, wobei seine Stimme so keuchend klang wie die eines lungenkranken Alten. Aber das war er ja auch.

Dem Herrgott sei Dank hatte Fine gerade die letzten Torfsoden nach drinnen geschafft, als sich das Wetter verschlechterte. So mussten sie auf keinen der wertvollen Brocken verzichten. Im Winter konnte eine Sode mehr oder weniger darüber entscheiden, ob sie im Frost elendig zugrunde gingen oder nicht.

Fine verzog sich zu den Hühnern in den Stall, um ihnen ein paar ihrer Geschichten zu erzählen. Sie liebte es, mit den Tieren zusammen zu sein. Wübbo nutzte die Ruhe in

dem kleinen Wohnraum, um weiter seinen Gedanken nachzuhängen.

War es vielleicht die Mutter selbst gewesen, die ihre Tochter Anni – also Fine – ganz bewusst in die Obhut anderer gab, weil sie sie nicht mehr hatte ernähren können? Das kam in diesen schweren Zeiten gar nicht so selten vor. Ab und zu wurden Kinder sogar von ihren eigenen Eltern im Moor ersäuft, weil diese nur noch diesen einen Weg sahen, sie vor einem zähen und qualvollen Hungertod zu bewahren.

Diese Möglichkeit aber fand Wübbo am unwahrscheinlichsten von allen, da es nicht logisch erschien, dass ein Kind, dessen Mutter eine Anstellung bei einem Marschbauern hatte, hungers würde sterben müssen. Und auch der gefüllte Tornister passte nicht zu dieser Annahme.

Was also war tatsächlich mit der kleinen Anni passiert? Warum war sie verschwunden? Und hatte Teelko etwas damit zu tun?

Je öfter Wübbo über all die Vorwürfe, die man gegen seinen Sohn erhob, nachdachte, desto mehr rotierten seine Gedanken im Kreis. Immer wieder, ganz egal, wie er es auch drehte und wendete, landete er am Ende seiner Überlegungen genau dort, wo er mit ihnen begonnen hatte: Was, wenn alle Vorwürfe, die gegen seinen Sohn erhoben wurden, stimmten? Es war zum Verrücktwerden.

Talea ahnte nichts von alledem. Zwar hatte sie ihn gefragt, warum er in seinen Fieberträumen stets Fines Namen und auch den einer gewissen Anni gerufen habe. Er aber hatte behauptet, sich an nichts erinnern zu können. Dabei spukten diese Träume auch tagsüber in seinem Kopf herum, als wäre alles, was in ihnen passierte, die nackte und bittere Realität.

Nach wie vor war er sich unschlüssig, ob er seiner Frau

die Wahrheit sagen sollte. Vermutlich würde sie die Vorstellung, man könne ihnen Fine wieder wegnehmen, in hellste Aufregung versetzen. Dennoch würde sie das Kind seiner leiblichen Mutter zurückgeben, denn alles andere könnte sie nicht mit ihrem Gewissen vereinbaren. Doch was, wenn man der Kleinen dann wieder etwas antat?

Andererseits befürchtete er auch nach all den schon verstrichenen Wochen seit seinem Angriff auf den Bauern noch jeden Tag, dass der Gendarm um die Ecke geritten kam, um Klarheit in die Sache zu bringen. Und das wiederum hieß, dass Talea von einem Moment auf den anderen vor vollendete Tatsachen gestellt würde, auf die sie sich nicht hatte vorbereiten können.

Beinahe grenzte es für Wübbo an ein Wunder, dass sich seit den Geschehnissen auf dem Gulfhof kein Offizieller bei ihnen im Moor hatte blicken lassen. Talea hatte ihm mit einem schlecht verhohlenen Vorwurf in der Stimme zu verstehen gegeben, dass sie nach allem, was Geert, Siebo und Gottfried ihr erzählt hatten, fest davon überzeugt sei, dass man sie alle vier über kurz oder lang abholen und ins Gefängnis stecken würde.

Doch war nichts geschehen. Gar nichts. Nicht mal gerüchtehalber war irgendetwas zu ihnen herübergeschwappt. Dabei hatten Siebo und Geert ihre Ohren bekanntlich überall. Es war, als wäre nie etwas vorgefallen.

Blieb also die Frage, warum der Bauer bis zum heutigen Tag nichts gegen sie unternahm. Das musste einen Grund haben. Doch welchen?

20

Moordorf, Sommer 2016

»Das Ganze wird ja immer verworrener«, bemerkte Sontka, als sie mit Hilke und Franziskus am späten Abend nach Pilsum fuhr. Wieder saßen sie in Franziskus' BMW, und er rauschte die dunkle Landstraße zwischen Groothusen und Manslagt entlang, als ginge es um den Sieg in der Formel 1. Ibbe wurde derweil von einer seiner Großnichten betreut, die sich bereiterklärt hatte, in Hilkes Haus zu übernachten und ein Auge auf ihn zu haben.

»Das kannst du laut sagen«, pflichtete Franziskus ihr bei. Seine Begeisterung hatte sich in Grenzen gehalten, als seine Tante ihm am Mittag mitteilte, er müsse sie am Abend noch mal zu den Altingas kutschieren. Zumal das, was sie dort vorhatten, ganz gewiss nicht nach seinem Geschmack war.

»Vor allem ... hm.« Sontka sah mit kritischem Blick von Hilke zu Franziskus und wieder zurück. »Wenn es so ist, wie euer Onkel Ibbe behauptet, nämlich dass Anni seine Mutter war, dann hieße das ja, dass wir miteinander verwandt sind. Irgendwie.«

»Nun brems doch nicht so scharf, du Idiot!«, schrie Hilke im nächsten Moment gegen die kreischenden Bremsen an und versetzte ihrem Neffen einen kräftigen Schlag gegen den Oberarm. »Was ist denn los mit dir? Erst machst du hier einen auf Lewis Hamilton, und dann schleuderst du uns herum wie in der Wäschetrommel! Willst du uns alle umbringen, oder was?«

Statt einer Antwort, brachte Franziskus den Wagen

nun endgültig am Straßenrand zum Stehen und schaltete die Warnblinker an. Dann starrte er in den Rückspiegel und sagte mit belegter Stimme zu der auf dem Rücksitz sitzenden Sontka: »Wie jetzt? Wir sind miteinander verwandt?«

»Ja, natürlich«, nickte Sontka von der halsbrecherischen Bremsaktion anscheinend völlig unbeeindruckt. »Ist doch völlig logisch. Wenn es tatsächlich die kleine Anni, also die Schwester meiner Uroma, ist, die als Zweijährige zu euren Verwandten ins Moor kam, und diese kleine Anni wiederum die Mutter eures Onkel Ibbe ist, dann sind wir drei miteinander verwandt. Um einige Ecken zwar, aber immerhin. Ist doch logisch, oder?«

»Aha«, sagte Franziskus nur, legte den Gang ein und fuhr in einer für ihn ungewohnt langsamen Geschwindigkeit weiter.

»So hatte ich es noch gar nicht gesehen«, meinte Hilke nachdenklich. »Aber du hast natürlich recht, Sontka. Sollte es sich tatsächlich so verhalten, dann sind wir um einige Ecken miteinander verwandt.« Sie drehte sich mit einem Grinsen zu der jüngeren Frau um und sagte: »Herzlich willkommen in unserer Familie!«

»Dito«, grinste Sontka zurück. Franziskus indes stierte nur stur auf die Straße und schien in seine eigenen Gedanken versunken.

»Hey«, sagte Hilke und knuffte ihren Neffen in den Arm, »um tausend Ecken, Mann. Da kann nichts passieren.«

Nun war es an Sontka, verdutzt zu gucken, während aus Franziskus' Mund lediglich ein abfälliges *Pfff!* zu vernehmen war.

Der Rest der Fahrt verlief schweigend, bis sie den Wagen einige hundert Meter vom Hof der Altingas entfernt an einer Böschung stehen ließen und zu Fuß weitergingen. Auf gar keinen Fall durfte irgendjemand auf dem Gulfhof merken, dass sie da waren, denn schließlich führten sie etwas im Schilde, das man auch bei wohlwollender Interpretation schwerlich als legal bezeichnen konnte.

»Ist ein bisschen wie früher im Landschulheim, wenn man zur Nachtwanderung aufbrach«, wisperte Sontka, obwohl ihr in dieser Einöde mit Sicherheit niemand zuhörte. Aber es gab ganz einfach Situationen, dachte Hilke, in denen man automatisch die Stimme senkt, obwohl dafür nicht die geringste Veranlassung besteht. Das Wandeln in dunkler Nacht gehörte offensichtlich dazu.

»Also, ich habe mir aus Nachtwanderungen nie viel gemacht«, bemerkte Franziskus.

»Warum wundert mich das jetzt nicht«, erwiderte Hilke trocken, doch wurde ihre Bemerkung von Franziskus' Fluchen übertönt, der anscheinend auf etwas Glitschiges getreten war. »Verdammte Schnecken!«, giftete er.

Da es seit geraumer Zeit nicht geregnet hatte, vermutete Hilke eher eine von einem Auto zermatschte Kröte unter seiner Sohle, aber sie verzichtete darauf, diesen Verdacht ihrem Neffen mitzuteilen. Denn der hätte daraufhin vermutlich befürchtet, dass seine teuren italienischen Schuhe auf dem Weg zum Hof noch des Öfteren durch das naturgegebene Allerlei auf Feldwegen entweiht würden und wäre konsequenterweise zum Fahrzeug zurückgekehrt.

»Hat irgendjemand einen Plan, wie wir ungesehen in das Wohnhaus hineinkommen?«, fragte Hilke. »Oder ist es hier immer noch so, dass alle Türen offenstehen, wie es früher auf dem Land grundsätzlich der Fall war?«

»Wir gehen durch den Stall«, antwortete Sontka und erntete dafür von Franziskus ein entsetztes Aufstöhnen.

»Ist jetzt nicht Ihr Ernst, oder?«, maulte er.

»Du kannst Sontka ruhig duzen«, konterte Hilke, »ihr seid nämlich eine Familie. Schon vergessen?«

Während von Franziskus erneut nur das bekannte *Pfff!* kam, kicherte Sontka mit vorgehaltener Hand in sich hinein. »Hilke hat recht«, sagte sie dann, »wir sollten uns duzen. Das macht man unter Komplizen so.«

»Okay, jetzt aber mal im Ernst«, meinte Hilke, »was machen wir mit dem Hund?«

»Da ist ein Hund!?« Franziskus blieb so abrupt stehen, dass Sontka beinahe mit ihm kollidiert wäre. »Nun sag nur noch, es ist ein Kampfhund!«

»Quatsch, Kampfhund!«, wies Hilke ihn zurecht. »Ein Schäferhund. Völlig harmlos.«

»Du wusstest, dass da ein Hund ist?«, fragte Franziskus empört und stemmte die Arme in die Hüften.

»Es gibt keinen Bauernhof ohne Hund. Das ist ein Naturgesetz«, behauptete Hilke.

»Und woher willst du wissen, dass es ein Schäferhund ist?«

»Er lief draußen herum, als wir letztes Mal da waren. Hast du ihn nicht gesehen?«

»Nein, das habe ich nicht. Denn hätte ich ihn gesehen, dann wäre ich jetzt nicht hier.«

»Nun sei doch nicht immer so eine Memme.«

»Ich kenne Lotte, sie ist harmlos«, mischte sich Sontka ein.

»Wer ist Lotte?«, wollte Franziskus wissen.

»Hallo? Wovon reden wir denn gerade?«, erwiderte Hilke spöttisch. »Der Hund vielleicht?«

»Ich werde ihr ein wenig von ihrem Lieblingsfutter geben, das ich heute extra gekauft habe«, sagte Sontka. »Hab ein wenig Schlafmittel reingetan. Sie wird sich wundern, wie frisch sie sich fühlt, wenn sie morgen früh aufwacht.«

»Siehste, es ist an alles gedacht«, nickte Hilke zufrieden. »Können wir jetzt bitte weitergehen?«

»Ich finde den Gedanken unerträglich, in anderer Leute Sachen zu wühlen«, maulte Franziskus, nachdem sie ein weiteres Stück des Weges zurückgelegt hatten und die Silhouetten des Hofes bereits gut zu erkennen waren.

»Es ist dein Job, in anderer Leute Sachen zu wühlen. Du bist Schmuck- und Antiquitätenhändler, wenn ich dich daran erinnern darf«, klärte ihn seine Tante auf.

»Ich frage mich ja, wie man zu einem solchen Job kommt«, bemerkte Sontka, noch bevor Franziskus irgendetwas erwidern konnte. »Ich meine, Schmuck- und Antiquitätenhändler ist ja nichts Alltägliches. Welche Ausbildung braucht man eigentlich dafür?«

»Taschendieb oder eine gleichwertige Qualifikation«, antwortete Hilke trocken. »So, und jetzt bitte ich um Ruhe, denn wir haben unseren Zielort erreicht.«

21

Die Hündin schlug an, was nicht anders zu erwarten war, und doch zuckten Hilke, Franziskus und Sontka erschrocken zusammen. In der Stille der Nacht, noch dazu hier draußen im Nirgendwo der Marsch, wirkte das Bellen unnatürlich laut – und, wie Hilke mit einem Kloß im Hals bemerkte, auch unnatürlich gereizt. Blieb zu hoffen, dass zu so später Stunde niemand im Haus darauf achtete. Ein übernächtigter, mit seiner Schrotflinte fuchtelnder Hannes Altinga hätte ihnen gerade noch gefehlt.

Sontka gab ihnen Zeichen, ruhig zu sein und sich nicht zu bewegen, als die Hündin nun direkt auf sie zugeschossen kam. Zu spät. Franziskus hatte bereits die Beine in die Hand genommen und lief auf einen Baum zu, den er anscheinend vorhatte zu erklimmen.

»Genauso stelle ich mir einen heldenhaften Komplizen vor«, murmelte Sontka kopfschüttelnd und ging der Hündin nun ihrerseits mit forschem Schritt entgegen. »Ja, Lotte«, flötete sie in hoher Tonlage, »ja, Lotte, mein Schatz, komm doch mal zu mir, ich hab was für dich!«

»Unerträglich, dieses Gesäusel.« Franziskus, der vom Erklettern des Baumes offensichtlich bereits wieder Abstand genommen hatte, verdrehte entnervt die Augen. »Dieser Köter wird sie zerfleischen, ihr albernes Lotte-Getue hin oder her. Sieht man doch gleich, dass das keine Schmusepuppe ist.«

»Dass das keine Schmusepuppe ist«, äffte Hilke ihn nach. »Was du wieder redest. Nur weil du ein Feigling bist und Sontka nicht«, schnappte sie. »Dein Sprint allerdings war weltrekordverdächtig, mein Lieber, wirklich weltrekordverdächtig. Ein Usain Bold wäre vor Neid erblasst. Respekt!«

Gab sie nach außen hin auch die starke Frau, so atmete Hilke dennoch erleichtert auf, als die Hündin Sontka nun tatsächlich schwanzwedelnd begrüßte, ohne ihre beiden Begleiter weiter zu beachten. Auch sie war sich angesichts des raubtierartigen Gehabes keineswegs sicher gewesen, dass Lotte so harmlos war, wie ihr Name es suggerierte. Aber davon musste Franziskus ja nichts wissen.

Hilke sah sich nach ihm um. Er kam mit vorsichtigen Schritten wieder auf sie zu, wobei er Sontka, die nun auf Augenhöhe vor dem Hund hockte und ihn mit Fleischbrocken fütterte, nicht aus den Augen ließ.

Es dauerte nur wenige Minuten, bis das Schwanzwedeln des Hundes schwächer wurde. Schließlich gaben Lottes Beine unter ihr nach und sie legte sich dort, wo sie stand, zum Schlafen nieder. Alles wirkte ganz friedlich, so, als würde sie nur eben mal ein kurzes Nickerchen machen wollen.

»Und sie wacht wirklich wieder auf?«, fragte Franziskus, und irgendwie klang es so, als wollte er sagen: »Sie wacht aber hoffentlich nie wieder auf, oder?«

»Pünktlich zum Sonnenaufgang wird sie wieder munter sein«, nickte Sontka. »Ist ein wirksames, aber harmloses

Schlafmittel.« Sie sah Franziskus mit einem treuen Blick an und sagte: »Jetzt bräuchte sie nur noch jemanden, der sie in den Stall trägt. Auf Stroh schläft es sich sicherlich angenehmer als auf dem nackten Stein. Zumal es in den frühen Morgenstunden bestimmt feucht werden wird, wenn der Bodennebel aufzieht.«

Während Hilke ihren Neffen amüsiert ansah, schnappte der wie ein Fisch auf dem Trockenen nach Luft. »Sie glauben aber nicht wirklich, dass ich mir mein teures Jackett mit den Haaren dieses Köters ruiniere! Und wer weiß schon, was er sonst noch so mit sich herumträgt.«

»Nein«, konterte Sontka, »du musst es nicht ruinieren. Zieh dein Jackett ruhig dabei aus. Ich halte es solange.«

»Aber ...«, setzte Franziskus zu einer weiteren Erwiderung an, wurde jedoch sogleich von seiner Tante unterbrochen: »Wenn du so weiter machst, mein Lieber, dann haben wir den Hund ganz umsonst eingeschläfert, denn dann stehen wir hier noch bei Sonnenaufgang und diskutieren deine Befindlichkeiten.« Sie deutete mit einem Fingerzeig auf den schlafenden Hund. »Nun mach schon! Oder willst du vielleicht schuld sein, wenn sie nachher erkältet ist?«

»Ist mir völlig egal, ob sie erkältet ist«, maulte Franziskus. Doch schien er einzusehen, dass er gegen die beiden Damen keine Chance hatte, denn er bückte sich nun, ohne das Jackett auszuziehen, und hob Lotte auf seine Arme. »Mann, ist so ein Vieh schwer!«, schnaufte er, während er versuchte, das Tier auf möglichst großem Abstand zu seinem Körper zu halten. »Wo geht's lang?«

Sontka nickte ihm wortlos zu, dann marschierte sie in Richtung Stall davon. Hilke und Franziskus folgten ihr.

Die in das große Stalltor eingelassene Tür ließ sich beinahe geräuschlos öffnen. Kaum, dass sie alle hindurchgeschlüpft waren, legte Franziskus die Schäferhündin auf einem Haufen Heu nieder. »Hier riecht es ein wenig streng«, stellte er fest und verzog angeekelt das Gesicht, während er sich die Spuren, die Lotte hinterlassen hatte, von seinem Jackett zu wischen versuchte.

»Ach, das ist doch nix«, antwortete ihm eine Männerstimme, »komm du mal erst im Winter hier rein, wenn hier Haufen von Gras- oder Maissilage auf dem Futtergang liegen. *Das* riecht wirklich, nu ja, streng eben, wie du sachst.«

»Wer … sind Sie?«, krächzte Franziskus verunsichert, und auch Hilkes Kehle fühlte sich plötzlich an, als würde sie jemand in den Schraubstock klemmen. Sie hatten noch nicht mal richtig angefangen, und schon waren sie ertappt worden!

Aus einer dunklen Ecke trat ihnen nun ein stämmiger Mann um die sechzig entgegen. Mit seinem von einer Boxernase geprägtem, rotgeäderten Gesicht, den Schultern so breit wie die eines Ochsen und den zu Fäusten geballten, überdimensioniert großen Händen sah er alles andere als vertrauenserweckend aus. Nur seine sanft blickenden Augen schienen nicht zum Gesamtbild zu passen.

Womöglich hatte er hier anstelle von Lotte den Job des Wach- und Kampfhundes inne, vermutete Hilke. Ihr wurde ganz flau im Magen, als er nun mit einem knappen Kopfnicken hin zu Lotte sagte: »Hab den Hund anschlagen hören. Da bin ich gleich runter.«

»Wir sind nur zufällig hier«, sagte Franziskus und hob abwehrend die Hände. »Nur zufällig, ehrlich.«

»Ist klar«, seufzte Hilke, »das glaubt er uns sofort.« Sie schenkte dem Mann ein verzagtes Lächeln und wich ein paar Schritte zurück, als er nun näher kam. »Wir würden dann einfach wieder gehen«, schlug sie vor, »machen Sie sich keine Umstände.«

Zu ihrer Verwunderung lachte Sontka laut auf. »Ihr seid ja süß«, meinte sie. »Entschuldigt bitte, ich hätte es euch sagen müssen.«

»Was? Was hättest du uns sagen müssen?« Hilke warf erst ihr und dann dem Mann einen skeptischen Blick zu, als der nun seinen Arm um Sontkas Schultern legte, ihr einen Kuss auf die Stirn drückte und sagte: »Moin, mien Wicht.«

»Moin, Vadder«, antwortete Sontka und hatte sichtlich Spaß an den ungläubig dreinblickenden Gesichtern ihrer beiden Begleiter.

»Dieser ... ähm ... Herr ist Ihr Vater?«, fragte Franziskus, nachdem er sich entschlossen hatte, seine Schnappatmung wieder einzustellen.

»Was ’n das für einer?« Der ältere Mann hob erstaunt die Brauen und musterte Franziskus abschätzig von oben bis unten. »Sachtest du nich, du bringst deine Freunde mit, Sontka?« Der Gedanke, seine Tochter könne diese Art Menschen als ihre Freunde bezeichnen, schien ihm nicht zu behagen.

»Franziskus ist ein Freund. Er weiß es nur noch nicht«, zuckte Sontka die Schultern. »Aber bis dahin können wir ihn gut gebrauchen. Immerhin hat er trotz tiefer gehender Bedenken Lotte reingetragen.«

»Sehr witzig. Ich kann auch wieder gehen«, konterte Franziskus. Er wirkte eingeschnappt und schien tatsächlich zu überlegen, auf dem Absatz kehrt zu machen.

»Wenn ihr in dieser Nacht noch was erreichen wollt, solltet ihr so langsam mal in die Pötte kommen«, knurrte Sontkas Vater. Er drehte sich in die Richtung, aus der er gekommen war, und winkte ihnen, ihm zu folgen.

»Was macht der hier?«, zischte Franziskus zu Sontka rüber. »Warum haben Sie ihn mitgebracht?«

»Nun hör doch mal mit dem dämlichen Gesieze auf«, raunte Hilke zurück. »Wenn man in absehbarer Zeit gemeinsam bis zum Hals in der Scheiße sitzt, könnte man sich ruhig ein wenig kollegialer verhalten.«

»Wie meinst 'n das jetzt?«

»Mein Vater kennt sich in diesem Haus aus wie in seiner Westentasche«, ignorierte Sontka die Sticheleien. »Nicht nur meine Mutter, sondern auch er hat hier sein ganzes Arbeitsleben verbracht. Er ist hier praktisch Mädchen für alles. Hausmeister, Stallbursche und Mechaniker in einem. Immer da, wo Not am Mann ist, springt Papa ein. Ich war als Kind immer sehr stolz auf ihn, weil er so viele Dinge konnte. Und das bin ich auch heute noch.«

Sontka hatte mit so viel Liebe in der Stimme gesprochen, dass sich Hilke vornahm, den Mann von jetzt ab auch gern zu haben. Dass er Franziskus offensichtlich für einen Lackaffen hielt, hatte ihm sowieso schon Pluspunkte bei ihr eingebracht. Er musste über eine gute Menschenkenntnis verfügen. »Heißt das, er kennt auch dieses ominöse Zimmer, das angeblich Wilhelmine gehörte?«, fragte sie.

»Er meint zumindest zu wissen, wo es ist«, antwortete Sontka.

»Ich wollt da immer mal reingehen«, meldete sich Tamme Heeren, Sontkas Vater, zu Wort. »Aber dann dacht ich, das is mir zu viel Risiko. Nachher wirste erwischt und bist den Job los. Und meine Frau gleich mit. Da dacht ich, ich lass es lieber bleiben. War ja auch nie so wichtich.«

»Aber dieses Zimmer existiert?«, hakte Hilke nach.

Der Mann zuckte die Achseln. »Es gibt 'n Zimmer, das keiner betreten darf. Ob das nu das Zimmer von Wilhelmine is oder 'ne heimliche Folterkammer, das weiß kein Mensch.«

Hilke schauderte. Der Mann hatte recht. Natürlich konnte sich alles in diesem Zimmer befinden, auch unvorstellbar Schreckliches. Zum Beispiel der mumifizierte Leichnam Wilhelmines oder ähnlich Gruseliges. Denn warum sonst machte eine Familie über Jahrzehnte ein solches Gewese darum, dass es auf keinen Fall jemand Unbefugtes betrat?

Tamme Heeren blieb nun vor einer hellgrauen Stahltür stehen, von der Hilke annahm, dass sie vom Stall- zum Wohntrakt führte. Sie schaute sich um. Noch standen sie in einer Art Wirtschaftsraum, der bis zur Decke gefliest war und über zwei ungefähr drei Meter lange Waschbecken aus Steingut verfügte, wie sie früher häufig in den Schlachträumen der Bauernhöfe zu finden waren. Sie nahm an, dass auch dieser Raum ursprünglich diesem Zweck diente, da an der Wand zwei fast mannshohe Kessel standen, die vermutlich zum Einkochen des Fleisches verwendet wurden. In die gegenüberliegende Wand waren diverse Haken eingelassen, an denen kotverschmierte Overalls hingen, darunter standen mehrere Paar olivgrüner Gummistiefel.

Tamme Heeren legte den Zeigefinger auf den Mund. »Nu müssen wir leise sein. Auf dem Wech zum Zimmer kommen wir am Schlafzimmer vom Bauern vorbei. Anners geht es leider nich. Hoffen wir mal, dass der 'n festen Schlaf hat und nich gucken kommt, wer sich bei ihm auf 'm Gang rumtreibt.« Er deutete der Reihe nach auf ihre Schuhe. »Wenn die Geräusche machen, dann zieht sie besser aus. Müssen über Dielenboden. Können schon froh sein, wenn er nicht knarrt. Ich kenn aber die Stellen, die knarren, da lauf ich dran vorbei. Also immer schön hinter mir bleiben.«

Hilke klopfte das Herz bis zum Hals, als er nun die

Klinke der Stahltür hinunterdrückte. Gleich darauf standen sie in einem breiten Flur, auf dessen Boden Fliesen mit mehrfarbigen Ornamentmustern verlegt waren. Ihnen gegenüber war die Haustür, zu der sie beim letzten Mal hereingekommen waren. Hilke blickte nach oben. Die Wände gingen über zwei Stockwerke und schienen sich endlos bis zur stuckverzierten Decke auszudehnen. Sie waren bestimmt acht Meter hoch und endeten direkt unter dem Giebel, auf der rechten Seite lediglich unterbrochen durch die Treppe, die sich in mehreren Absätzen nach oben wand. Durch die Haustür und zwei kleine, darüber liegende Fenster fiel Licht herein, das vermutlich von den Laternen im Hof stammte.

Erst jetzt ging Hilke auf, dass es im Flur für die nachtschlafende Zeit ziemlich hell war. Sie ließ ihren Blick an den Wänden entlanggleiten und entdeckte zahlreiche kleine, in die Wände eingelassene Lämpchen, die ein mattes Licht abgaben.

»Das is, falls mal Einbrecher kommen«, zwinkerte Tamme Heeren ihr zu, der ihrem Blick gefolgt war.

Hilke entfuhr ein hysterisches Kichern, das sie jedoch rasch zu unterdrücken versuchte. Niemals hätte sie sich vorstellen können, eines Tages bei fremden Leuten einzudringen und unerlaubt ihre Sachen zu durchstöbern – aber was machte man nicht alles, wenn es einem guten Zweck dient.

Während Sontka sich noch ihre Schuhe von den Füßen streifte, hielt ihr Vater bereits auf die Treppe zu. Zu Hilkes Erleichterung verlief in der Mitte der Stufen ein Teppich, der ihre Schritte dämpfen würde. Vor dem erwähnten Knarren aber dürften sie dennoch nicht gefeit sein, denn erfahrungsgemäß waren es gerade diese uralten Treppen aus massivem Holz, die quasi bei jedem Schritt ein Geräusch von sich gaben. Und dass diese Treppe uralt war, konnte man dem wurmstichigen Holz des aufwendig gearbeiteten Geländers unschwer ansehen.

Sie kam sich vor wie in einer Entenfamilie, als nun einer nach dem anderen in den unsichtbaren Spuren Tammes die Stufen hochwatschelte. Es herrschte eine gespannte Stille, und Hilke war sich sicher, dass auch alle anderen sich kaum getrauten, Luft zu holen.

Oben angekommen, wurde es erst richtig brenzlig, denn Tamme deutete nun stumm auf eine Tür und wedelte mit dem Zeigefinger vor seinem Gesicht herum. Aha, anscheinend verbarg sich dahinter das Schlafgemach des Bauern. Fast erwartete Hilke, dass dieser im nächsten Moment schwungvoll die Tür aufriss und sich, ein Beil in der Hand schwingend, mit gorillaartigem Gebrüll auf sie stürzte, um sie mit kräftigen Hieben ihrer Gliedmaßen zu entledigen. Sie ermahnte sich zur Besonnenheit, denn schließlich waren sie hier auf einem ostfriesischen Bauernhof und nicht in Hollywood. Wenngleich ...

Sie schlichen im Gänsemarsch an zwei weiteren Türen vorbei, bogen um eine Ecke, passierten noch einmal einige Räume und blieben schließlich am Ende des Ganges vor einer Tür stehen. Sie war schlicht und unterschied sich in nichts von den anderen ihrer Art – kein schweres Vorhängeschloss, keine Laserschranken, kein Totenkopfbild als Abschreckung. Hilke registrierte mit einer gewissen Erleichterung, dass sich der zu inspizierende Raum ganz offensichtlich nicht in unmittelbarer Nachbarschaft zu dem von Hannes Altinga befand, wie sie es insgeheim befürchtet hatte.

Wieder legte Tamme Heeren seinen Finger auf den Mund, dann zog er einen Metallstift hervor, der ihm wohl dazu dienen sollte, das Schloss zu knacken. Es schien ein

Kinderspiel zu sein, denn nach nur wenigen Sekunden war ein eindeutiges Klacken zu hören und die Tür sprang auf. Hilke hielt die Luft an. Für sie war dieses Klacken das lauteste Geräusch, das sie jemals in ihrem Leben gehört hatte.

Schnell schlüpfte sie hinter den anderen her ins Zimmer. Als die Tür leise wieder ins Schloss fiel, war es um sie herum absolut finster. Auch legte sich plötzlich irgendetwas Klebriges über ihre Haare. Hilke versuchte angeekelt, es wegzuwischen, aber vergeblich. Was auch immer es war, es klebte wie ... Spinnweben?

Ja, dachte sie, genauso musste es sein. Natürlich gab es in einem Zimmer, das seit mehr als einhundert Jahren niemand mehr betreten hatte, Spinnweben. Sie schauderte, als sie sich zur Seite drehte und sich nun prompt ein weiterer seidig-dünner Vorhang auf ihr Gesicht legte. Am schlimmsten war, dass sie ihn noch nicht einmal sehen konnte.

Sie wartete einen längeren Moment ab, in der Hoffnung, dass sich ihre Augen rasch an die Dunkelheit gewöhnten, doch nichts geschah. Ganz offensichtlich *war* es in diesem Raum stockdunkel! Zudem roch es extrem muffig und auch ein wenig streng, nach Staub und ... Tod?

Nervös fingerte Hilke nach ihrer Taschenlampe, die sie, genau wie Franziskus und Sontka, in ihrer Tasche mit sich führte. Doch gerade, als sie sie anknipsen wollte, fiel vom anderen Ende des Raums ein wenig Licht herein, denn Tamme Heeren hatte die schweren Vorhänge von einem der Fenster beiseitegeschoben.

»Nur mal kurz«, sagte er mit gesenkter Stimme, »zur Orientierung. Danach mach ich die Vorhänge wieder zu, sonst sieht uns noch jemand von draußen. Aber erstmal grob gucken, wo was is, würd ich sagen.« Er verzog angewidert das Gesicht. »Ist ein bisschen eklig mit den ganzen Spinnweben«, stellte er fest.

Hilke traute sich kaum, den Blick zu heben. Zu viel war ihr in der Zwischenzeit im Kopf herumgegeistert, was sie in diesem angeblichen Zimmer der gnädigen Frau außer Staub und beinahe kunstvoll gewebten Spinnennetzen wohl vorfinden würden. Womöglich noch die mumifizierte Leiche von Wilhelmine Altinga? Was, wenn es tatsächlich so sein würde?

Im Gegensatz zu ihr schien sich Franziskus nicht solch belastenden Gedanken hinzugeben, denn nach einem kurzen *Oh, wow!* war er bereits dabei, sich im Zimmer umzusehen. Anscheinend hatte er etwas Interessantes entdeckt, von dem Hilke inständig hoffte, dass es keine mumifizierte Leiche war. Zu ihrer Verwunderung schienen ihm die Spinnweben, die seinen Kopf und seine Kleidung inzwischen umfingen wie ein Kokon, nichts auszumachen. Wie nebenbei schob er sie mit den Armen beiseite, während er sich mithilfe seiner Taschenlampe einen Weg durch den Raum bahnte. War er womöglich doch nicht so eine Memme, wie sie immer angenommen hatte?

Da Hilke angesichts seiner Reaktion davon ausging, dass hier von Leichen in welchem Zustand auch immer keine Rede sein konnte, folgte sie kurz dem Lichtkegel von Franziskus' Taschenlampe, bis sie ihre eigene einschaltete. Auch Sontka und ihr Vater taten es ihnen gleich, nachdem Tamme die Vorhänge wieder zugezogen hatte. Im diffusen Licht der umherschweifenden Lichtkegel wirkte dieses Zimmer wie das reinste Gruselkabinett.

»Wenn das mal keine Schätze sind!« Franziskus pfiff begeistert durch die Zähne.

»Vielleicht könntest du deine Begeisterung etwas zügeln, zumindest was die Lautstärke angeht«, ermahnte ihn seine Tante. »Oder willst du das ganze Haus aufschrecken?« Sie hatte ein Bücherregal entdeckt, das eine ganze Wand einnahm und in der Hauptsache in Leder eingebundene Bücher enthielt. Aber das war wenig verwunderlich, denn schließlich hatte dieses Regal seit 1895 angeblich niemand mehr neu bestückt – wenn man den Gerüchten, dass das Zimmer nach dem Wegzug von Wilhelmine nicht mehr betreten wurde, Glauben schenken durfte. Der Staub und die Spinnweben jedenfalls sprachen dafür.

Bevor sich Hilke genauer mit den literarischen Werken befasste, die für sich alleine vermutlich schon ein echtes Vermögen wert waren, ließ sie das Licht ihrer Taschenlampe weiter durch den Raum schweifen. Insgesamt war er größer, als sie gedacht hatte. Sie schätzte ihn auf rund dreißig Quadratmeter. Dominiert wurde er von einem Himmelbett, das schwer unter einer Last aus Kissen und Decken zu tragen hatte, die nur zum Teil von einer eingestaubten, bordeauxroten Tagesdecke verdeckt wurden. Dem Bett gegenüber stand eine Frisierkommode, die offensichtlich das Wohlwollen von Franziskus gefunden hatte. Zumindest strich er gerade einen Vorhang aus Spinnweben beiseite und dann liebevoll über die Marmorplatte, auf der zahlreiche Tiegel, Fläschchen und Pinsel standen, wie man sie wohl in der damaligen Zeit benutzt hatte. Auch hier war von modernen Schminkutensilien nichts zu sehen. In die Wand der Tür gegenüber war ein breites, fast bodentiefes Sprossenfenster eingelassen, daneben stand ein wuchtiger, aufwendig bemalter Bauernschrank.

»Ich würde einfach mal versuchen, ob es hier elektrisches Licht gibt«, ließ sich in die angespannte Stille hinein plötzlich Sontkas Stimme vernehmen. »Dann könnten wir uns die Taschenlampen sparen. Oder sollte dieses Zimmer womöglich das einzige des Hauses sein, das aus besagten Gründen nie elektrifiziert wurde?«

Eine interessante Frage. Hilke überlegte, wann in Ostfriesland überhaupt das erste Privathaus elektrischen Strom bekommen hatte. Sie vermutete jedoch, dass die zumeist sehr abgelegenen Marschhöfe nicht unbedingt zu den ersten Gebäuden zählten, die über eine geregelte Stromversorgung verfügen konnten. Aber was war mit diesem Raum? Hatte ihn jemals ein Elektriker betreten dürfen?

Sontka, die inzwischen ebenfalls über und über mit Spinnweben bedeckt war, leuchtete und tastete sich die Wände entlang, allen voran die neben der Tür, sie fand jedoch nichts. Keinen Schalter, keine Steckdose. Lediglich an den Wänden befestigte Kerzenlüster. »Seltsam«, meinte sie, »es scheint tatsächlich so zu sein, dass dieses Zimmer seit mindestens drei Generationen terra incognita ist. Wenn Hermannus Altinga nach dem Wegzug Wilhelmines wirklich verfügt hat, dass es genauso bleiben soll, wie es war, dann hat sich anscheinend jeder seiner Nachfolger bis in die heutige Zeit daran gehalten. Was ihr hier sehen könnt, ist das typische Mobiliar des ausgehenden 19. Jahrhunderts. Bis ins Detail, wenn ich mir das alles hier so ansehe. Es ist, als wäre die Zeit stehengeblieben.«

»Eine Auktion würde hier ein Vermögen bringen«, stellte Franziskus geschäftig fest und hielt im Schein seiner Taschenlampe eine Spieluhr in die Höhe, die mit zahlreichen Figuren bestückt war.

»War ja klar, dass du wieder nur ans Geld denkst«, raunzte Hilke ihn an. Sie empfand seine sachliche Bemerkung als extrem unpassend, war sie selbst doch bei Sontkas Worten in die Zeit ihrer Vorfahren abgetaucht, in der ein kleiner, vermutlich ärmlich gekleideter Junge namens Teelko auf diesem Hof gelebt und gearbeitet hatte. Ob er tatsächlich in genau diesem Zimmer gewesen war und jenen Ring geklaut hatte, den sie seit Tagen bei sich trug?

»Ist hier eigentlich irgendwo Schmuck?«, fragte sie in die Dunkelheit des Raumes hinein. »Franziskus, wenn es so ist, hast du ihn doch bestimmt schon entdeckt.«

»Hier ist nichts«, kam es prompt und ohne den geringsten Zweifel zurück. Aha, er hatte also bereits danach gesucht. Sie hätte es sich denken können.

»Das ist komisch«, stellte Sontka fest. »Oder auch wieder nicht. Da verfügt einer, dass hier nichts verändert werden soll, räumt aber vorher noch schnell den Familienschmuck raus. Kann mir doch keiner erzählen, dass die Dame des Hauses ihn woanders als in ihrem eigenen kleinen Reich aufbewahrte.«

»Vielleicht hat sie ihn mitgenommen ins Sanatorium«, startete Hilke einen Erklärungsversuch.

»Im Leben nicht«, widersprach Franziskus. »Kein Mensch, der bei Sinnen ist, hätte ihr so etwas Kostbares in solch eine Einrichtung mitgegeben. Zumal, wenn die Dame im Oberstübchen nicht mehr ganz beisammen war.«

»Sehe ich genauso«, stimmte Sontka ihm zu. »Wenn der Schmuck hier nicht irgendwo gut versteckt ist, dann wurde er vermutlich entwendet.«

»Wie man's nimmt«, meldete sich erstmals wieder die Stimme von Tamme Heeren zu Wort. »Es gab ja schließlich noch andere Hausherrinnen nach Wilhelmine. Und denen stand der Familienschmuck zu, da kannste drüber diskutieren, wie du willst. Und wie ich solches Weibsvolk kenne, hätten die ihrem Mann die Hölle heiß gemacht, wenn er den Schmuck vor ihnen versteckt hätte. Kannst sicher sein, dass das bei der Alten von Hermannus genauso war. Und – wuppsdich! – tauchten die Klunker auf wundersame Weise am Hals von seiner Ollen[14] auf. Hab sie außerdem letztens erst am Hals von Hannes' Schwester gesehen, als hier irgendwas gefeiert wurde. Glaub also man nich, dass du hier noch was davon findest.«

»Womit das auch geklärt wäre«, seufzte Hilke und Sontka sagte: »Schade eigentlich, hätte die Klunker gerne mal in der Hand gehalten.«

»Waren wir nicht eigentlich wegen eines Tagebuchs hier?«, fragte Franziskus und stellte eine hölzerne, mit Federn und Tintenfässern gefüllte Holzkiste an seinen Platz auf einem mit aufwendigen Intarsien verzierten Sekretär zurück.

»Himmel ja, das Tagebuch!« Hilke schlug sich mit der flachen Hand vor die Stirn. »Nun hätte ich das Wichtigste beinahe vergessen.« Sie richtete den Strahl ihrer Taschenlampe direkt auf das Gesicht ihres Neffen, woraufhin der schützend den Arm vor die Augen hob. »Und warum suchst du nicht längst danach, wenn du daran gedacht hast? Denkst du vielleicht, wir haben ewig Zeit?« Sie warf einen Blick auf ihre Armbanduhr. »Keine zwei Stunden mehr, bis die Sonne aufgeht.«

»Na, dann ran ans Werk!« Sontka fackelte nicht lange und ließ den Strahl ihrer Taschenlampe über eine der mittleren Bretter des Regals wandern. »Ich nehme ja mal an, dass Wilhelmine es nicht unbedingt in eine der oberen Reihen, sondern allenfalls auf Kopfhöhe aufbewahrte«, erklärte sie ihr Vorgehen.

»Gut möglich auch, dass es nicht nur eins ist«, ergänzte Hilke. »Je nachdem, wie viele Jahre sie Tagebuch geschrieben hat, könnte es sogar eine ganze Reihe sein.«

Konzentriert arbeiteten sie sich in der nächsten halben

---

[14] seiner Alten

Stunde durch die Buchreihen, schoben Schichten von Spinnweben beiseite, zogen dann Bücher mit unbeschrifteten Buchdeckeln heraus, blätterten sie durch, schoben sie zurück. Nichts. Weit und breit fanden sie nichts, was einem Tagebuch auch nur annähernd ähnlich sah.

»Es wäre hilfreich zu wissen, ob Wilhelmine ihre Tagebücher insgeheim schrieb oder ob ihr Umfeld davon wusste«, bemerkte Sontka, nachdem sie von einer kleinen Trittleiter heruntergestiegen war, weil sie sich nach erfolgloser Suche in den unteren und mittleren Reihen doch auch noch in den oberen umgesehen hatte. »Wenn sie auf keinen Fall wollte, dass sie jemand in die Finger bekommt, dann hat sie sie vermutlich in einem Versteck aufbewahrt, auf das so schnell keiner kommt.«

»Wenn ich mich richtig erinnere, dann hat ihre Zofe ihr beim Schreiben zugesehen«, gab Franziskus aus den Tiefen eines Bücherstapels heraus zu bedenken. Er richtete sich auf und strich sich eine dunkle Locke aus dem Gesicht. »So geheim kann ihr Tun also nicht gewesen sein.«

»Ist ja ein Unterschied, ob man als Zofe dem Rest des Gesindes davon erzählt oder mit den Herrschaften drüber spricht«, erwiderte Hilke. »Wenn Wilhelmine ihrer Zofe, die noch dazu des Lesens nicht mächtig war, im Vertrauen davon erzählt hat, dann ist die ganz bestimmt nicht damit zu Hermannus gerannt. Kann also wirklich sein, dass sie die Tagebücher vor der Familie geheim hielt.«

»Das mein ich auch«, stimmte Tamme Heeren ihr zu. »Ich würde auch mit nix zum Chef rennen, wovon mir jemand anders gesacht hat, dass es geheim ist. Wär ja wohl noch schöner.«

»Gut«, nickte Sontka, »dann sollten wir uns jetzt mal überlegen, wo wir die Tagebücher versteckt hätten, wenn sie niemand finden soll.«

»Im Wasserkasten der Klospülung«, witzelte Franziskus, aber niemand lachte.

»Blöd, dass es hier so dunkel ist«, sagte Hilke. »Es wäre einfacher, man könnte sich einen Gesamtüberblick über den Raum verschaffen, anstatt immer nur auf das Ausleuchten von Ausschnitten beschränkt zu sein.«

»Kannst nix dran ännern«, erwiderte Tamme Heeren. »Müssten wir höchstens noch mal wiederkommen und gucken, dass wir irgendwelche Lampen mit Akku mitbringen, oder so.« Er sah nicht so aus, als würde er diese Idee für eine gute halten, und auch alle anderen schauten ihn wenig begeistert an.

»Das Tagebuch muss irgendwie her«, meinte Sontka. »Und zwar heute. Finden wir es nicht, ist die Chance vertan. Ich jedenfalls würde nicht noch mal herkommen. Das hieße ja nur, das Schicksal herauszufordern.«

»Sehe ich genauso.« Hilke suchte mit der Taschenlampe den Boden ab. »Vielleicht gibt es eine lose Holzdiele? Ist es nicht im Fernsehen häufig so, dass unter ihnen was versteckt wird?«

»Ich fürchte nur, dass Wilhelmine eher selten den Fernseher anhatte.« Franziskus verzog spöttisch das Gesicht.

»Was du nicht sagst«, entgegnete Hilke, hielt jedoch nicht in ihrer Suche inne.

»Gut möglich auch, dass hinter den Regalen irgendwelche Einlassungen in der Wand sind.« Sontka betrachtete die meterlangen Buchreihen mit kritischem Blick. »Um das festzustellen, müssten wir allerdings jedes einzelne Buch herausziehen. Das dauert Stunden.«

Nachdem Hilke alle Holzdielen einmal abgeschritten war, jedoch keine nach Hohlräumen klingenden Geräusche vernehmen konnte, ließ sie sich seufzend auf das Himmelbett sinken. Was sie nicht bedacht hatte: Nun wirbelte eine so mächtige Wolke Staub auf, dass sie sich unweigerlich einem heftigen Niesanfall ausgesetzt sah, während das Bett seinerseits derart ächzende Laute von sich gab, als wollte es sie darauf aufmerksam machen, dass es für diese ungewohnte Last zu alt sei.

»Psssst!« Franziskus warf ihr einen vernichtenden Blick zu. »Könntest du wenigstens leise niesen? Bei deinem lauten Gepruste wird noch der Bauer wach!«

»Tsch ... Tsch ...Tschulligung«, nieste Hilke.

Während Hilke und Franziskus sich böse anfunkelten, legte Sontka sich nun der Länge nach auf den Boden und leuchtete die Unterseite des Bettes ab. »Vielleicht hat man das Unter-die-Matratze-legen ja früher auch schon für eine gute Möglichkeit gehalten, etwas zu verstecken«, erklärte sie. »Irgendwann muss ja mal jemand damit angefangen haben. Vielleicht war es Wilhelmine.«

Tamme Heeren setzte mit einem kurzen Räuspern zu einer Erwiderung an, während er sich daran machte, den offensichtlich abgeschlossenen Bauernschrank zu öffnen, als sich plötzlich sein ganzer Körper versteifte und er mit schmalen Augen auf die Tür starrte. »Habt ihr das auch gehört?«, wisperte er.

Hilke schluckte schwer. »Mist. Ja. Ich habe auch gerade gedacht, dass ...«

Noch ehe sie den Satz beendet hatte, wurde die Tür plötzlich mit Schwung aufgerissen, und ein Mann in T-Shirt und Boxershorts hob, geblendet vom Licht einer Taschenlampe, schützend einen Arm vor die Augen.

Während Franziskus ein gepresstes *Siehste, sag ich doch* hervorstieß, sackte Hilke vor Schreck das Herz in die Hose. Trotz des nun halb verdeckten Gesichts erkannte sie den in dem Türrahmen stehenden Mann sofort. Es war Hannes Altinga.

22

Moordorf, Februar 1899

»Weg von hier, ihr Lumpenpack! Schert euch weg, oder ich mach euch Beine! Kommt noch einmal her, und ich hetze den Hund auf euch! Geht arbeiten statt rechtschaffende Leute anzubetteln, ihr elenden Faulenzer, dann habt ihr auch was zu essen!«

Die sechsjährige Fine zuckte unter den giftigen Attacken der drallen Bäuerin, die mit drohend erhobener Faust in der Tür ihres Wohnhauses stand, zusammen und zog ihren Kopf ein, während ihre Mutter sie an der Hand fasste und mit sich fortzog.

Zwei Marschbauern, bei denen sie anklopften, hatten sie bereits mit unflätigen Beschimpfungen vom Hof gejagt. Die dritte Bäuerin hatte zumindest ihr Mitleid bekundet, ihnen aber auch nicht helfen können, da sie, wie sie ihnen unumwunden mitteilte, den Zorn ihres Mannes fürchtete, wenn der mitbekam, dass sie sich mildtätig gegenüber Bettlern gab.

Und nun das. Verzweifelt kämpfte Fine gegen die Tränen. Warum nur waren die Menschen immer so böse zu ihnen? Sie hatten ihnen doch nichts getan. Sie hatten doch nur Hunger. Und ihnen war kalt. So unendlich kalt. Ihr Körper war ein einziger Schmerz. Vor allem ihre Füße taten so weh, dass sie kaum noch einen Schritt vor den anderen machen konnte.

Dabei hatte ihr Vater sie am Morgen extra mit einem ordentlichen Stück Leinen umwickelt und dieses mit Stroh gefüllt. Eigentlich hatte er geglaubt, dass seine Kinder auch diesen Winter ohne Schuhwerk überstehen würden. Doch als die Temperaturen mehr und mehr sanken und ein eisiger Wind aus dem Nordosten die Landschaft in ein einziges Meer aus Eis verwandelte, sah er ein, dass sie unmöglich barfuß draußen herumstreifen konnten, ohne am Ende mit erfrorenen Füßen dazustehen.

Auf dem mit Stroh gefüllten Leinen war es alles andere als angenehm zu laufen, aber Fine verbiss sich das Jammern, weil sie wusste, wie sehr sie ihre Mutter damit belasten würde. Natürlich waren ihre Füße längst wundgescheuert, doch wurden die dadurch verursachten Schmerzen von denen, die die schneidende Kälte verursachte, überlagert – und vom Hunger, der in ihre Eingeweide schnitt wie ein Pflug in die Ackerkrume.

An diesem Tag waren sie in aller Frühe aufgebrochen. Bei Dunkelheit war es nicht einfach gewesen, sich an den Weg zu halten, aber da Vollmond war und Fines Mutter es noch dazu verstand, sich an den Sternen zu orientieren, hatten sie sich nicht verlaufen. Sie liefen über vereiste Wege und Felder, sprangen über zugefrorene Gräben, schlitterten über Seen, auf denen sie sich beim Ausrutschen schon mehrmals ordentlich den Hintern geprellt hatten.

Große Hoffnung hatten sie darauf gesetzt, womöglich einen Kahn zu finden, der sie ein Stück des Weges mitnahm. Vergeblich. War es zu den Anfängen der Frostperiode noch gelungen, wenigstens eine schmale Fahrrinne freizuhalten, so hatten die Skipper es jetzt aufgegeben, sich gegen die Macht der Natur zur Wehr zu setzen. Sämtliche Kanäle waren von einer dicken Eisschicht bedeckt.

Also blieb nur der beschwerliche Weg zu Fuß.

Auch ihre Geschwister waren allesamt von zu Hause in die unterschiedlichsten Richtungen losgezogen, in der

Hoffnung, von irgendeinem gutherzigen Menschen etwas Essbares zu bekommen. Nach einem verregneten Sommer war die Ernte in den ostfriesischen Regionen ungewöhnlich mager ausgefallen. Je länger der strenge Winter anhielt, desto hoffnungsloser wurde ihr Unterfangen. Ganz egal, wohin sie auch gingen, fast überall waren die Vorräte so sehr zusammengeschrumpft, dass man froh und dankbar sein konnte, sich und die Seinen damit bis zum Frühjahr über die Runden zu bringen. Selbst die großzügigsten Menschen schüttelten bedauernd den Kopf, wenn man an ihre Tür klopfte und um eine milde Gabe bat. Es war zum Verzweifeln.

In der Ferne nun zeigte sich der fünfte Hof. Majestätisch lag er inmitten winterstarrer Felder, über denen der Wind feinste Eiskristalle aufwirbelte, die sich zu Schleiern vereinigten und wie sich windende Schlangen davonstoben.

Leider näherten sich Fine und Talea gerade aus südwestlicher Richtung dem Anwesen, sodass ihnen die Wolken aus Eiskristallen stechend wie tausende kleine Nadeln ins Gesicht schlugen.

Fine wimmerte auf. Sie war ein starkes und mutiges Kind, hier aber geriet sie an ihre Grenzen. Selbst ihre beengte, klamme Lehmhütte kam ihr angesichts dieser Hölle aus Eis vor wie das Paradies. Denn dort gab es wenigstens die Butze, die sie sich mit ihren Geschwistern teilte, und in der sie sich des Nachts gegenseitig wärmten.

Der inzwischen vierzehnjährige Ommo und die elfjährige Leefke hatten sich im letzten Jahr bei unterschiedlichen Bauern verdingt, was nach den Gerüchten um ihren ältesten Bruder Teelko gar nicht so einfach gewesen war. Viele Bauern hatten sich geweigert, Kinder aus einem *Mörderhaushalt* zu beschäftigen, und bangten angeblich nicht nur um ihr Hab und Gut, sondern auch um ihr Leben. Aber letztlich hatten dann doch zwei Bauern Erbarmen gezeigt, sodass die beiden, wie auch Enna, nun nicht mehr zu Hause lebten. Blieben nur Nomke, Jelto und sie.

»Schau, Fine, wir sind gleich da«, hörte sie ihre Mutter durch den pfeifenden Wind sagen. Talea hatte sich zu ihr hinabgebeugt und zog ihr das grobe Tuch aus Leinen noch ein wenig fester um den Kopf. Mutters von der Kälte gerötetes Gesicht war ganz nahe an dem ihren, und Fine sah nun deutlich die tiefen Furchen, die sich nach dem Tod von Teelko in ihr Gesicht gegraben hatten, und die keine Macht der Welt jemals wieder würde glätten können.

Fine selbst konnte sich an ihren ältesten Bruder kaum noch erinnern. Von ihm geblieben war lediglich ein dunkler Schatten, der seit mehr als drei Jahren wie eine bleischwere Last über ihrer Familie lag.

Inzwischen waren Talea und Fine an dem Gutshof angekommen, und die Kleine fror so erbärmlich wie nie zuvor in ihrem Leben. Ihre Zähne klapperten zwischen ihren blau angelaufenen Lippen. Doch so sehr sie sich auch anstrengte, dies zu unterbinden, so gelang es ihr doch nicht. Überhaupt zitterte ihr magerer Körper beinahe so schnell, wie Insekten mit ihren Flügeln flatterten.

Sie kniff die Augen zusammen, um sie vor den herumwirbelnden Eiskristallen zu schützen, legte ihren Kopf in den Nacken und schaute an der Fassade des wuchtigen Gebäudes hinauf. Sie fragte sich, wie es hinter den Fenstern aus Glas wohl aussehen mochte. Vater hatte ihr mal erzählt, dass es in solch einem Gebäude manchmal mehr als zehn Zimmer gab. Mehr als zehn Zimmer, das stelle man sich mal vor!

Fine hatte gelacht, als er es erzählte, weil sie meinte, er mache einen Scherz. Mutter aber hatte ihm zugestimmt. Und dann musste es ja wohl richtig sein. Denn Mutter machte keine Scherze mehr. Nicht seit jenem furchtbaren Tag.

Auf dem Hof herrschte eine Grabesstille. Kein Laut war zu hören, außer dem schrillen Pfeifen des Windes, der die Giebelwand entlangstob. Talea schob Fine um die Hausecke herum, und dankbar registrierte das Mädchen, dass es hier beinahe windstill war. Zwar fraß sich die Kälte auch jetzt noch durch jede Ritze ihrer zumeist fadenscheinigen Kleidung, aber wenigstens ließ prompt das Zittern ihres Körpers ein klein wenig nach.

»Pssst, wir müssen leise sein«, raunte Talea ihr zu und legte dabei ihren blaugefrorenen Zeigefinger vor den Mund. »Man weiß nie, wer oder was einem auf solch einem Hof begegnet. Manchmal gibt es Hunde, die ...«

Sie brach mitten im Satz ab und fuhr erschrocken zusammen, als sich wie auf ihr Geheiß hin das wütende Gebell eines offensichtlich größeren Hundes vernehmen ließ. Auch Fine riss entsetzt die Augen auf, als nun ein riesiges schwarzes Tier mit gefletschten Zähnen auf sie zugeschossen kam. Mutter warnte sie auf jedem Hof vor den Hunden, auch war ihnen schon häufig mit ihnen gedroht worden. Aber noch nie war es passiert, dass tatsächlich einer auf sie zugerast kam. Er musste ihre Witterung aufgenommen haben.

Ängstlich kauerte sich Fine in die Arme ihrer Mutter, die sie nun fest umschlungen hielt und dabei nach einem Fluchtweg Ausschau hielt.

»Rasch, auf den Baum!«, zischte Talea ihr zu, sprang auf, nahm Fine bei der Hand und schickte sich an, einen Spurt in Richtung einer verkrüppelt aussehenden Eiche zu machen, deren kahle, sich schwarz gegen den trüben Himmel abhebenden Äste alles andere als vertrauenswürdig aussahen.

Dann aber geschah ein Wunder. Kaum, dass der Hund sich ihnen auf wenige Meter genähert hatte, blieb er plötzlich abrupt stehen, hob seine Nase schnüffelnd in die Luft – und kam dann schwanzwedelnd und freudig kläffend auf sie zu.

Fine blickte verunsichert zu ihrer Mutter auf, die genauso abrupt stehengeblieben war wie der Hund und diesen ebenso misstrauisch wie verwundert musterte.

»Das kann doch nicht wahr sein«, murmelte Talea, als sich das Tier nun freudig erregt näherte und Fine mehrmals durch das Gesicht schleckte. Und als hätte er verstanden, dass das Kind fror, zog er es jetzt am Ärmel mit sich fort, bis sie alle drei vor einer in die Giebelseite des Stallgebäudes eingelassenen und nur einen Spaltbreit geöffneten Tür standen.

Nun war es an Fine, schnüffelnd die Nase zu heben. Wie herrlich es aus der Tür heraus roch! Nach Heu, nach Tieren und nach – Wärme. »Bitte, Mudder, dürfen wir da reingehen?«, fragte sie mit dünner Stimme. »Mir ist so furchtbar kalt, und da drinnen ist es bestimmt herrlich warm.«

Noch ehe ihre Mutter antwortete, verschwand der Hund durch den Spalt und Fine folgte ihm. »Na gut«, hörte sie Talea sagen, »wenn jemand zu Hause wäre, hätten sie sich vermutlich schon blicken lassen, so laut und wütend, wie der Hund gebellt hat. Da aber niemand gekommen ist …«

Der Hund ging ihnen voraus, immer den Mittelgang zwischen den Kühen nutzend, die beidseitig des Stalls in ihren Boxen standen und die kleine Prozession wiederkäuend neugierig musterten.

»Mudder, guck mal, hier haben sogar die Tiere genug zu essen«, stellte Fine mit noch immer vor Kälte zitternder

Stimme fest und blickte sich ehrfürchtig in dem riesigen Stall um. Noch nie hatte sie ein so großes Gebäude betreten. Oder?

Plötzlich, beim Anblick eines in der Ecke stehenden Pfluges und anderer landwirtschaftlicher Geräte, meinte sie, das alles schon einmal gesehen zu haben. Es schon gespürt zu haben. Tief in ihrem Innern. Ja, sie meinte sogar, den Geruch des Heus in den Futtertrögen schon mal gerochen zu haben, der sich mischte mit den Ausdünstungen der Tiere und ihren Exkrementen. Sie glaubte, selbst die Geräuschkulisse zu kennen, die sich unweigerlich ergab, wenn so viele Tiere beisammenstanden.

Und das, obwohl sie doch noch nie in ihrem Leben einen Stall mit Kühen betreten hatte.

»Mudder, ich glaube, ich war schon mal hier«, hauchte sie kaum hörbar, während der Hund sich in einem Haufen mit Heu niederlegte und sie hechelnd und mit den Pfoten tapsend aufforderte, es ihm gleich zu tun. »Alles ist so ... ich kenne das alles, ganz gewiss.« Sie umschlang den Hund mit den Armen und drückte ihr Gesicht in sein weiches Fell. »Und ihn kenne ich auch«, seufzte sie zufrieden.

Erst als Fine eine ganze Weile später wieder aufblickte, bemerkte sie den ungläubigen Gesichtsausdruck ihrer Mutter, die einfach nur dasaß und sie aus ungewöhnlich großen Augen anstarrte.

23

»Psssst!«

Was war das? War da nicht ein Geräusch gewesen? Ach was! Talea drehte sich mit geschlossenen Augen auf die Seite und lächelte im Halbschlaf. Sie wollte nicht aufwachen. Sie wollte in dieser Welt bleiben, in der es so gut duftete und in der es so schön warm war, dass es sich wohl um das Paradies handeln musste. Schlaftrunken kauerte sie sich an Fine, die ebenfalls tief und fest schlief, ihr Gesicht in das Fell des Hundes gepresst.

»Psssst! Hey, was macht ihr hier? Wenn der Bauer euch hier findet, seid ihr verloren!«

Es brauchte einen Moment, bis Talea begriff, dass sie sich keineswegs im Paradies aufhielt, sondern ... Langsam dämmerte ihr, wo sie sich befanden. Sie waren auf diesem Bauernhof! Sie waren in den Stall eingedrungen! Aber warum waren sie nicht längst wieder auf dem Weg nach Hause? Nur ganz kurz hatte sie die Augen schließen wollen, nur ganz kurz. Eingehüllt von der ungewohnten Wärme war ihr Körper plötzlich so schwer geworden wie Blei, und sie hatte sich für einen kurzen Moment neben Fine ins Heu sinken lassen. Nur für einen kurzen Moment.

»Wer seid ihr?«

Talea hob erschrocken ihren Blick. Dann hatte sie sich also doch nicht eingebildet, dass jemand mit ihr sprach. Als sie nun in die blauen Augen eines strohblonden, vielleicht siebzehnjährigen Jungen sah, sprang sie rasch auf die Beine und hob abwehrend die Hände. »Bitte entschuldige, wir wollten nicht … es war nur … wir gehen sofort!« Sie blickte sich hektisch um, weil sie befürchtete, dass der Junge womöglich nicht alleine war. »Bitte verrate uns nicht!«, zischte sie ihm mit Panik in der Stimme zu, als sie niemand anderen erblickte. »Wir haben nichts getan. Bitte!«

Der Junge, vermutlich ein Knecht hier auf dem Hof, machte eine beschwichtigende Bewegung, doch auch in seinen Augen erkannte Talea eine gewisse Unsicherheit. Wenn man ihn hier im Gespräch mit Lumpenpack erwischte, dann würde er vermutlich mit Schimpf und Schande vom Hof gejagt. »Ist gerade keiner da«, sagte er. »Aber wir erwarten den Bauern und seine Familie jeden Moment zurück. Ihr solltet dann weg sein, sonst gibt's bannig Ärger.«

Talea nickte verstehend. »Fine!« Sie beugte sich über ihre immer noch schlafende Tochter und rüttelte sie an der Schulter. »Fine, rasch, wach auf! Wir müssen hier weg! Rasch, beeil dich!«

Das Mädchen knurrte nur unwillig und grub sein Gesicht noch tiefer in das Fell des Hundes hinein.

»Das versteh mal einer«, stellte der Knecht fest und kratzte sich verwundert unter seiner Mütze am Kopf. »Der Köter ist scharf, stürzt sich normalerweise auf jeden, der hier nicht hingehört. Muss sie wohl kennen, die Lütte, oder was?« Er sah Talea fragend an.

Talea wurde ganz flau im Magen. Der Junge hatte recht: Es gab keine andere Möglichkeit, als dass das Tier ihre Fine erkannt hatte. Sie wusste, dass Hunde die zu ihnen gehörigen Menschen auch dann wiedererkannten, wenn sie sie jahrelang nicht gesehen hatten. Doch wie war das in diesem Fall möglich?

»Sie … nein … sie kennen sich nicht«, stammelte sie, während sie sich ein paar Heufäden aus den Haaren zog. »Fine war ganz sicher noch nie hier. Sie … es muss … was anderes sein.«

Gab es das nicht auch bei Menschen, dachte sie, dass man glaubt, jemanden schon lange zu kennen, auch wenn man ihn ganz gewiss noch nie zuvor gesehen hat? So musste es auch bei Fine und dem Hund sein.

»Fine! Fine, nun komm, bevor wir noch Ärger kriegen!«, startete sie einen neuen Versuch, ihre Tochter zu wecken – mit dem Ergebnis, dass nun der Hund seinen Kopf hob und sie drohend anknurrte.

»Muss aber so sein, dass der sie kennt«, nickte der Knecht entschieden. »Geht gar nicht anners. Kenn den doch, der würd keinen nicht in 'n Stall lassen, den er nicht kennt.«

Talea sah sich im Stall um, von dem Fine gemeint hatte, sie sei schon mal hier gewesen. Und wenn sie ehrlich zu sich selber war, dann wusste sie, dass es nicht ausgeschlossen war. Schließlich wusste bis zu diesem Zeitpunkt niemand, woher das Kind kam. Niemand wusste, wer sie im Moor ausgesetzt hatte und warum. Ganz gewiss war Fine kein armes Kind gewesen. Sie hatte gute Kleidung getragen, als Wübbo sie fand, und dann war da ja auch noch dieser Tornister …

Talea strauchelte, weil ihr plötzlich schwindlig wurde. Konnte es sein, dass …?

»Alles in Ordnung?«, fragte der Knecht besorgt und griff sie instinktiv unter dem Arm, um sie am Fallen zu hindern.

»Ja, ja, alles gut.« Talea kniff ein paarmal die Augen zusammen, in denen es jetzt seltsam blitzte. »Es ist nur … wir haben lange nix gegessen.« Sie rieb sich den leeren

Bauch, der daraufhin prompt anfing zu knurren. »Entschuldige«, murmelte sie betreten.

»Ist wirklich besser, ihr geht jetzt.« Der Knecht sah sie beschwörend an.

Talea schluckte schwer. Sie musste allen Mut zusammennehmen, bevor sie fragte: »Wie heißt der Bauer, dem dieser Hof gehört?«

»Altinga. Hermannus Altinga«, antwortete der Knecht. Doch schon im nächsten Moment riss er erschrocken die Augen auf, als Talea die Augen verdrehte und schließlich ohnmächtig neben ihrer Tochter zu Boden sank. Diesmal hatte auch sein kräftiger Griff sie nicht halten können.

»Mudder?« Fine war mit einem Schlag hellwach. »Mudder? Was ist mit dir?« Nun war es sie, die ihre Mutter an der Schulter rüttelte, während der Hund sie interessiert beschnupperte. Sie atmete erleichtert auf, als Talea wenig später unter halbgeschlossenen Lidern hervorblinzelte und mehr hauchte als sagte: »Es geht schon. Ist alles gut, Fine.«

»Hab ihr nur gesacht, wo sie hier ist«, sagte der Knecht betreten. »Kein Grund, mein ich, gleich umzukippen.«

Irritiert blickte Fine zu dem Knecht auf, dessen Anwesenheit sie erst jetzt bemerkte. »Wer bist du? Und warum guckst du so komisch?«, fragte sie.

Tatsächlich musterte der junge Mann sie nun mit einem äußerst seltsamen Ausdruck in den Augen. Auf ihre Frage jedoch antwortete er nicht.

»Komm, Fine, wir müssen jetzt gehen.« Auch Talea war der seltsame Blick nicht entgangen, als sie wenig später wieder bei vollem Bewusstsein war. »Und nun beeil dich, dass der Bauer uns hier nicht findet!« *Altinga*, hämmerte es in ihrem Hirn, *Altinga, Altinga, Altinga*! Konnte das Schicksal wirklich so grausam sein und sie ausgerechnet auf den Hof desjenigen Halunken führen, der ihren Teelko auf dem Gewissen hatte? Hätte sie auch nur die Spur einer Ahnung gehabt, dass dies der Gulfhof der Altingas war, sie hätte einen großen Bogen um ihn gemacht. Aber sie kannte die Marschbauern nicht beim Namen, wusste nicht, zu wem welcher Hof gehörte. Sie bettelte doch nur um ein wenig Brot, und dafür brauchte man keine Namen.

»Warum starrst du mein Kind so an?«, fauchte sie nun in Richtung Knecht, hob dann jedoch sofort beschwichtigend die Hände. »Entschuldige, ich ...« Sehr zum Missfallen des Hundes ergriff sie nun den Arm ihrer Tochter und zerrte sie in Richtung Stalltor. »Danke, dass du uns nicht verraten hast«, murmelte sie, bevor sie die in das Tor eingelassene Tür aufschob und hinaus in die klirrende Kälte trat. Mit Erschrecken stellte sie fest, dass es bereits dämmerte. Sie würden sich ein Lager für die Nacht suchen müssen. Aber wo? Blieben sie draußen, würden sie unweigerlich erfrieren.

Der Knecht, der seine Augen anscheinend nach wie vor nur mit Mühe von Fine abwenden konnte, musste ihren verzweifelten Blick bemerkt haben, denn er kniff nun die Lippen zusammen, vergewisserte sich schnell, dass auf dem Hof noch alles ruhig war, und sagte dann: »Kommt mit, ich kenn da eine kleine Scheune mit Heu. Sie gehört Freunden. Sind gute Menschen. Sie werden euch nix tun, auch wenn sie euch dort finden. Ist nicht weit von hier. Da könnt ihr über Nacht bleiben.«

»Wirklich?« Talea hätte den jungen Mann am liebsten umarmt.

»Hier draußen erfriert ihr«, stellte der Knecht treffend fest. Er warf einen Blick über die Schulter, überlegte kurz und rannte dann plötzlich los in Richtung Wohnhaus.

»Seht zu, dass euch keiner sieht. Ich bin gleich zurück«, rief er ihnen mit gesenkter Stimme zu.

Es dauerte nur kurze Zeit, bis der junge Mann erneut neben ihnen stand, diesmal mit einem Bündel aus Leinen in der Hand. Er drückte es Talea nach einem weiteren langen und unergründlichen Blick auf Fine mit den Worten in den Arm: »Wenn der Bauer davon erfährt, dann schlägt er mich tot. Dann schlägt er uns alle tot.«

»Ich weiß«, murmelte Talea. *So wie er meinen Teelko totgeschlagen hat*, fügte sie in Gedanken hinzu. Ihr stockte der Atem, als ihr nun aus dem Bündel der verführerische Geruch von Fleisch und frischem Brot in die Nase gestiegen war. Prompt zog sich ihr leerer Magen schmerzhaft zusammen, und auch Fine leckte sich bereits die Lippen.

»Möge Gott dich stets beschützen«, sagte Talea mit bebender Stimme. Doch der Knecht winkte ab, hielt den jetzt bellenden Hund fest und trieb sie zum Laufen an, als nicht weit von ihnen das Geräusch einer sich auf dem Kies nähernden Kutsche erklang. »Es ist nicht weit«, sagte er und deutete auf einen vereisten Feldweg, der vom Stall wegführte. »Ihr könnt den Schober nicht verfehlen. Ist der einzige aufm Pfad. Geht jetzt, bevor noch ein Unglück geschieht.«

24

»Du sprichst Unsinn, Weib! Wie soll Fine denn wohl das Kind vom Bauern sein!« Wübbo schaute seine Frau verärgert an. Den ganzen Nachmittag schon versuchte er, Talea von der fixen Idee abzubekommen, dass sie nach vier Jahren das frühere Zuhause ihres Findelkindes gefunden habe. Auf gar keinen Fall sollte sie in diesen alten Wunden herumstochern oder gar auf die Idee kommen, das Kind noch einmal zu den Altingas zu bringen, um sich Klarheit über ihre Vermutung zu verschaffen.

»Aber wenn doch der Hund sie erkannt hat! Und der Knecht, der hat sie so komisch angeguckt«, startete Talea wild mit den Händen wedelnd einen erneuten Versuch. »Und Teelko ... du warst nicht dabei, damals ... aber als Teelko unsere Fine zum ersten Mal gesehen hat, da ...«

Wübbo schnitt ihr mit einer Geste das Wort ab. »Nun gib schon Ruhe, Weib! Fine ist unser Kind und damit basta!«

»Aber ich kann doch einer Mudder nicht einfach das Kind wegnehmen!« Taleas Stimme überschlug sich beinahe vor Verzweiflung. »Wenn ich doch weiß, woher das Kind stammt, dann muss ich es doch zurückgeben. Diese Trauer, Wübbo! Denk doch mal, was diese arme Frau ...!«

»Ich hab gesagt, du sollst den Mund halten!« Wübbo hob den Arm und deutete eine Ohrfeige an, doch noch konnte er sich zurückhalten und sagte: »Was, wenn die Nachbarn uns hören? Willst du das vielleicht, dass die Nachbarn uns hören und dann zum Gendarm rennen?«

Sie standen sich in ihrer Lehmhütte gegenüber, die Kinder waren erneut zum Betteln aufgebrochen, diesmal jedoch nicht zu den Marschbauern, denn das hatte ihnen ihr Vater angesichts der Umstände verboten.

Talea hatte ihrem Mann zunächst eigentlich gar nicht erzählen wollen, in welch missliche Situation sie und Fine geraten waren. Sie seien von der Dunkelheit überrascht worden und außerdem habe Fine vor Müdigkeit nicht mehr weitergekonnt, hatte sie behauptet, als Wübbo sie zu dem Grund ihres nächtlichen Fortbleibens befragte. Natürlich hatten er und die beiden anderen Kinder sich Sorgen gemacht, als sie am Abend nicht nach Hause kamen, und in seinen Augen spiegelten sich Wut und Erleichterung zugleich, als sie am nächsten Tag wohlbehalten wieder vor der Tür standen. Zunächst hatte Talea geschwiegen, aber er merkte ihr an, dass irgendetwas nicht stimmte, dass sie in Gedanken woanders war, dass sie grübelte. Und er hatte sie so lange bearbeitet, bis sie mit der Sprache herausrückte.

»Aber warum sollten sie denn den Gendarm schicken?«, fragte Talea nun. »Wir haben doch nichts getan!«

»Vermutlich ist er auch für das Verschwinden der kleinen Anni verantwortlich, dem Töchterlein einer unserer Küchenhilfen.« Wübbo versuchte diesen, ihn seit Jahren quälenden Gedanken sofort aus seinem Hirn zu vertreiben, sobald er sich in den Vordergrund schob, aber es gelang ihm nicht. Doch wie auch immer, auf gar keinen Fall sollte Talea wissen, dass es tatsächlich ein Mädchen gab, das zu der Zeit, als sie Fine fanden, vom Hof der Altingas verschwand. Er hatte ihr all die Jahre nie davon berichtet, und so sollte es auch bleiben. Denn dann würde sie erst recht nervös werden und womöglich sogar die Mutter des Kindes, dieses Küchenmädchen aufsuchen, um zu erfah-

ren, was es mit dem Verschwinden der kleinen Anni auf sich hatte.

Dass es sich bei Fine um die Tochter der Altingas handeln sollte, hielt er hingegen für ausgemachten Blödsinn. Schließlich war das Mädchen bei einem Feuer ums Leben gekommen. Es hatte ein Grab, direkt neben seinem angeblich von Teelko getöteten Vater, wie ihm vor langer Zeit erzählt worden war. Wie also sollte es möglich sein, dass es plötzlich im Moor herumstand? Das würde ja an ein biblisches Wunder grenzen. Aber bei ihnen im Moor gab es keine Wunder. Nur unendliches Leid.

»Wübbo, hörst du nicht?«, meldete sich Talea erneut ungeduldig zu Wort. »Ich will wissen, warum die uns dann den Gendarm schicken.«

»Weil sie annehmen werden, dass wir Fine entführt haben«, antwortete er und fuhr sich müde mit seiner schwieligen Hand über das Gesicht. Das alles hier strengte ihn und seinen verkrüppelten Körper über die Maßen an. Konnte Talea ihn denn nicht einfach mit den alten Geschichten in Ruhe lassen? Er war die ständigen Anstrengungen so leid.

»Entführt?« Talea sah ihren Mann entsetzt an. »Aber warum denn entführt? Wir haben sie doch gefunden, wir …« Sie verstummte und zuckte zusammen.

»Was ist?«, fragte Wübbo stirnrunzelnd.

»Nichts. Es ist nichts«, erwiderte Talea ein bisschen zu schnell.

»Du hast doch was.«

»Nein. Nein, du hast recht. Reichen Leuten kann man nicht trauen.«

Wübbo hatte keine Ahnung, woher das plötzliche Umdenken seiner Frau kam, aber er grunzte zufrieden. »Wäre gut, du würdest jetzt ein paar Buchweizenfladen backen«, wechselte er rasch das Thema. »Bestimmt kommen die Kinner gleich zurück und haben Hunger. So Gott will, haben sie ja sogar ’n Stück Speck dabei.«

Sie musste sich jemandem anvertrauen, sonst wurde sie noch verrückt.

Als Wübbo – abgefüllt mit selbstgebranntem Schnaps gegen seine ihn gerade nachts plagenden Schmerzen – und die Kinder an diesem Abend tief schlafend in ihren Butzen lagen, nutzte Talea den Schutz der Dunkelheit, um sich zum Haus der alten Nomdina zu schleichen. Es war kaum anzunehmen, dass sie auf dem Weg zu der Buckligen jemandem begegnete, denn im Moor tobte ein Schneesturm, wie sie ihn schon seit Jahren nicht mehr erlebt hatten. Kein Mensch würde bei diesem Wetter freiwillig seine Behausung verlassen.

Sie wusste nicht einmal zu sagen, warum sie fürchtete, von irgendwem gesehen zu werden. Vermutlich lag es daran, dass sie schwer an einem Geheimnis trug, von dem sie glaubte, dass man es durchschauen würde, sobald man ihr ins Gesicht sah. Denn noch nie war sie gut darin gewesen, Geheimnisse für sich zu behalten, und noch weniger darin, andere Menschen zu belügen.

Würde sie diese beiden Dinge, die Geheimhaltung und das Lügen, besser beherrschen, dann wäre sie nicht hier. Denn dann hätte sie das Wissen um ihre erste Schwangerschaft für sich behalten und das getan, was eine Freundin ihr damals geraten hatte: Zu einer Kräuterfrau zu gehen und ihr Kind wegmachen zu lassen. Niemals hätte jemand von der Schwangerschaft erfahren und wer weiß, vielleicht hätte sie ja dann den Sohn des reichen Tuchhändlers aus Aurich geheiratet, der damals ein Auge auf sie geworfen hatte.

Doch kam es anders und sie heiratete nicht den Sohn des Tuchhändlers, sondern Wübbo. Und sie bekam das Kind, das sie nicht hatte haben wollen. Teelko.

Talea spürte eine eisige Hand ihr Herz umklammern, als ihr aufging, dass es er gewesen wäre, den die Kräuterhexe weggemacht hätte. Einfach so weggemacht. Ihren kleinen Jungen. Sie hätte ihn nie in ihren Armen gehalten, genau wie ihre anderen Kinder. Dieser furchtbare Gedanke ließ sie frösteln. Wie nur konnte sie ihr Glück bedauern, diese wundervollen Kinder von Gott geschenkt bekommen zu haben!?

Hatte sie womöglich Teelko und ihre anderen vier Kinder wieder hergeben müssen, weil sie sich mit ihrer Undankbarkeit gegen Gott versündigt hatte? Ja, ganz gewiss war nur sie selbst schuld daran, dass sie dieses Leid hatte erfahren müssen. Denn wer sich gegen Gott versündigte, bekam seine verdiente Strafe. Und keiner war schuld daran außer ihr selbst.

Sie entschuldigte sich gedanklich bei Wübbo, dem sie immer unterstellt hatte, seine Kinder nicht genug zu lieben. Doch da hatte sie sich wohl getäuscht. Wie ein Besessener versuchte er nach wie vor herauszufinden, was damals, als Teelko den Tod fand, tatsächlich geschehen war. Doch je weiter Wübbo in seinem Unterfangen voranschritt, auf desto mehr Mauern stieß er. Mauern aus Lehm und Backsteinen und Mauern des Schweigens.

»Lass doch nun mal gut sein«, hatte ihm sein Freund Siebo eines Tages wohlmeinend gesagt, »das macht deinen Jungen auch nicht mehr lebendig, dass du nun dauernd nach seinem Mörder suchst.«

Aber Wübbo gab nicht auf. Bis zum heutigen Tag nicht. Und vermutlich nicht bis zu seinem Tod. Er konnte die allenthalben gestreute Behauptung, sein Sohn habe den

Bauern Altinga getötet und der Bäuerin in seiner Unverfrorenheit dann auch noch kostbaren Schmuck geklaut, nicht als Wahrheit akzeptieren. Aber alles Klagen und alle Mühen halfen nichts. Die Umstände von Teelkos letzten Tagen und Stunden auf Erden blieben im Dunkeln.

»Man hat uns das Herz aus dem Leib gerissen«, sagte Wübbo immer. »Da kann ich nicht einfach drüber weggehen, als wär nix gewesen. Mein Sohn ist kein Mörder und kein Dieb nicht. Und wenn mir einer kommt und das behauptet, dann kriegt der ’n paar gelangt. So einfach ist das.«

So einfach und doch so schwer. Auch für die Kinder. War Wübbo früher ein eher desinteressierter Vater gewesen, so hütete er seine Kinder heute wie seinen Augapfel. Über jeden Schritt, den sie taten, wollte er informiert sein, und kam eines von ihnen am Abend mal etwas später nach Hause als erwartet, so setzte es eine Ohrfeige. Eine wohlmeinende Ohrfeige, wie er stets betonte.

Auch nahm er im Gegensatz zu früher seine Kinder heute öfter mal auf den Schoß und scherzte sogar mit ihnen. Und ihm hatten unverkennbar Tränen in den Augen gestanden, als Ommo und Leefke ihr Zuhause verließen. »Dass ihr immer schön auf das hört, was der Bauer euch sagt«, hatte er ihnen mahnend mit auf den Weg gegeben, »und dass ihr euch vor allem benehmt. Nicht noch einmal will ich das erleben, was …«

Diesen Satz hatte er nicht zu Ende gebracht, sondern nur fest die Lippen zusammengepresst. Nein, auch er würde den ebenso brutalen wie ungeklärten Tod seines Ältesten niemals verwinden, genauso wie sie.

Vorsichtig klopfte Talea an Nomdinas Tür, doch nichts geschah. Sie klopfte lauter. Aus den verglasten Fenstern des kleinen Backsteinhauses heraus leuchtete das warme

Licht brennender Öllampen, also musste die Bucklige zu Hause sein. Vermutlich hatte sie das Klopfen aufgrund des über die winterstarren Flächen pfeifenden Sturms nicht vernommen.

Nach dem dritten Klopfen öffnete Nomdina die Tür und schaute Talea erstaunt an.

»Was machst denn du hier bei dem Schietwetter?«, fragte sie. »Ist was passiert?«

»Nein.« Talea schüttelte den Kopf, wobei der Schnee nur so von ihrem Leinentuch stob, das sie sich mehrfach um den Kopf geschlungen hatte.

»Na, denn komm mal rein.« Nomdina hielt ihr die Tür auf und schloss sie rasch wieder, als der Sturm nun eine Schneewehe zu ihnen in die Hütte blies. »Brauchst wohl wieder die Kräuter«, stellte sie fest, als Talea sich aus ihrem für die Eiseskälte viel zu dünnen Umhang pellte.

»Nein. Es ist ... was anneres.«

»Na, denn mach ich uns wohl erstmal 'n Tee. Büscha ganz verklömt[15].«

Talea nickte und hielt die steifgefrorenen Finger über die Flamme der Feuerstelle, die eine behagliche Wärme ausstrahlte. Trotz des unwirtlichen Winterwetters, das ihre kleine Lehmhütte nie richtig warm werden ließ, war sie sich sicher, dass die ihren Körper in den Klauen haltende Kälte von innen kam. Seit sie auf dem Hof der Altingas gewesen war, fühlte sie sich wie von einer Welle aus Eis durchströmt. Es konnte einfach nicht richtig sein, wenn sie so taten, als wäre nichts geschehen. Noch viel weniger konnte es richtig sein, einer Mutter das Kind vorzuenthalten, obwohl man sicher sein konnte, dass sie an der Trauer zerbrach.

---

[15] durchgefroren

Ja, ein Kind gehörte zu seiner Mutter, auch wenn es Wübbo und ihr das Herz brechen würde, Fine wieder hergeben zu müssen. Aber Talea wusste auch, dass sie niemals mit dem Wissen würde leben können, dass sie eine Mutter weiterhin in dem Glauben ließ, ihr Kind sei tot, obwohl es so gesund, wie es ein Kind im Moor sein konnte, über Gottes Erde wandelte. Sie wusste, dass sie bis zum Ende ihrer Tage in dieser inneren Kälte gefangen sein und niemals wieder Wärme spüren würde, wenn sie nicht dafür sorgte, dass ihr Gewissen wieder ein reines war.

Nomdina stellte eine Kanne mit herrlich duftendem Tee und zwei Tassen auf den Tisch. Dazu stellte sie ein paar dicke Scheiben Brot und einen Tontopf mit Schmalz. Ohne Talea zu fragen, begann sie, eine der Brotscheiben mit der fettigen Masse zu beschmieren, dann hielt sie sie Talea hin. »Iss!«, sagte sie nur, doch ihr Tonfall machte deutlich, dass sie keinen Widerspruch duldete. »So, und nun erzählst du mir, was dich bedrückt«, meinte sie, als Talea das Brot in heißhungrigen Bissen verschlungen hatte und mit ihren bläulich verfärbten, von harter Arbeit gezeichneten Fingern nach dem wärmenden Tee griff.

Talea wusste nicht so recht, wo sie beginnen sollte, also wühlte sie in den Taschen ihrer Schürze, zog ein winzig kleines Leinenbündel hervor und reichte es der alten Frau.

»Was ist das?« Nomdina kniff die Augen zusammen und musterte das Bündel. »Ist da was drin?«

»Ja.«

»Dann pack das aus.« Die Bucklige hob ihre geschwollenen Hände. »Weiß doch, dass ich das nicht kann.«

Talea nickte, zog das verknäulte Bündel wieder zu sich heran, fingerte ein wenig daran herum und legte schließlich den Smaragdring direkt vor Nomdinas Tasse. Die Alte betrachtete ihn, ohne ihn zu berühren. Dann gab sie ein grunzendes Geräusch von sich, sagte aber nichts, sondern sah Talea, offensichtlich auf eine Erklärung wartend, nur aus schmalen Augen an.

Talea räusperte sich und nahm noch einen Schluck von ihrem Tee, bevor sie zu reden begann. Zunächst kamen die Worte nur zögerlich aus ihr heraus, immer wieder verhaspelte sie sich oder verlor den Zusammenhang. Nach einem weiteren Schluck des herrlich heißen Tees aber fand sie plötzlich ihre Sicherheit wieder, und all das, was sie zu sagen hatte, sprudelte nur so aus ihr heraus.

Sie erzählte von dem Ring, und wie sie ihn beim sterbenden Teelko fand. Dabei ließ sie nicht unerwähnt, dass Wübbo nach wie vor keine Ahnung von seiner Existenz habe. Und sie erzählte von ihren Erlebnissen beim Bauern Altinga und von ihrem Verdacht, dass es sich bei ihrem Findelkind Fine um das Kind der Altingas handele, das angeblich kurz vor dem Tod seines Vaters ums Leben kam.

Als sie schließlich, das Gesicht von wahren Tränenbächen überströmt, mit ihrem Bericht endete, herrschte für eine ganze Weile Schweigen in dem kleinen Haus. Zu hören war nichts außer dem Knistern der Flammen und dem nach wie vor tobenden Sturm.

Als Nomdina auch nach einer gefühlten Ewigkeit nichts sagte, stieß Talea mit tränenerstickter Stimme hervor: »Ich habe solch eine Angst, dass ich Fine wieder hergeben muss. Alleine der Gedanke daran, sie würde nicht mehr zu uns gehören, zerreißt mir das Herz.« Wie um himmlische Gnade bittend, warf sie die Arme in die Luft und ließ sie dann wieder fallen, als wären sie ihr plötzlich zu schwer geworden. »Aber es geht doch nicht anders«, wimmerte sie, »es geht doch nicht anders! Ich kann doch einer Mudder nicht ihr Kind nehmen!«

Da Nomdina immer noch keinerlei Regung zeigte,

nahm sie den Smaragdring in die Hand, beugte sich über den Tisch und fuchtelte mit ihm direkt vor der Nase der alten Frau herum. »Dieser Ring hier, Nomdina, der hat was mit Fine zu tun, da bin ich mir ganz sicher. Wübbo sagt, dass Fine nicht das Kind vom Bauern sein kann, weil es tot ist. Aber ich glaub da ganz fest dran. Warum wohl sonst trug das Kind so gute Kleidung, als sie bei uns ankam? Und dann der Tornister mit dem ganzen Essen drin. Und außerdem ...« Sie hörte nicht auf, den Ring hin und her zu drehen. »Ich glaub ja, dass Teelko das gewusst hat, und dass er nur deswegen bei dem Bauern war, um ihm zu sagen, dass sein Kind noch lebt. Und dafür haben sie ihn totgeprügelt, Nomdina, dafür haben sie meinen Jungen einfach totgeprügelt!«

»Ist alles möglich«, meinte Nomdina seufzend, ohne jedoch die geringste Spur von Erstaunen oder Aufregung in der Stimme. »Aber es ist auch egal.«

»Was?« Talea glaubte, sich verhört zu haben.

»Ist alles egal«, wiederholte Nomdina. »Was auch immer damals passiert ist, dein Junge wird nicht wieder lebendig. Also lass ihn ruhen. Ich hab dir gesagt, dass er kein Mörder und kein Dieb nicht is, und dabei bleib ich auch. Und machen gegen die da oben kann man sowieso nix. Hast ja damals gesehen, wie sie deinen Wübbo fast totgeprügelt haben, und keinen hat's interessiert.«

»Aber es geht doch um Fine«, wandte Talea verzagt ein. Wollte die alte Frau sie denn nicht verstehen? »Es geht doch um Fine.«

»Ich sag doch, das ist egal. Du musst dir um Fines Mudder keinen Kopp machen«, erwiderte Nomdina.

»Aber ...«

»Es gibt sie nicht mehr«, erstickte die Bucklige Taleas Einwand im Keim.

»Was heißt das, es gibt sie nicht mehr?«, hakte Talea mit belegter Stimme nach. »Ist sie ... tot?«

»Wenn's man so wär«, seufzte Nomdina. »Aber nee, tot isse wohl nicht.«

»Was dann?«

»Es heißt, sie hat all den Kummer nicht ertragen. Es heißt, sie ist verrückt geworden. Man hat sie vom Hof weggebracht in ein Sanatorium, sagt man. Seitdem weiß keiner mehr, was mit ihr ist. Vielleicht ist sie längst tot, das kann sein. Kann aber auch nicht sein.« Nomdina hob den Blick, bevor sie hinzufügte: »Keiner weiß, wo sie ist, nicht mal ihre Familie. Hermannus, was ihr Schwager ist, hat nie was dazu gesagt.«

»Woher weißt du das alles?« Talea sah sie skeptisch an.

»Ach, man hört hier mal dies und da mal das.« Nomdina seufzte erneut. »Lass gut sein, Kind. Besser als bei euch wird es Fine nicht gehen. Lass der Lütten ihr Leben, so wie es ist. Eine bessere Mudder als dich findet sie nicht.«

25

Emden, Sommer 2016

»Sie sehen alle gar nicht so aus, als würden Sie in fremde Häuser eindringen, um dort irgendwelche Zimmer zu durchwühlen und auszuräumen. Zumindest, wenn man von dem ekligen Zeug mal absieht, mit dem Sie sich aus welchem Grund auch immer eingewickelt haben.« Der Kommissar, dessen Namen Hilke Wibben in der Aufregung schon wieder vergessen hatte, rieb sich müde über die Augen, nachdem er sie alle abschätzig gemustert hatte. Das frühe Aufstehen schien nicht unbedingt sein Ding zu sein. Offensichtlich war er alles andere als wach, und womöglich hatte man ihn extra wegen ihnen geweckt. Schlechte Voraussetzungen, um Milde erwarten zu können.

»War wohl spät gestern Abend.« Sontka Heeren schenkte dem Mann ein aufmunterndes Lächeln, während sie vergeblich versuchte, ein paar Spinnfäden vom Ärmel ihrer Bluse zu wischen. »Das kenne ich. Ist kein Spaß, dann am frühen Morgen zur Arbeit zu müssen.«

Der Kommissar schien nicht so recht zu wissen, wie er auf diese etwas übergriffige Bemerkung reagieren sollte. Schließlich entschloss er sich dazu, die Lippen zu kräuseln, die Arme vor seinem Körper zu verschränken und sich in seinem Schreibtischstuhl zurücksinken zu lassen. Hilke konnte nicht umhin, ihn trotz seiner offen zur Schau gestellten schlechten Laune attraktiv zu finden. Er mochte Mitte vierzig sein und war von so athletischer Gestalt, dass selbst sein eigentlich recht locker gestrickter Wollpullover über dem Bizeps spannte. Seine dunklen Haare waren hier und da von grauen Strähnen durchzogen, und Hilke fand, dass er auch von den Gesichtszügen her eine gewisse Ähnlichkeit mit Pierce Brosnan vorzuweisen hatte.

Schade nur, dass er sie nun so missmutig ansah. Es nahm ihm ein gutes Stück seines Charmes.

»Vor allem bei Ihnen scheint es spät geworden zu sein«, reagierte er nun auf Sontkas Bemerkung und blickte sie durchdringend an. Täuschte Hilke sich, oder hatte er ihrer Komplizin gerade sogar kaum merklich zugezwinkert? Sontka jedenfalls zeigte ein breites Grinsen, während Franziskus sein Kinn vorschob und einen Flunsch zog. Also hatte er es auch bemerkt: Der Kommissar und Sontka flirteten miteinander. Na ja, dachte Hilke, wer wusste schon, wofür das gut war. Wichtig war lediglich, dass sie ihn nicht verärgerten.

»Es ist nicht so, wie Sie denken«, erklärte Hilke und lenkte damit die Aufmerksamkeit des Kommissars wieder auf sich.

»Diesen Satz habe ich zum letzten Mal vom Liebhaber meiner Frau gehört.«

Machte er einen Witz? Hilke vermochte es nicht zu sagen. Sein Gesichtsausdruck war finster und unergründlich wie der Kaffee, den er unentwegt in sich hineinschüttete.

»Oh, das tut mir leid«, sagte sie schnell, um dann jedoch zu wiederholen: »Es ist aber wirklich nicht so, wie Sie denken. Wir wollten nichts stehlen. Also nichts von Wert.«

»Aha. Nichts von Wert also. Und worum handelte es sich bei der erwünschten Beute ohne Wert?«

»Um ein Tagebuch.«

»Haben Sie es gefunden?«

»Nein.«

»Und wofür dann der ganze Aufwand?« Er klang, als würde er sich damit meinen.

»Das frag ich mich auch. Vielleicht vergessen wir das alles einfach, was meinen Sie, Herr ... ähm ...?«

»Brüning.«

»Also lassen Sie es uns vergessen, Herr Brüning.«

»Charmanter Vorschlag«, nickte der Polizist, »nur leider liegt uns eine Anzeige vor. Sie werden mir also noch ein wenig Gesellschaft leisten müssen.« Wieder zwinkerte er Sontka zu, die ihm daraufhin ein beinahe verliebtes Lächeln schenkte. Franziskus schnaubte.

»Ist alles meine Schuld«, meldete sich erstmals Tamme Heeren zu Wort, der bisher mit gesenktem Kopf nur stumm dagesessen und seine Mütze im Schoß geknetet hatte.

»Quatsch«, kam es sogleich dreistimmig zurück. »Du bist der Einzige, der eigentlich nichts damit zu tun hat«, stellte Hilke fest. »Schließlich wolltest du nur helfen.«

»Bei einer Straftat zu helfen, ist auch eine Straftat«, bemerkte Brüning trocken. »Oder waren Sie nicht mit in Altingas Haus, Herr ...?«

»Heeren.«

»Herr Heeren.« Brüning starrte auf seinen Computerbildschirm und scrollte auf und ab. »Doch, Sie waren mit im Haus«, konstatierte er dann zutreffend. »*Die am Tatort eintreffenden Kollegen trafen die Personen Wibben, Weerts, Heeren und Heeren an*, steht hier im Protokoll. Vier Leute also.« Er tat, als würde er seine Gäste durchzählen. »Vier an der Zahl. Stimmt genau«, sagte er dann.

»Ist aber ein beschissenes Deutsch da im Protokoll«, konnte Hilke es sich nicht verkneifen zu sagen. »Das ginge bestimmt schöner.«

Der Kommissar räusperte sich, bevor er sagte: »Okay,

dann kommen wir mal zur Sache. Ich hätte die Angelegenheit jetzt gerne mal aus Ihrer Sicht geschildert bekommen.« Wieder warf er einen Blick auf seinen Bildschirm. »Ein Herr namens Hannes Altinga behauptet, Sie seien mitten in der Nacht in sein Wohnhaus eingedrungen und hätten ein ursprünglich verschlossenes Zimmer durchsucht. Was haben Sie dazu zu sagen?«

»Klingt so, als hätte er recht«, nickte Sontka.

»Aha. Sie geben es also zu.«

»Wir wurden von Ihren Kollegen in dem Zimmer festgenommen. Was würde es also nützen, es abzustreiten?«

»Nichts.«

»Sehen Sie.«

»Ich würde jetzt gerne mal auf den Punkt kommen, denn ich habe auch noch anderes zu tun.« Der Kommissar schien wegen der zahlreichen Einwürfe ein wenig ungehalten zu sein. »Sie behaupten, diese Aktion habe dem Zweck gedient, ein Tagebuch zu finden. Darf ich fragen, was es mit diesem Tagebuch auf sich hat?«

»Wir hoffen, dass es hilft, einen Mord aufzuklären«, antwortete Hilke.

»Einen Mord?« Der Kommissar runzelte die Stirn. »Ich weiß von keinem Mord. Ist allerdings auch nicht mein Ressort.«

»Ein Mord an einem dreizehnjährigen Jungen«, konkretisierte Sontka.

Der Kommissar sah sie erstaunt an. »Ein Mord an einem Kind also? Und wann soll das gewesen sein?«

»Is schon 'n büschen her«, erklärte Tamme Heeren, ohne von seiner Mütze abzulassen. »Und außerdem is 'n zweijähriges Mädchen verschwunnen. Is alles nich schön.«

Kommissar Brünings Gesichtsausdruck wechselte jetzt auf ungläubig, und er sah sie der Reihe nach erneut finster an. »Ich weiß nicht, was Sie hier für ein Spiel spielen«, sagte er, »aber glauben Sie mir, über derartige Verbrechen macht man keine Witze. Schon gar nicht, wenn man es mit der Polizei zu tun hat.«

»Wir machen keine Witze. Es geht um einen Mord, der im Jahr 1895 geschehen ist.«

Brüning beugte sich vor und neigte leicht den Kopf zur Seite. »Sagten Sie *1895?*«

»Ja. Bei dem Opfer handelt es sich um den Onkel meines Großonkels.« Hilke zog eine Grimasse, als ihr aufging, wie schräg das in den Ohren des Polizisten klingen musste.

»Ihre Verwandtschaft in allen Ehren, aber erlauben Sie mir trotzdem zu sagen, dass ein Mord aus dem Jahre 1895 für uns nur von geringer Relevanz ist.«

»Sehen Sie«, erklärte Sontka, »genau das haben wir uns schon gedacht, und deshalb haben wir uns lieber selbst um die Aufklärung der Fälle gekümmert, anstatt Sie damit zu behelligen.«

»Es sind keine Fälle«, blieb Brüning hart.

»Mord verjährt nicht«, warf Hilke ein.

»Stimmt. Aber dennoch haben wir in diesem Fall ein Problem.«

»Und welches?«

»Es würde uns selbst bei den größten Anstrengungen wohl kaum gelingen, einen Mörder hinter Gitter zu bringen. Immer vorausgesetzt, es handelt sich bei diesem nicht um Methusalem.«

»Hermannus Altinga.«

»Wie bitte?«

»Wir gehen davon aus, dass der Mörder Hermannus Altinga hieß.«

Der Kommissar grunzte ungehalten. »Ich glaube kaum, dass uns das jetzt irgendwie weiterbringt. Sie sprechen von einem Mord, der vor mehr als hundertzwanzig Jahren stattgefunden hat. Stattgefunden haben soll«, korrigierte er sich schnell. »Was, bitte schön, glauben Sie, was wir mit dieser Information jetzt anfangen?«

»Sie haben danach gefragt«, konterte Hilke. »Sie wollten wissen, was uns in das Haus von Hannes Altinga getrieben hat, und wir haben es Ihnen gesagt. Nicht mehr und nicht weniger.«

»Kennt Herr Altinga den Grund für Ihren Einbruch?«, fragte Brüning.

Hilke dachte an das Gesicht des Bauern zurück, als sie ihn nach ihrem ersten Besuch mit dem Namen Teelko konfrontiert hatten. Sie ging daher davon aus, dass er sich seinen Teil dachte. Aber sicher konnte man sich natürlich nicht sein. »Ich denke schon«, sagte sie daher.

»Sie denken schon? Und worauf stützen Sie diese Annahme?«

»Wir waren erst vor wenigen Tagen bei ihm. Er hat seltsam reagiert, als wir den Namen des Toten nannten«, erklärte Franziskus, der bisher stoisch geschwiegen und seine Tante fixierte hatte, als überlegte er sich die möglichst quälendste Art, sie umzubringen. Für einen Mann wie ihn musste eine Situation wie diese eine echte Zumutung sein. Zumal er stets gegen die nächtliche Aktion gewesen und nur mitgekommen war, weil Hilke ihm klarmachte, dass er nur in diesem Fall ihren Schmuck für die Auktion bekommen würde. Das hatte er nun von seiner Gier.

»Wenn mich einer nach jemandem aus dem 19. Jahrhundert fragen würde, dann würde ich auch seltsam reagieren«, erwiderte Brüning. Er trommelte nun nervös mit seinen Fingern auf dem Schreibtisch herum.

»Und was passiert nun weiter mit uns?«, fragte Hilke.

»Es kommt darauf an, was Herr Altinga als gestohlen meldet«, antwortete der Kommissar nach kurzem Zögern. »Wie dann aufgrund der Vorwürfe, die er gegen Sie erhebt, die genaue Anklage lauten wird, entscheidet letztlich der Staatsanwalt.«

»Aber wir haben nichts gestohlen!«, rief Hilke empört aus. »Der soll es nur wagen, etwas anderes zu behaupten, dann …« Sie stutzte. Ja, was dann? Ihr ging gerade auf, dass sie sich tatsächlich in einer verdammt misslichen Situation befanden. Im Grunde konnte Hannes Altinga alles behaupten. Zum Beispiel, dass sie den Familienschmuck hatten mitgehen lassen. Genau wie es damals bei Teelko gewesen war. Und dann? Würde man ihnen glauben, wenn sie ihn als Lügner bezeichneten? Kaum anzunehmen. Sie hatten sich diesem Bauern quasi ausgeliefert und waren nun auf sein Wohlwollen angewiesen. Geschichte wiederholte sich also doch. »Na dann gute Nacht«, murmelte Hilke kaum hörbar.

Sie warf einen schnellen Blick zu Sontka und Franziskus. Auch ihnen schien soeben ein ähnliches Licht aufgegangen zu sein, denn sie schauten nun alles andere als zufrieden aus der Wäsche. Lediglich Tamme Heeren hielt nach wie vor den Kopf gesenkt und zeigte keine Reaktion. Entweder hatte er die Tragweite von Brünings Worten nicht begriffen – oder er hatte ihre Situation von Anfang an richtig eingeschätzt und deswegen andauernd schon so unglücklich geguckt.

»Ich entnehme Ihrem Schweigen, dass Sie die Misslichkeit Ihrer Situation erkannt haben«, schlug Brüning in genau diese Kerbe. »Und ich rate Ihnen, lieber gleich zu sagen, wenn Sie doch etwas entwendet haben.«

»Ihre Kollegen haben uns doch durchsucht und nichts gefunden.« Sontka machte eine wegwerfende Handbewegung und wirkte plötzlich wieder viel entspannter. Sie schlug die schlanken Beine übereinander, was nicht nur Franziskus, sondern auch dem Polizisten einen anerkennenden Blick entlockte. »Damit dürfte die Sache doch wohl klar sein. Oder glauben Sie vielleicht, wir hätten irgendetwas verschluckt und es auf diesem Wege aus dem Haus transportiert?«

»Wäre nicht das erste Mal, dass jemand zu diesem Mittel greift«, zeigte sich der Kommissar unbeeindruckt. »Außerdem könnte ja noch eine fünfte Person im Spiel gewesen sein, dem Sie Ihre Beute durchs Fenster zukommen ließen.« Er beugte sich über den Schreibtisch und sah sie aus schmalen Augen nacheinander an. »Ganz ehrlich, meine Damen und Herren? Ich möchte nicht in Ihrer Haut stecken. Denn je nachdem, wie rachsüchtig dieser Hannes Altinga ist, haben Sie jetzt ein größeres oder kleineres Problem.«

Nach dieser kurzen Ansprache herrschte für eine ganze Weile Schweigen im Raum. Brüning trank seinen Kaffee und musterte sie über den Rand seiner Tasse hinweg. Am längsten blieb sein Blick dabei an Sontka hängen, die ihn diesmal jedoch nicht erwiderte, sondern nur vor sich auf den Boden starrte.

»Gut«, sagte der Kommissar schließlich. »Ich würde Sie jetzt an einen Kollegen weiterreichen, dem Sie bitte Ihre Ansicht der Dinge zu Protokoll geben. Jeder einzeln. Außerdem brauchen wir Ihre Fingerabdrücke. Danach können Sie nach Hause gehen. Sie halten sich aber zu unserer Verfügung. Sollten Sie mit dem Gedanken spielen, sich mit dem Diebesgut ins Ausland abzusetzen, dann unterlassen Sie dies bitte. Es würde mir nur unnötigen Papierkram einbringen.« Er grinste breit.

»Können Sie mir sagen, wo wir Ihre Kollegen von der

Mordkommission finden?«, fragte Hilke, als der Kommissar sich jetzt genau wie alle anderen von seinem Platz erhob, und erntete dafür verwunderte Blicke. »Ich würde gerne einen Mord anzeigen.«

»Den von vor über hundertzwanzig Jahren?« Brüning betrachtete sie abschätzig und zog dann eine Grimasse. »Ich glaube kaum, dass sich die Kollegen Büttner und Hasenkrug dafür interessieren würden. Außerdem wüsste ich nicht, wohin eine solche Anzeige führen sollte.«

»Einen Versuch wäre es wert.«

»Nein!« Die Stimme des Polizisten klang nun schon deutlich ungehaltener, und er unterstrich seinen Unmut dadurch, dass er seinen Drehstuhl mit so viel Schwung anstieß, dass dessen Lehne im nächsten Moment gegen den Schreibtisch donnerte.

»Na gut.« Hilke hob beschwichtigend die Hände. »Ich gebe zu, dass dies keine meiner besseren Ideen war. Aber verstehen Sie bitte, dass mir daran gelegen ist, meinem sterbenden Onkel seinen letzten Wunsch zu erfüllen. Er möchte nun mal unbedingt wissen, was damals mit seinem Onkel Teelko geschah.«

»Das ist sein gutes Recht«, erwiderte Brüning. »Aber bitte finden Sie zur Aufklärung dieser ominösen Mordgeschichte zukünftig legale Mittel und Wege. Alles andere bringt Ihnen nur Ärger ein, wie Sie sehen. Und ich glaube kaum, dass das im Interesse Ihres sterbenden Onkels ist.«

»Wir werden sehen«, sagte Hilke kaum hörbar, als sie nur wenig später die Tür hinter sich ins Schloss zog.

26

Zwei Tage waren vergangen, seitdem sie in Hannes Altingas Haus festgenommen und auf die Polizeiwache gebracht worden waren. Nach der Befragung durch Kommissar Brüning hatte es noch ewig gedauert, bis endlich alle vier ihre Version der Geschehnisse zu Protokoll gegeben hatten. Hilke war während der Warterei von einer ganz furchtbaren Migräne heimgesucht worden, sodass sie nun nicht einmal mehr zu sagen wusste, was genau sie dem jungen Polizisten in Uniform eigentlich in die Tasten diktiert hatte.

Seither aber war nichts geschehen. Auch von Sontka und Franziskus hatte sie nichts mehr gehört. Ibbe lag in seinem Bett und schlief, heute war einer seiner schlechteren Tage.

Hilke fragte sich, wie es nun weitergehen würde, vermutlich kam irgendwann einmal ein Schreiben von der Staatsanwaltschaft. Sie hoffte, dass Hannes Altinga davon absehen würde, zu den tatsächlichen Ereignissen noch irgendwelche hinzuzudichten. Zuzutrauen wäre es ihm, denn er war mit Sicherheit mächtig sauer auf sie. Und da er von Natur aus sowieso ein Unsympath war, gab sie sich nicht der Hoffnung hin, dass er sie schonen würde. Allein sein Gesichtsausdruck, als er erkannte, wen er in Wilhelmines Zimmer aufgescheucht hatte, hatte Bände gesprochen. Und auch der Ton, mit dem er ihnen seine Unverschämtheiten fortan entgegenschleuderte, ließ nicht vermuten, dass sein Interesse an einer gütlichen Beilegung der Angelegenheit besonders groß war.

Aber was auch immer geschah, am meisten machte es Hilke zu schaffen, dass sie Ibbes Wunsch trotz aller Anstrengungen nicht hatte erfüllen können. Von ihrem nächtlichen Streifzug und dessen Folgen hatte sie ihm nichts erzählt. Ihm davon zu berichten, würde ihn nur unnötig aufregen. Lieber ließ sie ihn in dem Glauben, dass sie und Franziskus nach wie vor an der Sache dran waren.

Nur hatte sie jetzt nicht die leiseste Ahnung, was sie angesichts der verfahrenen Situation noch tun konnte, um die nach wie vor offenen Fragen zu klären. Immerhin standen sie und ihre Kumpane nach den Ereignissen im Hause Altinga im Fokus der Polizei. Eine weitere derartige Aktion konnten sie sich also abschminken, wollten sie nicht auch noch als Wiederholungstäter in die Kriminalstatistik eingehen.

Alle Hoffnung hatte sie in Wilhelmines Tagebuch gesetzt, doch war dieses jetzt noch unerreichbarer als jemals zuvor. Wenn es denn überhaupt existierte; selbst diese Frage war ja noch nicht abschließend geklärt.

Hilke seufzte, als sie sich nun auf ihre Terrasse setzte und sich ein Glas Wein einschenkte. Es war ein milder Sommerabend, doch trug auch der nicht dazu bei, ihre Stimmung aufzuhellen. Sie lehnte sich in ihrem Liegestuhl zurück und schloss die Augen. Sie fühlte sich erschöpft. Vielleicht würde ein kleines Nickerchen dabei helfen, ihre Gedanken zu sortieren. Manchmal half solch eine Pause von nur wenigen Minuten, sie einer Idee näherzubringen. Und letztere brauchte sie jetzt ganz dringend.

Doch kaum, dass sie sich einem leichten Schlaf überlassen hatte, schreckte sie auf. Jemand läutete an der Tür. Wer mochte das sein? Ein Blick auf die Uhr sagte ihr, dass es zehn nach sechs war.

Als es erneut klingelte, erhob sie sich seufzend aus ihrem

Stuhl. Eigentlich hatte sie keine Lust auf Besuch. Andererseits täte ihr ein wenig Abwechslung vielleicht ganz gut. Es wäre schön, wenigstens für ein paar Stunden die Grübeleien einstellen zu können und sich auf andere Dinge zu konzentrieren, als auf Smaragdringe, Tagebücher und ...

Hilke stutzte, als sie durch die in ihre Haustür eingelassene Scheibe hindurch eine Gestalt sah, die ihr den Rücken zukehrte. Sie kam ihr vage bekannt vor, doch wusste sie nicht recht woher.

Sie brauchte nicht lange zu überlegen, denn schon im nächsten Moment drehte sich die Gestalt um, und ihr fuhr der Schreck in die Glieder.

Es war Hannes Altinga.

Er schien sie nicht zu sehen und drückte erneut auf den Klingelknopf. Anscheinend wollte er nicht akzeptieren, dass sie nicht zu Hause war. Denn das musste er nach dem zweiten erfolglosen Versuch eigentlich annehmen. Dass er es nicht tat, konnte zweierlei bedeuten: Er wusste, dass sie da war, oder es lag ganz einfach in seiner Natur, seinen Willen durchzusetzen, mochte da kommen, was wolle.

Sein Blick, mit dem er ihre Tür jetzt musterte, verhieß nichts Gutes. Fast sah es aus, als wollte er sie im nächsten Moment einschlagen, um sich Zutritt zu verschaffen.

Hilke überlegte. Was sollte sie tun? Natürlich verspürte sie keinerlei Lust, sich mit ihm auseinanderzusetzen, denn das konnte bei seinem aufbrausenden Gemüt nur zur Katastrophe führen. Andererseits schlug ihr nun ihre angeborene Neugier ein Schnippchen, denn natürlich wollte sie unbedingt wissen, was ihn zu ihr trieb.

Vielleicht sollte sie jemanden anrufen und ihn bitten herzukommen, bevor sie die Tür öffnete? Dann konnte sie wenigstens sicher sein, dass sie nicht alleine war, sollte der Typ mit der unangenehm ausgeprägten Hakennase vorhaben, sie zu ermorden.

Als sie merkte, wohin ihre Gedanken gingen, schüttelte Hilke innerlich den Kopf. Was sollte das? Welchen Grund sollte Hannes Altinga haben, sie umzubringen? Nur weil sie auf der Suche nach einem Tagebuch in sein Haus eingestiegen war? Wohl kaum. Warum sollte er sich ihretwegen Ärger einhandeln, schließlich befand er sich in einer komfortablen Situation. In den Augen der Polizei war er das Opfer, sie die Kriminelle. Sein Interesse, an dieser Rollenverteilung etwas zu ändern, konnte demnach nicht allzu groß sein.

Während Hilke sich in endlosen Überlegungen verlor und dabei auf ihrer Wangeninnenseite herumkaute, machte Altinga auf dem Absatz kehrt.

Sie holte einmal tief Luft, gab sich einen Schubs und riss die Tür auf. »Herr Altinga?«

Der Landwirt, der nun an seinem Auto stand, drehte sich zu ihr um. »Ich dachte, Sie seien nicht zu Hause«, rief er ihr zu.

»Doch, ich bin zu Hause«, antwortete sie und merkte im selben Moment, wie dumm dieser Satz klang.

»Ich möchte Ihnen etwas zeigen.« Hannes Altinga kam den schmalen Weg durch den Vorgarten direkt auf sie zu. Hilke vermochte in seinem Gesichtsausdruck nicht zu lesen. Weder sah er so aus, als ob er wütend sei, noch wirkte er besonders zugänglich.

»Sie wollen mir etwas zeigen? Was denn?«

»Sie müssten mitkommen.«

Hilke schluckte. Das hatte ihr gerade noch gefehlt. »Mitkommen? Wohin?« Er stand nun direkt vor ihr, und sein eiskalter Blick aus den trübgrauen Augen ging ihr durch Mark und Bein. Plötzlich sah er wieder alles andere als vertrauenserweckend aus, und alles in ihr sträubte sich dagegen, ihm wohin auch immer zu folgen.

»Ich bringe Sie auf meinen Hof.«

»Auf Ihren Hof?« Das wurde ja immer besser. Was, um alles in der Welt, sollte sie dazu bringen, ihm auf direktem Wege zum Schafott zu folgen? »Und was genau hätte ich da zu suchen?«

»Das sehen Sie dann«, antwortete er knapp.

In Hilke arbeitete es. Nach wie vor hielt sie es für unwahrscheinlich, dass er ihr etwas antun wollte, denn das hätte er einfacher und vor allem unauffälliger haben können. Wenn sie jetzt zu ihm ins Auto stieg, würden es mindestens drei ihrer notorisch neugierigen Nachbarn hinterher bei der Polizei bezeugen können. Sollte er also die Absicht haben, sie aus dem Weg zu räumen, wäre er anschließend ruckzuck gefasst. Nur hatte sie dann nichts mehr davon, denn sie wäre ja vermutlich tot.

Ihr kam eine Idee. »Sie werden verstehen, dass ich nicht so ohne Weiteres alleine mit Ihnen irgendwo hinfahre.« Sie grinste schief. »Schon meine Mutter hat mir verboten, zu fremden Männern ins Auto zu steigen.«

Als er daraufhin nichts erwiderte, sondern sie nur mit finsterer Miene ansah, sagte sie: »Ich würde meinen Neffen und Sontka Heeren bitten mitzukommen. Schließlich hängen sie in der Sache auch mit drin. Außerdem muss ich eine Betreuung für meinen Onkel finden.«

»Mir egal«, brummte Hannes Altinga zu ihrem Erstaunen. Das klang nun gar nicht mehr nach Mordabsichten, wie sie fand. Es sei denn, er war auch einem Dreifachmord gegenüber nicht abgeneigt.

Hilke nickte und lief ins Haus zurück, um ihr Smartphone zu holen. Hannes Altinga machte keinerlei Anstalten, ihr zu folgen. Also wählte sie die Nummer von Franziskus, erläuterte ihm in kurzen Sätzen die Situation und bat ihn, sofort zu ihr zu kommen. Das Gleiche tat sie bei Sontka, die ihr jedoch mitteilte, dass sie dann lieber direkt zum Hof der Altingas fahren würde, schließlich sei alles andere ein immenser Umweg. Außerdem, fügte sie lachend hinzu, solange Franziskus bei ihr sei, müsse sie einen Hannes Altinga ja nicht fürchten.

Haha. Hilke grinste und legte auf. Kurz überlegte sie noch, die Polizei, namentlich Kommissar Brüning, über ihren Ausflug zu informieren, hielt es aber dann doch für übertrieben. Schnell rief sie ihre Nachbarin an und bat sie, ab und zu mal nach Ibbe zu sehen. Dann zog sie sich andere Schuhe über, griff nach Strickjacke und Haustürschlüssel und trat wieder nach draußen, wo ihr Besucher sich nicht von der Stelle gerührt hatte.

Schweigend steuerten sie nun gemeinsam auf seinen Jeep zu. Sie warteten, bis auch Franziskus mit einem nicht zu übersehenden Fragezeichen in den Augen zu ihnen stieß und Hannes Altinga kurz zunickte. Zu Hilkes Erleichterung stellte er keinerlei Fragen und stieg wortlos, wenn auch mit skeptischem Blick, zu ihnen ins Auto. Nur Sekunden später startete der Landwirt den Motor und brauste in einem nicht eben gemächlichen Tempo davon.

Es war erst in der vorletzten Nacht gewesen, dass sie den Hausflur der Altingas betreten hatten, und doch kam es Hilke nun so vor, als sei sie in einer völlig neuen Welt. Das altehrwürdige Wohnhaus des Gulfhofes wirkte bei Tageslicht noch viel imposanter und, ja, feudaler als in dem dämmrigen Licht der Wandlampen. Und auch bei ihrem ersten Besuch, als sie den Landwirt mit dem Smaragdring konfrontiert hatten, hatte sie der Einrichtung des Flurs kaum Beachtung geschenkt, zu sehr war sie mit ihren Gedanken und einer latenten Aufregung beschäftigt gewesen.

Hilke war beeindruckt, und auch Franziskus und Sontka schwiegen ehrfürchtig. Der Blick ihres Neffen wanderte sofort nach Betreten des Anwesens unstet zwischen den zahlreichen und sicherlich wertvollen antiken Möbelstücken hin und her, die an den hohen Wänden beinahe ein wenig verloren wirkten. Lediglich ein wuchtiger, mit Liebe zum Detail bemalter Bauernschrank wurde den Ausmaßen dieses Hausflurs – den Hilke gewillt war, als Foyer zu bezeichnen – gerecht.

Hannes Altinga schien von ihrer Hochachtung seinem Besitz gegenüber nichts zu bemerken. Mit einem grimmigen, ein wenig furchteinflößenden Gesichtsausdruck schloss er die im typisch ostfriesischem Grün-weiß gehaltene Haustür hinter ihnen, machte jedoch zu Hilkes Erleichterung keine Anstalten, sie abzuschließen.

Die ganze Fahrt über hatte er kein Wort gesprochen, und auch Hilke hatte es schließlich aufgegeben, ihn nach seinen Beweggründen für den Ausflug zu fragen. Auch jetzt deutete er nur schweigend auf die Treppe, die sie bereits in der verhängnisvollen Nacht ins obere Geschoss geführt hatte. Hatte er vor, sie erneut zu dem Zimmer von Wilhelmine zu führen? Was sonst sollte er dort oben wollen?

Während sie die Stufen nach oben nahmen, ging Hilke auf, wie geschickt Tamme Heeren sie in der Nacht geführt hatte. Denn ganz egal, wie sie jetzt liefen, die Stufen knarrten und ächzten erbärmlich unter jedem ihrer Schritte. Eigentlich schien es fast unmöglich, das erste Stockwerk ohne jedes Geräusch zu erreichen. In ihr keimte der Verdacht auf, dass Sontkas Vater es aus irgendwelchen Gründen geübt haben musste.

Etwas aus der Puste erreichte sie nach den anderen die Empore, an dessen Wand einige Türen eingelassen waren, unter ihnen jene zu Hannes Altingas Schlafzimmer, wie sich Hilke erinnerte. Auch hier oben blieb sie für einen Moment stehen und schaute sich um. Vereinzelt hatte man hier antike Möbel aufgestellt. Sie ließ ihren Blick eine der Wände entlangschweifen, an der ein halbes Dutzend Ölgemälde hingen. Aha, die Ahnengalerie! Finster blickende Gesichter sahen auf sie herab, und jedes zweite von ihnen wurde dominiert von der typisch Altinga'schen Hakennase. Selbst eine der portraitierten Frauen hatte das Pech gehabt, mit ihr gestraft zu sein.

Beim Betrachten des fünften Gemäldes in der Reihe stutzte Hilke. Irgendwie kam ihr die darauf abgebildete Frau bekannt vor. Blonde Locken umrahmten ein schmales Gesicht, der melancholische Blick ihrer tiefblauen Augen wirkte abwesend und auf keinerlei Ziel gerichtet. Es war, als hätte die Frau durch den sie portraitierenden Maler hindurchgesehen.

»Das ist Wilhelmine«, hörte Hilke die Stimme Hannes Altingas sagen, der anscheinend ihrem Blick gefolgt war. »Die Frau, für deren Tagebuch Sie sich doch so brennend interessieren.«

Hilke stockte der Atem, und auch Sontka und Franziskus sahen den Landwirt jetzt wie vom Donner gerührt an. Sie hatten ihm den Grund für ihr Eindringen in jener Nacht nicht genannt. Woher also wusste er davon?

»Der Kommissar hat mir gesagt, dass es Ihnen um das Tagebuch ging«, interpretierte Altinga ihre erstaunten Gesichter richtig.

»Haben Sie uns deswegen hierher geführt?« Hilke wagte kaum zu hoffen, dass er ihnen in dieser Sache weiterhelfen würde. Denn welchen Grund sollte er dafür haben?

»Kommen Sie mit«, war alles, was der Landwirt daraufhin zu sagen hatte. Er unterstrich diese Aufforderung mit einer Geste seiner Hand.

Tatsächlich blieb er vor dem verbotenen Raum stehen und kramte in seiner Tasche nach einem Schlüssel. Hilke fragte sich, wo der wohl die ganzen Jahrzehnte über gesteckt haben mochte.

»Oh!«, entfuhr ihr ein Laut der Überraschung, als sie nur Sekunden später in Wilhelmines Zimmer standen. Auch hier zeigte sich nichts so wie in jener Nacht, als sie das Mobiliar lediglich mit ihren Taschenlampen hatten ausleuchten können.

Nun, im Licht der durch die hohen Fenster hineinscheinenden Abendsonne, fühlte man sich wie in einen Historienfilm versetzt. Die fantastischsten, im Altdeutschen Stil des ausgehenden 19. Jahrhunderts kunstvoll geschnitzten Holzmöbel standen verteilt im Raum, wie es in einem Museum nicht schöner hätte nachgestellt werden können. Lediglich das Himmelbett schien noch älteren Datums zu sein. Vor allem Franziskus bekam einmal mehr leuchtende Augen, als er die Schätze bei Tageslicht bewunderte. »Das ist ja der helle Wahnsinn!«, freute er sich. »Diese Möbel würden bei einer Auktion ein wahres Vermögen bringen!«, wiederholte er seine Worte von besagter Nacht.

»Darüber können wir reden«, brummte Hannes Altinga zu aller Verwunderung. Als Franziskus seinen vor Staunen offen stehenden Mund wieder schloss, um etwas zu erwidern, schnitt Altinga ihm allerdings mit einer Geste das Wort ab. Er deutete auf die drei im Zimmer befindlichen Stühle, die er grob vom Staub befreit hatte. »Erstmal setzen Sie sich, bitte. Ich hab Ihnen was zu erzählen.«

27

Krummhörn, Sommer 1895

Hermannus Altinga verspürte eine unbändige Wut. Man hatte ihn hintergangen, und das würde er sich auf gar keinen Fall bieten lassen. Doch zunächst einmal galt es herauszufinden, wer hinter dieser Arglist steckte. Irgendwer hier im Haus musste es sein. Irgendwer, der seine so klug ausgearbeiteten Pläne durchkreuzen wollte. Irgendwer, der ihm sein Erbe streitig machen wollte – und die Frau, die er liebte.

Doch wer auch immer es war, er war schon jetzt ein toter Mann. Oder eine tote Frau. Denn ganz gewiss gab es niemanden, der so niederträchtig agierte, wie Weibsbilder es gemeinhin taten. Ja, eigentlich musste er davon ausgehen, dass eine Frau sich all das ausgedacht hatte. Nur welche? Er vermutete, dass es seine eigene war.

Hermannus Altinga hieb zum wiederholten Male mit der Faust auf den massiven Holztisch. Wie hatte es nur passieren können, dass das Kind ihm entwischte!? Wenn es denn wirklich entwischt war, schränkte er seinen Gedanken sogleich ein. *Die Tochter des Bauern lebt*, hatte dieser Tölpel zu ihm gesagt, und natürlich war ihm sogleich klar gewesen, wen er damit meinte. In diesem furchtbaren Moment hatte er gemeint, einer Ohnmacht nahe zu sein. Doch natürlich hatte er sich aufrecht gehalten, denn vor Untergebenen zeigte man keine Schwäche. Schon gar nicht vor einer dieser nichtsnutzigen kleinen Moorratten, die, wenn es nach ihm ginge, gleich nach ihrer Geburt ersäuft würden. Denn was sollte es nützen, Ungeziefer um sich herum zu scharen?

Aber na ja, die Sache war ja noch mal gutgegangen. Er hatte diesen Teelko für seine Frechheit büßen lassen, noch bevor der ihn mit seinem Wissen hatte erpressen können. Was zweifellos sein Plan gewesen war. Der würde jedenfalls niemandem mehr von der Lütten berichten. Niemandem! Ob sie nun tot war oder lebendig.

Die Tochter des Bauern lebt. Ein erneuter Fausthieb donnerte auf den Tisch. Nein, es konnte nicht sein! Verdammt, es durfte nicht sein! Außerdem: Wie hätte sich das Kind aus dem Flammenmeer befreien sollen? Er selbst hatte das Gartenhaus brennen sehen. Niemandem, absolut niemandem, und schon gar nicht einem Kind wäre es möglich gewesen, aus diesem Inferno zu flüchten.

Nein, die Kleine musste tot sein, daran gab es keinen Zweifel. Er selbst hatte den verkohlten Körper aus der Asche gezogen und ihn den verzweifelten Eltern vor die Füße gelegt. Was für ein Triumph! Die einzige Erbin ausgeschaltet! Noch nie im Leben hatte er sich besser gefühlt als an diesem Tag.

Und doch hatte dieser Teelko Zweifel gesät. Was, wenn das Kind noch lebte und eines Tages wieder auftauchte? Sie würde ihm sein Erbe streitig machen, für das er so hart geschuftet hatte. Und – was gewiss war – ihre Mutter würde es ihm nicht verzeihen. Dabei liebte er seine Schwägerin Wilhelmine über alles. Und sie liebte ihn, auch wenn sie es gekonnt zu verbergen suchte.

Wie sollte sie auch nicht? Es wäre unschicklich, sich einer neuen Verbindung hinzugeben, schließlich war ihr Gatte Abbo erst seit wenigen Tagen tot. Vom Heuboden gestoßen von der Moorratte.

So zumindest die offizielle Version.

Hermannus Altinga grinste in sich hinein. Ja, dachte er, was für ein gelungener Streich! Manchmal reichte es schon, sich einfach nur in Langmut zu üben und auf den richtigen Moment zuwarten. Und schon wurde man reichlich belohnt. Mit einem Gutshof, der in Ostfriesland seines Gleichen suchte. Und mit einer Frau so schön wie ein Engel.

Dabei war es gar nicht schwer gewesen, Abbo an jenem Morgen zu erhaschen. Sein Bruder hatte in diesen Tagen noch völlig neben sich gestanden, niedergedrückt von der Trauer um sein einziges Kind. Immer wieder hatte er in seiner Arbeit innegehalten, minutenlang ins Leere gestarrt, war in Tränen ausgebrochen wie ein läppisches Weib. Da war es ein Leichtes gewesen, sich heranzupirschen wie an einen Rehbock auf dem Acker, und ihn dem Teufel zum Fraße zu geben.

Fehlte nur noch Edda. Längst war er seiner Frau überdrüssig. Sie war fett, grob und vulgär. Und sie machte ihm Angst mit ihrem scharfzüngigen Spott, dessen Opfer zunehmend er selber wurde. Ja, er war sich sicher, dass sie ihn verachtete für das, was er nicht darstellte. Immer wieder hielt sie ihm seinen Bruder Abbo vor, der so männlich sei, so mutig und so klug – und so reich.

Doch was er in den Jahren auch unternommen hatte, um sich ihrer als würdig zu erweisen, stets hatte sie ihn abgewiesen und spöttisch verlacht. Nur ab und zu mal hatte er ihre Bettstatt aufsuchen dürfen, und seit der kleine Johann auf der Welt war, verschmähte sie ihn.

Zunächst hatte er seinen Bruder in Verdacht gehabt, sich an ihrem drallen Körper zu beglücken. Doch als Abbo eines Tages Wilhelmine mit nach Hause gebracht und sie als seine Braut vorgestellt hatte, wusste er, dass er Eddas nicht zu übersehendem Werben nie nachgegeben hatte. Denn wer ein so feengleiches Geschöpf wie Wilhelmine sein Eigen nennen durfte, der würde sich von einem Frauenzimmer wie Edda ganz gewiss nicht bezirzen lassen.

Nichtsdestotrotz stand Edda ihm im Weg. Denn jetzt, da sie ihm einen Stammhalter geboren hatte, war sie ihm nicht mehr von Nutzen. Auch würde er nicht in den Genuss kommen, Wilhelmine ehelichen zu dürfen, solange sie lebte. Also musste Edda weg, je schneller, desto besser. Es war ihm ohnehin lieber, dass Wilhelmine seinen Spross großzog, denn in der Obhut seiner Mutter verkam er zu einem weinerlichen Geschöpf. Wilhelmine aber würde darauf achtgeben, dass Johann zu einem richtigen Mann heranwuchs, der sich seinen Vater stets zum Vorbild nahm. Gut gebaut, kraftstrotzend und zupackend würde er sein. Ein Mann, der seiner Sippe alle Ehre machte.

Gewiss würde auch Wilhelmine froh sein, wieder ein Kind ihr Eigen nennen zu dürfen, nachdem sie mit ihrer Tochter ein solches Pech gehabt hatte.

Heute war er da, der Tag, an dem sich alles zum Guten wenden würde, da war sich Hermannus Altinga ganz sicher.

Wochenlang hatte er seine Frau ausgespäht, geprüft, was sie den ganzen Tag über trieb, wo sie sich wann aufhielt, wann sie ruhte, wann sie mit dem Kind spielte. Alles wollte er wissen. Schon lange nicht mehr hatte er an seiner Frau ein solch großes Interesse gehegt.

Nur um dann festzustellen, dass, was sie tat, wahrlich nicht viel war.

Edda lebte in den Tag hinein. Ganz egal, wann er sie antraf, sie frönte dem Müßiggang. Einzig mit ihrem Kind vermochte sie sich ausdauernd zu beschäftigen. Sie schien in der Mutterrolle geradezu aufzugehen. Häufig, wenn der Kleine schlief, saß auch sie nebenan in ihrem Zimmer. Wenn er sie fragte, was sie dort mache, sagte sie, sie vertreibe sich die Zeit. Er nahm an, dass sie dann ebenfalls schlief.

Hermannus hätte es gerne gesehen, dass sie sich auch um Haus und Hof kümmerte. Schließlich war sie eine robuste Frau, der man es zutraute, dass sie hier und da mit anpacken konnte. Ein solch stattliches Anwesen, wie es ihr Gulfhof nebst Ländereien nun mal war, bewirtschaftete sich nicht von alleine. Jeder Knecht und jede Magd aber, die er beschäftigte, kostete ihn etliche Mark. Geld, das er sich mit einem arbeitswilligen Weib zu Teilen hätte sparen können. Körperliche Arbeit aber lehnte Edda ab. Sie befand, dass es unter ihrer Würde sei.

Nun, wie dem auch sei, dachte er, sehr bald schon würde sie sich um ihren Zeitvertreib keine Gedanken mehr machen müssen.

Hermannus stellte sich an das Fenster seines Herrenzimmers und sah hinaus. Sein Blick fiel auf Wilhelmine, die, wie so häufig, an der Familiengruft saß und ihre Lieben betrauerte. Er hatte gehofft, dass sie sich bald wieder fangen und sich ihm zuwenden würde. Er war sich sicher, dass sie für ihn eine ebenso tiefe Zuneigung empfand wie er für sie. Natürlich tat sie das, denn auch sie musste von Anfang an gespürt haben, dass sie beide füreinander geschaffen waren. Und doch schien irgendetwas sie davon abzuhalten, sein Werben zu erhören.

Er meinte auch zu wissen, was es war, denn sie war eine anständige Frau. Und so achtete sie das Ehegelübde, das er und Edda sich gegeben hatten. Nun, daran würden ja in naher Zukunft weder sie noch er mehr gebunden sein.

Alles, was er in den letzten Wochen und Monaten getan hatte, das hatte er nur um ihretwillen getan. Der Tod ihrer kleinen Familie lastete schwer auf ihr, doch würde sie mit ihrem Kummer nicht mehr alleine sein, wenn sie beide erst einmal frei waren. Frei füreinander. Frei für die wahre Liebe.

Hermannus zog eine goldene Taschenuhr aus der Westentasche. Sie hatte Abbo gehört und war Teil des Erbes, das er nach dessen Tod übernommen hatte. Ja, dachte er, als er auf die kunstvoll gefertigte Einfassung sah, manchmal lohnte es sich eben, gewisse Entscheidungen zu treffen. Und wenn es die war, seinen Bruder vor der Zeit vom Leben in den Tod zu befördern.

Es war Zeit zu gehen. Edda würde in ihrem Zimmer weilen, während Johann nebenan seinen Mittagsschlaf machte.

Ein wenig leid tat es ihm ja für den kleinen Burschen, dass er, wenn er aufwachte, keine Mutter mehr hätte. Aber er würde darüber hinwegkommen. Schließlich gab es ja seine Tante Wilhelmine.

Gemächlichen Schrittes stieg Hermannus die Treppe hinauf. Er hatte es nicht eilig. Seine Handlung würde zum erhofften Ergebnis führen, ob er nun rasch ging oder langsam.

Vor Eddas Schlafgemach angekommen, klopfte er an die Tür. Wider Erwarten schien sie nicht zu ruhen, denn sie antwortete sogleich mit einem *Tretet ein!*. Ihre Stimme klang dabei alles andere als forsch, doch das tat sie eigentlich nie. Die Trägheit seiner Gattin schlug sich in ihrem ganzen Gehabe nieder, da bildete die von ihr bevorzugte Tonlage, in der sie zu sprechen pflegte, keine Ausnahme.

»Hermannus«, sagte sie mit einer affektierten Geste und schaute ihn gelangweilt an. »Was führt dich zu mir? Es ist doch hoffentlich nichts passiert?«

»Du müsstest mir mal helfen, meine Krawatte zu binden«, flunkerte Hermannus und zerrte an dem neuerdings modernen Langbinder herum. »Ich muss zu einem Treffen mit Kaufleuten.«

»Warum kannst du denn nicht das Gesinde fragen?«, erwiderte Edda und lehnte sich träge in ihrem Sessel zurück.

»Weil ich niemanden gefunden habe«, log er. »Nun komm schon.« Er forderte sie mit einer Geste auf aufzustehen. »Am besten wird sein, wir stellen uns ans Fenster, dann kannst du besser sehen.« Er schüttelte gespielt missmutig den Kopf. »Es herrschen die angenehmsten Temperaturen, und du hältst hier alles geschlossen. Ein bisschen frische Luft wird dir guttun, womöglich verringert sie sogar deine ständige Müdigkeit.«

Edda seufzte und zuckte im Aufstehen ergeben die Schultern, als ihr Mann an das beinahe bodentiefe Fenster trat und dessen Flügel weit öffnete. Er hob theatralisch die Arme und sog tief die frische Luft in seine Lungen.

»Merkst du, wie gut es tut?« Wie nebenbei warf er einen Blick hinaus. Bis nach unten dürften es gut und gerne fünf Meter sein. Das war nicht sehr viel, doch hoffte er darauf, dass der mit pfeilartigen Spitzen verzierte Metallzaun das Übrige tun würde, um seine Gattin in Gottes Ewiges Reich zu befördern.

»Wenn du meinst.« Wie er es erhofft hatte, trat sie nun zu ihm und betrachtete seine absichtlich völlig desolat gebundene Krawatte mit kritischem Blick. Als sie begann, an ihr herumzufingern, drehte sich Hermannus Stück für Stück ins Zimmer hinein, sodass sie entsprechend zum Fenster hin ausweichen musste.

»Vielleicht könntest du einfach mal ruhig stehenbleiben«, mäkelte sie.

»Schon gut«, brummte er, meinte damit allerdings eher die Position, die sie nun beide eingenommen hatten und die er brauchte, um sein Vorhaben auszuführen.

Ein Stoß, ein Wanken, ein Schrei. Genauso hatte er es sich in seinen Träumen ausgemalt.

Und genauso kam es, als Edda nun in die Tiefe stürzte.

Ein schneller Blick nach unten sagte ihm, dass es geschafft war. Als er sich jedoch im nächsten Moment die Hände reibend umdrehte, blickte er in das schockierte Gesicht Wilhelmines, die ihn, die Augen weit aufgerissen und die Hand vor den offenen Mund geschlagen, anstarrte, als wäre ihr in seiner Gestalt der Leibhaftige erschienen.

28

Krummhörn, Sommer 2016

»Soweit meine Spekulationen«, beendete Hannes Altinga seine Erzählung, der Hilke, Sontka und Franziskus gebannt gelauscht hatten.

»Spekulationen?« Hilke hob kritisch die Brauen. »Sie wissen nicht, ob Hermannus seine Frau tatsächlich umgebracht hat?«

Auf Hannes Altingas Gesicht erschien ein nachsichtiges Lächeln. »Wer weiß schon genau zu sagen, was vor mehr als hundert Jahren tatsächlich passiert ist. Alles, was ich gesagt habe, entspringt den Bruchstücken, die man mir im Laufe der Zeit zugetragen hat oder die hier als Gerücht durchs Haus waberten. Fakt ist auf jeden Fall, dass Edda aus dem Fenster ihres Zimmers stürzte und von den Spitzen des Zauns aufgespießt wurde. Einer der Bediensteten behauptete damals, Hermannus oben am Fenster gesehen zu haben.«

»Und die Sache wurde nicht weiter verfolgt?«, wunderte sich Sontka. Zwar hatte sie durch ihre Verwandtschaft schon von vielen Geschichten erfahren, die sich rund um dieses Haus rankten, doch die genaue Todesursache von Edda war ihr neu. In den Erzählungen, die sie erreichten, war stets nur von einem tragischen Unglück die Rede gewesen, vereinzelt auch von Suizid.

»Anscheinend wurde nichts unternommen, um den Mord aufzuklären, denn Hermannus verbrachte sein Leben bis zu seinem Tod unbehelligt auf diesem Hof.«

»Und Wilhelmine? Was passierte mit ihr? Es heißt, er

habe sie in eine Heilanstalt gebracht, weil sie psychisch krank gewesen sei.«

»Ja«, nickte der Landwirt, »so heißt es. Doch tatsächlich weiß man nichts Genaues. Sie verschwand von einem Tag auf den anderen spurlos und wurde nie wieder gesehen. Hermannus heiratete nur wenige Monate später ein zweites Mal und bekam mit dieser Frau drei weitere Kinder, wobei Johann später den Hof erbte und auch mein direkter Vorfahre, sprich mein Urgroßvater ist.«

»Und was ist mit diesem Zimmer hier?« Franziskus schaute sich jetzt so prüfend in dem Raum um, als stünde die Antwort auf den Wänden. »Warum existiert es noch?«

»Und was ist mit Wilhelmines Tagebuch?«, schob Hilke gleich hinterher. »Außerdem ist die Frage, die uns hergeführt hat, nämlich ob Teelko tatsächlich ein Mörder und Dieb war, mit Ihrer Darstellung der damaligen Ereignisse noch nicht beantwortet. Ist es denn wenigstens sicher, dass Hermannus ihn umbrachte, oder ist auch das nur Spekulation?«

»Und warum sind Sie eigentlich plötzlich so zugänglich?«, wollte Sontka mit einem gewissen Misstrauen in der Stimme wissen.

Hannes Altinga hob beschwichtigend die Hände und sah plötzlich sehr müde aus. »Nicht alle auf einmal, bitte. Sie erfahren schon alles, was Sie wissen müssen. Soweit ich es Ihnen erzählen kann.«

»Sag ich doch«, erwiderte Sontka und richtete sich kerzengerade auf. »Er ist komisch. Was steckt hinter Ihrer plötzlichen Freundlichkeit, Herr Altinga?« Sie machte eine raumgreifende Bewegung. »Das hier machen Sie doch nicht aus reiner Menschenfreundlichkeit.«

Hannes Altinga schwieg daraufhin für eine Weile und blickte durchs Fenster nach draußen. »Sie haben mir einen

Gefallen getan«, sagte er schließlich und fuhr sich mit den Händen durch das dichte Haar. Er sah nun alles andere als glücklich aus, eher so, als wollte er jeden Moment in Tränen ausbrechen. Seine Lippen bebten.

»Wir sind in Ihr Haus eingebrochen«, erinnerte Hilke ihn. »Das wird landläufig schwerlich als Gefallen gewertet.«

»Dieses Zimmer hier …« Hannes Altinga machte eine Pause und ließ seinen Blick über das Mobiliar schweifen, »dieses Zimmer hier quält mich schon mein ganzes Leben lang.«

»Es quält Sie?«, fragte Sontka verwundert. »Aber es war verschlossen.«

»Ja. Es war verschlossen. Und es war verflucht. Angeblich.«

»Verflucht. Soso.« Franziskus verzog spöttisch den Mund. »Hexenwerk, oder was?«

»Halt den Mund, Franziskus, und lass den Mann ausreden!«, fuhr Hilke ihrem Neffen über den Mund, als sie sah, dass sich der Landwirt auf diese Bemerkung hin wieder in sich zurückzog.

»Ja. Verflucht«, sagte Hannes Altinga nach kurzem Zögern. »Zumindest wurde es uns stets so erzählt. Von klein auf bekamen wir zu hören, dass in diesem Zimmer etwas sehr Schlimmes sei. Etwas, das uns töten würde, sollten wir wagen, es zu betreten. Und dass es schon mal passiert sei. Also dass tatsächlich ein Kind gestorben sei, nachdem es nicht auf seine Eltern habe hören wollen.«

Als daraufhin niemand etwas erwiderte, fügte er hinzu: »Erzählen Sie das einem Kind, kaum dass es laufen kann, und dann immer und immer wieder. Sie erreichen Ihr Ziel ohne große Mühen.«

Sontka senkte den Blick und sah ihn von unten herauf skeptisch an. »Nicht Ihr Ernst«, sagte sie dann. »Ich meine, es ist ... ähm ... etliche Generationen her, seit die Sache mit Edda und Wilhelmine geschah. Wie kann sich dieser angebliche Fluch denn über all die Zeit retten?«

»Das ist nicht schwer«, erläuterte Hannes Altinga. »Hermannus hat es damals seinem kleinen Sohn eingeimpft. Johann war nach dem plötzlichen Tod seiner Mutter sehr empfänglich für derartige Warnungen. Genauso erging es in der Folge den anderen Kindern. Und die gaben es an ihre Kinder weiter und so weiter und so weiter.« Er nickte. »Tja, das funktioniert, glauben Sie mir. Ich hab es am eigenen Leibe erlebt. Sie werden es Ihr ganzes Leben nicht mehr los, selbst wenn Sie ein gestandener Mann sind und eigentlich gar nicht mehr an Flüche und ... Hexenwerk glauben.« Jetzt war er es, der Franziskus mit einem spöttischen Blick musterte.

»Und durch uns wurde dieser Bann oder dieser Fluch, wie Sie es nennen, quasi gebrochen«, schlussfolgerte Hilke.

»Ja. Sie ... Sie haben mir durch das Eindringen in dieses Zimmer eine große Last von der Seele genommen. Denn auf einmal merkte auch ich, dass ich all die Jahre einer verdammten Lüge aufgesessen war, sowie all meine Vorfahren zuvor. Nachdem ich mich erstmals in diesen Raum hineingetraut hatte, sah ich endlich, dass es nur ein ganz normales Zimmer war, und dass man nicht starb, wenn man es betrat.« Er wiegte den Kopf hin und her und fügte hinzu: »Na ja, fast ganz normal.«

»Was heißt *fast ganz normal*?«, hakte Franziskus nach. »Und warum war es nun tatsächlich verboten, es zu betreten?«

Hannes Altinga winkte ab. »Darauf komme ich später.

Zunächst möchte ich Ihnen sagen, warum Teelko hat sterben müssen.«

»Damit Hermannus von sich selbst ablenken konnte, was den Mord an seinem Bruder anbelangte«, sagte Hilke. »Das ging aus Ihrer Geschichte, die Sie uns erzählt haben, bereits hervor.« Sie fragte sich schon die ganze Zeit, wie Ibbe auf diese Neuigkeit reagieren würde.

»Ja. Aber das war nicht alles.« Hannes sah Hilke lange an, bevor er sagte: »Sie haben mir kürzlich den Ring gezeigt. Den Smaragdring.«

Hilke fixierte ihn. »Teelko hatte ihn tatsächlich gestohlen?«, fragte sie vorsichtig.

»Nein.« Hannes Altinga stand auf und griff nach einem Büchlein, das auf dem Frisiertisch lag. Er setzte sich wieder und hielt es in die Höhe. »Das Tagebuch«, verkündete er.

»Es existiert wirklich«, hauchte Hilke und betrachtete das kleine, in Leder gebundene Buch ehrfürchtig.

»Ja. Aber es ist nicht von Wilhelmine.«

»Sondern?«

»Von Edda. Sie war es, die über die Ereignisse von damals Tagebuch geführt hat.«

»Aber wir können mit einiger Gewissheit sagen, dass auch Wilhelmine Tagebuch führte«, bemerkte Sontka und fügte, als Hannes Altinga sie mit schmalen Augen ansah, hinzu: »Augenzeugenberichte.«

Hannes Altinga zuckte die Schultern. »Gut möglich, dass auch Wilhelmine Tagebuch geführt hat. Vielleicht liegt es hier irgendwo, vielleicht nicht. Wichtig ist lediglich, dass die Notizen von Edda recht aufschlussreich sind.«

»Wo haben Sie es gefunden?«

»Es lag versteckt in einer Kiste auf dem Dachboden. Ich habe da oben so lange alles auf Links gedreht, bis ich es schließlich in Händen hielt.«

»Aha«, erklang es nun dreistimmig.

»Darf ich einen Blick reinwerfen?« Hilke streckte die Hand aus, Hannes Altinga aber zog seine zurück. »Lassen Sie es mich kurz zusammenfassen. Es ist ... tragisch.«

»Schießen Sie los!« Hilke wappnete sich, indem sie die Arme vor der Brust verschränkte. Sollten sie jetzt endlich erfahren, was damals im Sommer 1895 tatsächlich vorgefallen war?

»Alles begann mit dem Tod von Wilhelmine«, begann Hannes Altinga, stockte jedoch sofort. »Also, ich rede von Abbos und Wilhelmines Tochter, die angeblich verbrannte. Sie trug den gleichen Namen wie ihre Mutter.«

»*Angeblich* verbrannte?«, fragte Sontka.

»Ja.« Er wedelte mit dem Tagebuch hin und her. »Edda hat ihren Tod verhindert.«

»Wie das?«

»Sie ahnte wohl, was ihr Mann vorhatte. Aus ihren Aufzeichnungen geht hervor, dass es ihr grundsätzlich egal war, was ihr Mann trieb, solange es dem Ziel diente, an den Hof und das Vermögen zu kommen. Sie war geldgierig, genauso wie er. Als er jedoch davon sprach, das Kind umbringen zu wollen, da trieb er es ihrer Ansicht nach zu weit. Edda liebte Kinder über alles. Und sie liebte die kleine Wilhelmine. Also habe sie Zustimmung vorgetäuscht und vorgeschlagen, so schreibt sie, das Mädchen im Gartenhaus zu verbrennen, sodass hinterher nichts nachzuweisen sei. Außerdem schlug sie vor, diese Tat selbst durchzuführen, sodass sie sichergehen könne, dass ihr Johann eines Tages der alleinige Erbe des Gutshofes sei.

Hermannus war dieser Plan nur recht, so musste er sich wenigstens nicht selbst die Finger schmutzig machen. Edda hat dann angeblich die kleine Wilhelmine genommen, um sie im Moor auszusetzen und sie vor dem Groll ihres Onkels zu schützen. Sie hat ihr jedoch einen Tornister voller Lebensmittel mitgegeben und ...«, er machte eine rhetorische Pause, »auch einen Smaragdring, in der Hoffnung, dass sich im Moor, das zu dieser Zeit besiedelt war von Hungerleidern, jemand des Mädchens, das sie liebevoll Fine nannte, annehmen würde. Ob es dann so gekommen ist, das ...«

Hannes Altinga unterbrach sich selbst, als Hilke sich jetzt an die Kehle griff und rief: »Fine? Sagten Sie Fine? Doch nicht etwa ... oh mein Gott! Und daher der Ring! Teelko hat ihn gar nicht gestohlen! Er hat ihn bei Fines Sachen gefunden!«

»Du meinst, er spricht von ...?« Franziskus brachte den Satz vor lauter Aufregung nicht zu Ende.

»Das Findelkind«, krächzte Hilke. »Teelkos ... Schwester. Ibbes Mutter. Teelko wusste, dass Fine noch lebt, weil er sie bei seinen Eltern gesehen hat. Er hat es Hermannus gegenüber erwähnt. Darum musste er sterben.«

»Was reden Sie da?« Hannes Altinga schaute sichtlich erregt von einem zum anderen, während Hilke ihm erläuterte, was es mit der kleinen Fine auf sich hatte.

»Dann hat sie es also tatsächlich geschafft. Sie hat überlebt. So wie Edda es erhofft hatte.« Aus irgendeinem Grund schien Hannes Altinga erleichtert zu sein.

»Die kleine Fine Grootmans war eigentlich eine Altinga. Mannomann.« Franziskus schien es kaum glauben zu wollen.

»Irgendwie sind dann ja wohl alle, die hier im Raum sitzen, miteinander verwandt«, stellte Sontka fest. Als Hannes Altinga sie perplex ansah, sagte sie: »Abbo hatte meine Urur-ur ... hm – keine Ahnung wie viele Ur – also, er hatte meine Urahnin, das Küchenmädchen, geschwängert, wussten Sie das nicht? Und das gewiss nicht nur einmal.«

»Nein.« Hannes Altinga schüttelte den Kopf. »So was war damals wohl eher ... üblich. Hier im Tagebuch steht etwas von einem kleinen Bastard, der an Fines Stelle verbrannte.«

Jetzt war es an Sontka, einen entsetzten Schrei auszustoßen. »Anni!«, keuchte sie. »Sie ... sagen Sie bitte, dass das nicht wahr ist!« Wie nur sollte sie das Uroma Katrina beibringen?

»Wer ist Anni?«

»Die Tochter des Küchenmädchens, von dem sie gerade sprach«, erklärte Hilke, als sie bemerkte, dass Sontka sich nicht in der Lage sah zu sprechen. »Sie war im gleichen Alter wie Fine und verschwand spurlos zu genau dieser Zeit. Wer auch immer das Feuer legte, hat also vermutlich die kleine Halbschwester von Fine bei lebendigem Leib verbrennen lassen. Abbos ... Bastard, wie Sie es nennen.«

»Edda hat sie nicht bei lebendigem Leib verbrennen lassen«, bemerkte Hannes Altinga nüchtern.

»Was?«

»Sie behauptet, das Kind sei bereits tot gewesen, als sie es an Fines statt ins Gartenhaus legte.«

»Aber wie ist Anni dann ... ich meine ... warum war sie bereits tot?«

Hannes Altinga hob die Achseln. »Das weiß nur der liebe Gott allein. Edda jedenfalls äußert sich dazu nicht.«

All diese wenig erfreulichen Neuigkeiten mussten sich erstmal setzen, und für eine ganze Weile sprach niemand in der Runde ein Wort. Schließlich aber durchbrach Franziskus die Stille mit der Frage: »Und was ist jetzt mit diesem Zimmer? Sie wollten uns noch erklären, warum es über mehr als ein Jahrhundert tabu war.«

»Warum es über mehr als ein Jahrhundert tabu war, habe ich Ihnen bereits erklärt«, antwortete Hannes Altinga. »Aus einem einzigen Grund: Weil wir alle nicht den Mumm in den Knochen hatten, es zu betreten.«

»Aber was hatte Hermannus damals für einen Grund, allen den Zutritt zu verbieten?«

»Er wollte mit Wilhelmine alleine sein, fürchte ich.«

»Bitte? Ich denke, er hat Wilhelmine weggeschafft.« Franziskus sah sich im Raum um, als erwarte er, Wilhelmines Leichnam doch noch irgendwo zu sichten.

Inzwischen waren auch Hilke und Sontka wieder aus ihrer Starre erwacht und blickten abwechselnd von einem der Männer zum anderen.

Hannes Altinga stand auf und lief zu einem großen Bauernschrank hinüber. »Ich habe mir erlaubt, überall mal hinter die Türen zu gucken.«

»Und?«, kam es unisono zurück. Sie alle hielten gebannt die Luft an. Hermannus hatte doch wohl nicht ...

Hannes Altinga öffnete die knarrenden Türen. Gleich darauf ging ein mehrfaches, nicht unterdrücktes Aufatmen durch den Raum.

Nein, er hatte nicht.

Der Landwirt blickte schulterzuckend von einem zum anderen und ließ die drei dann alleine, damit sie das, was sich ihnen hier bot, verdauen konnten.

Als Hilke bewusst wurde, was es mit dem Inhalt dieses Schranks auf sich hatte, stockte ihr der Atem, und auch Sontka und Franziskus schnappten hörbar nach Luft. Auch wenn im Schrank keine Leiche lag, so war dessen Inhalt dennoch gruselig zu nennen.

Hermannus Altinga hatte sich offensichtlich einen Schrein angelegt. Einen Schrein mit einem in Öl gemalten Portrait Wilhelmines, das umrahmt war von ihren persönlichen Utensilien, zahlreichen Tüchern und Haarbändern sowie den Skizzen, die sie gezeichnet und den Briefen, die sie an ihre verstorbenen Lieben geschrieben hatte. Ja selbst ein paar blonde Locken, die er ihr vermutlich abgeschnitten hatte, fanden sich in einer kleinen Holzkiste. Es war ein Schrein, der dazu diente, seine Angebetete immer bei sich und ganz allein für sich zu haben, auch wenn sie das Haus längst verlassen hatte.

Hilke suchte die Hinterlassenschaften nach einem Tagebuch ab, fand jedoch nichts dergleichen. Doch wusste sie nun, an wen sie das Gesicht auf dem Portrait im Treppenhaus erinnerte: an Ibbes Mutter Fine, von der es Fotos gab, auf denen sie ganz genauso aussah wie ihre leibliche Mutter Wilhelmine.

Wie gut, dachte Hilke trotz der angespannten Situation schmunzelnd, dass Fine bei all dem ihr widerfahrenen Unglück wenigstens nicht die Hakennase ihres Vaters geerbt hatte.

29

Moordorf, November 1914

Fine lauschte den Regentropfen, die auch an diesem Morgen unaufhörlich gegen die Scheiben prasselten. Seit Tagen regnete es ohne Unterlass. Es hörte sich auf dem Glas an wie das Klopfen hunderter kleiner Finger, und sie bildete sich ein, dass dieses Klopfen neckische Grüße ihrer Geschwister waren. Der Geschwister nämlich, die nie eine Chance auf ein Leben bekommen hatten und die von Gott dem Vater heimgerufen worden waren, noch bevor sie hatten erfahren dürfen, wie schön es war, an einem warmen Sommertag über die Weiten des Moors zu tollen.

»Moin, Teelko. Moin, Jelto«, grüßte sie in Gedanken ihre Brüder, als die an die Scheibe klatschenden Regentropfen größer wurden. Auch diese beiden hatten ihr Leben vor der Zeit ausgehaucht. Der eine wie eine Ratte erschlagen im Moor, der andere auf dem Schlachtfeld im so widersinnigen wie grausamen Krieg gegen die Franzosen.

Erst wenige Monate war es her, dass Jelto gleich nach Kriegsbeginn seine Uniform übergezogen und vor seiner Familie mit stolzgeschwellter Brust salutiert hatte. Es war an einem heißen Sommertag gewesen, als sie ihm mit wehenden Taschentüchern hinterherwinkten, solange, bis ihn der Horizont verschluckte.

Fine lächelte beim Gedanken an den jüngsten ihrer Brüder, der sich noch zu Kindertagen zu einem wahren Schelm entwickelt hatte. Einem liebenswerten Schelm, der strotzte vor Heiterkeit und Frohsinn. Und nun? Nie wieder würden sie sein ansteckendes Lachen hören, das sie aus so manchem Moment des Trübsals herausgerissen hatte. Nie wieder würde er sich die widerspenstige Locke aus der Stirn streichen oder seiner kleinen Schwester neckend in die Wange kneifen.

Fine hoffte, dass er wenigstens nicht hatte leiden müssen, dass ihm die Angst vor dem Endgültigen, vor dem Unabwendbaren erspart geblieben war.

Sie hoffte es, aber sie wusste es nicht. Und sie würde es wohl nie erfahren.

Genauso wenig wie ihre Mutter, die mit bleichem und eingefallenem Gesicht in ihren Kissen lag und sich dem Leben mehr und mehr verweigerte. Die Nachricht vom Tod ihres jüngsten Sohnes hatte ihr endgültig das Herz gebrochen. Als Fine ihr mit tränenerstickter Stimme das Schreiben vorlas, das sie vor drei Tagen erreicht hatte, stieß Talea einen wehklagenden Schrei aus, griff sich ans Herz und gab sich einer seither kaum einmal unterbrochenen Bewusstlosigkeit hin.

Der Arzt sagte, er könne ihr nicht helfen.

Fine strich ihrer Mutter eine Haarsträhne von der totenbleichen Wange. Wenn man die erst sechsundvierzig Jahre alte Frau betrachtete, konnte man annehmen, sie sei bereits in Gottes Reich hinübergetreten, so friedlich lag sie da, die von schwerer Arbeit gekrümmten Finger über dem Bauch gefaltet. Nur das kaum wahrnehmbare Heben und Senken der Brust deutete darauf hin, dass ihr Körper noch nicht bereit war, den Kampf aufzugeben.

Nachdem sie Talea zum wiederholten Male mit einem feuchten Tuch über die ausgetrockneten Lippen gefahren war, ließ Fine ihren Blick über ihre Schwestern Leefke und Nomke schweifen, die mit geneigten Köpfen einfach nur dasaßen und mit versteinerten Mienen der Dinge harrten, die da kommen mochten. Sie waren neben ihr selbst die Einzigen, die ihrer Mutter in den letzten Stunden beistanden, denn ihre älteste Schwester Enna hatte sich zum Sanitätsdienst an der Front gemeldet, während ihr einzig verbliebener Bruder Ommo ebenfalls für Volk und Vaterland kämpfte.

Fine verbot sich jeden Gedanken an ihn, denn schon alleine die Vorstellung, dass auch er nicht wieder nach Hause käme, weckte in ihr den Wunsch, sich ihrer Mutter auf deren letztem Weg anzuschließen. Ihr geliebter Ommo, dem sie in Kindertagen überall hin wie ein Schatten gefolgt war, und der sie zeitlebens beschützt hatte, wann auch immer sie seines Schutzes bedurfte. Nein! Sie biss sich auf die Unterlippe und schüttelte innerlich den Kopf. Nein! Er durfte nicht sterben. Denn sein Tod wäre auch das Ende ihres Lebens, da war sie sich ganz sicher. Wenn nicht körperlich, dann doch seelisch.

Der einzige Mann der Familie, der nicht in den Krieg gezogen war, war ihr Vater Wübbo. Doch war auch er nicht bei ihnen. Nachdem man ihm klargemacht hatte, dass er fortan ohne seine Frau würde auskommen müssen, hatte er sich in sich selbst zurückgezogen und weigerte sich, Talea beim Sterben zuzusehen.

Fine hatte sich oft gefragt, was ihre Eltern füreinander empfanden. War es Liebe? War es wenigstens Zuneigung? Oder Respekt?

Sie wusste es nicht zu sagen. Und doch zeigte ihr die Reaktion ihres Vaters – der seine Tränen angesichts des Leids, das seine Familie immer und immer wieder heimsuchte, nicht mehr zu unterdrücken vermochte – dass seine Gefühle für Frau und Kinder tiefer gingen, als er es jemals zu zeigen imstande gewesen war.

Fine strich über ihren gewölbten Bauch und spürte, wie sich ihre Augen mit Tränen füllten. Wie sehr hatte sie sich gewünscht, dass ihre Mutter auch ihr zweites Kind noch in den Armen wiegen würde! Zehn Enkelkinder nannte Talea inzwischen ihr Eigen, und vor allem Fines einjährige Tochter Tabita hatte sie ganz besonders ins Herz geschlossen. Die Kleine würde untröstlich sein, wenn ihre Großmutter sich aus diesem Leben verabschiedete und sie nicht mehr mit Gesten der Zuneigung überhäufte.

Fine hoffte so sehr, dass ihr zweites Kind ein Junge sein würde. Sie wollte ihn Ibbe nennen, nach ihrem verstorbenen Schwiegervater. Vor rund zwei Jahren, sie war neunzehn Jahre alt gewesen, hatte sie den um zehn Jahre älteren Kaufmann Heinrich Küppers aus Aurich geheiratet. Ohne Zweifel liebte auch Heinrich seine kleine Tochter, und doch wusste Fine, dass er sich von Herzen einen Stammhalter wünschte, der später einmal das Erbe seines Vaters antreten und Kolonialwaren verkaufen würde.

Sie wollte ihm diesen Wunsch erfüllen, genauso wie Heinrich so viele ihrer Wünsche erfüllt hatte. Durch die Heirat befreit aus den ärmlichen Verhältnissen im Moor und der harten Arbeit bei einem Marschbauern, der ihr noch dazu ständig unter die Röcke griff, hatte Fine gehofft, dass auch ihre Eltern vom Wohlstand und der Herzensgüte ihres neuen Schwiegersohns profitieren würden. Und genauso war es gekommen.

Entsetzt von der ärmlichen Behausung, in der die Familie seit über drei Jahrzehnten darbte, hatte er Wübbo und Talea in Moordorf ein Haus aus Stein errichten lassen. Es war wohl viermal so groß wie die Lehmhütte, und auch der Komfort der Ausstattung suchte im Moor seinesgleichen. Am glücklichsten aber war Talea über ihr freistehendes Bett gewesen.

Fine hätte sich gewünscht, dass Talea ihr besseres Leben und vor allem die Wärme dieses sogar doppelstöckigen Backsteinhauses noch viele Jahre hätte genießen können, doch schien der liebe Gott einen anderen Plan zu verfolgen. Oder warum sonst schickte er das Elend des Krieges über die Welt?

Der Ehemann von Nomke war ebenfalls an der Front, sie hatten seit Wochen nichts mehr von ihm gehört. Genauso wie Fine selbst war Nomke guter Hoffnung, doch im Gegensatz zu ihr hoffte sie nach drei strammen Söhnen auf ein kleines Mädchen, dass sie hübsch kleiden und herausputzen konnte. Ja, auch Nomke hatte mit der Wahl ihres Mannes viel Glück gehabt, der es durch den Betrieb zweier Törfmuttjes zu bescheidenem Wohlstand gebracht hatte. Ob er wohlbehalten wiederkehren würde?

Leefke hingegen haderte mit ihrem Schicksal, hatte es ihr doch nach nur drei Jahren Ehe und schwerer Krankheit den geliebten Mann genommen. Nun saß sie da mit zwei Kindern und wusste nicht mehr ein noch aus. Allen Trost hatte sie in den letzten Monaten aus der Liebe und dem Zuspruch ihrer Mutter gezogen, doch würde auch diese ihr zukünftig keinen Halt mehr geben können. Fine hoffte, dass Leefke ihren Weg dennoch finden und wieder glücklich würde.

»Fine?«

Als sie erstmals seit drei Tagen die dünne Stimme ihrer Mutter hörte, erschrak Fine, als wäre ihr der Leibhaftige begegnet. Auch ihre Schwestern waren aus ihrer Starre hochgeschreckt und blickten Talea ungläubig an.

»Geht es dir besser, Mudder?« Leefke sprang hoffnungsfroh von ihrem Stuhl auf, beugte sich über das Bett und ergriff Taleas Hand. Fine bemerkte, dass ihre Schwester für einen kurzen Moment zurückzuckte, als sie bemerkte, dass sich diese Hand so kalt anfühlte wie die einer Toten.

»Fine?«, wiederholte Talea nur, und ihre Augenlider zitterten.

»Ja. Ich bin hier, Mudder.«

»Ich … Kind … ich … muss dir was sagen«, hauchte Talea kaum hörbar. »Alleine.«

»Alleine?« Fine riss erstaunt die Augen auf. Sie konnte sich nicht daran erinnern, dass ihre Mutter jemals einen von ihnen aus dem Raum geschickt hatte, um mit einem ihrer Kinder alleine zu sein.

»Alleine.«

Sie hatte sich also nicht verhört. Entschuldigend sah sie ihre beiden irritiert dreinblickenden Schwestern an, die aber zuckten nur die Schultern und schlossen wenig später die Tür hinter sich.

»Wir sind jetzt alleine, wie du es gewünscht hast.«

Fine half ihrer Mutter, sich ein klein wenig aufzurichten, und schob ihr die Kissen im Rücken zurecht. »Möchtest du etwas trinken oder … essen?« Letzteres wagte Fine kaum zu hoffen.

Talea linste unter halb geschlossenen Lidern hervor und schüttelte kaum merklich den Kopf. Das Aufrichten hatte sie sichtlich angestrengt, und Fine ließ ihr Zeit, wieder zu Atem zu kommen.

»Wo ist … dein Vadder?«, fragte Talea.

»Er … ähm … wollte zu Geert«, flunkerte Fine. Auf gar keinen Fall sollte ihre Mutter erfahren, dass ihr Mann seit drei Tagen nicht aufhörte, tränenreich sein und ihr Leid zu beklagen. »Soll ich Leefke oder Nomke schicken, dass sie ihn holen?«

Zu ihrem Erstaunen riss ihre Mutter nun die Augen auf und starrte sie auf etwas unheimliche Weise an.

»Nein«, keuchte sie, »alles gut.« Sie schloss ihre Augen wieder, schon ein kurzer Satz wie dieser schien sie mehr Kraft zu kosten, als sie hatte.

Ihr Herz ist sehr schwach, hörte sie den Doktor sagen, der nach Taleas Zusammenbruch auf Heinrichs Bitten hin ins Moor gekommen war. *Sehr, sehr schwach. Die geringste Aufregung kann tödlich sein.*

Beim Anblick ihrer Mutter, die jetzt, eine Hand auf die Brust gepresst, röchelnd nach Luft rang, wusste Fine, dass er recht hatte. Es gab keine Hoffnung mehr. Sie würden Abschied nehmen müssen.

Doch was hatte sie so Wichtiges mit ihr zu besprechen, dass ihre Schwestern es nicht hören durften?

»Mudder?«, fragte sie vorsichtig und drückte eine Hand sanft auf die ihre. »Du wolltest mir was sagen?«

Ihre Mutter nahm sich noch ein paar Augenblicke Zeit, dann hauchte sie: »Der Ring. Er ist …« Sie öffnete die Augen und blickte auf eine von Jelto aus Holzresten zusammengezimmerte Truhe.

»Du möchtest einen Ring haben?«, vergewisserte sich Fine. »Und der ist in der Truhe?« Sie konnte sich nicht daran erinnern, dass ihre Mutter jemals einen Ring besessen hatte, aber natürlich lief sie nun zur Truhe hinüber, um nachzusehen.

Bis auf zwei Schürzen und einige Betttücher war auf den ersten Blick nichts zu sehen. Also hob Fine alles an, und fand unter einem abgenutzten Leinentuch ein kleines Bündel. »Isses das?«, fragte sie und hielt es in die Höhe.

Statt einer Antwort hob Talea kurz ihre Hand zum Zeichen, dass Fine es ihr reichen solle.

Taleas Mund verzog sich zu einem wehmütigen Lächeln, als sie das kleine Bündel Sekunden später befingerte. Fine fragte sich, in welche Richtung ihre Erinnerungen wohl schweifen mochten, doch sie schwieg lieber, bis ihre Mutter sich nach einigen Minuten entschloss, ihr das Leinensäckchen in die Hand zu drücken. »Er ist … für dich«, lächelte sie.

»Für mich?« Fine nahm das Bündel vorsichtig an sich und zog nach kurzem Zögern und einem fragenden Blick auf ihre Mutter den Knoten auf, der es zusammenhielt.

Als sie das Schmuckstück mit dem offensichtlich wertvollen, grün schimmernden Edelstein in Händen hielt, schlug sie sich mit unverhohlener Verwunderung die Hand vor den Mund. Beinahe hätte sie das gute Stück fallengelassen, denn sie hatte plötzlich das Gefühl, es würde in ihrer Hand wie Feuer brennen. »Woher hast du ihn, Mudder? Er ist so … wunderschön!«, keuchte sie.

»Teelko«, antwortete Talea mit einem versonnenen Lächeln.

»Teelko? Sagtest du Teelko?« Fine fuhr ein eiskalter Schauer des Entsetzens in die Glieder. Dann stimmte es also, dass ihr verstorbener Bruder ein Dieb war? Aber warum war der Ring dann noch im Besitz ihrer Mutter? Niemals hätte sie doch Diebesgut in ihrem Haus geduldet, sondern alles daran gesetzt, damit der Ring zu seinen Besitzern zurückkam.

»Er … er gehört … dir.« Ihre Mutter tastete nach ihrer freien Hand und drückte sie.

»Mir? Aber das kann nicht sein!«

»Nimm ihn. Bitte. Aber … bitte … es darf ihn keiner sehen. Keiner, hörst du!? Nicht dein Mann und … nicht dein … Vadder.« Der Druck auf Fines Hand wurde fester.

»Vadder auch nicht? Aber …«

»Versprich es mir. Es ist … mein letzter Wunsch.«

Fine presste mit einem Blick auf den wunderschönen Ring die Lippen zusammen, dann nickte sie. »Ich verspreche es«, sagte sie. »Niemand wird davon wissen, und ich werde ihn gut bewahren.«

Nur wenige Stunden später schloss Talea Grootmans im Beisein ihrer drei Töchter für immer die Augen. »Ich gehe zu meinen Kleinen«, waren ihre letzten Worte. Ihrem Mann Wübbo sowie ihren Kindern Enna und Ommo schickte sie einen stummen letzten Segensgruß.

Epilog

Moordorf, Spätsommer 2016

Ibbe hätte es vermutlich Spaß gemacht zu sehen, wer an seiner Beerdigung teilnahm und wer nicht. Nach langen und wenig konstruktiven Diskussionen innerhalb der Familie hatte sich Hilke dahingehend durchsetzen können, dass kein Pastor irgendwelche salbungsvollen Worte sprach, die ihr Onkel schon zu Lebzeiten allenfalls belächelt hätte.

Doch abgesehen vom Pastor glänzten auch viele andere Moordorfer durch Abwesenheit. Die einen, weil Ibbe sie mittels der noch vor seinem Tod von ihm selbst formulierten Todesanzeige explizit ausgeladen hatte, die anderen, weil sie sich mit den so Geschmähten solidarisch erklärten.

Zudem überwog die Anzahl der Familienmitglieder, die der Ansicht waren, eine solch gottlose Veranstaltung könne ihrem Seelenheil nur zum Nachteil gereichen.

Und so kam es, dass sich an diesem warmen Spätsommertag nur wenige Trauergäste um sein Urnengrab versammelten. Unter ihnen Karl Tiedemann, dem Ibbe und Hilke durch ihre Hartnäckigkeit geholfen hatten, die ein oder andere Lücke in den Stammbäumen der Familien Grootmans und Altinga zu schließen. Anstelle des fehlenden Pastors war es der Professor, der ein paar ebenso launige wie auch heitere Worte fand, um dem Verstorbenen die letzte Ehre zu erweisen. Worte, an denen sich Ibbe zu Lebzeiten sicherlich schenkelklopfend ergötzt hätte.

Mit einem Trauergast aber hätte selbst Hilke niemals

zu rechnen gewagt. Gerade, als Tiedemann mit seiner Rede begann, gesellte sich Hannes Altinga, der die Strafanzeige gegen sie längst zurückgezogen hatte, zu ihnen. Er hielt eine Ostfriesen-Zeitung in der Hand, hob sie, als er Hilke erblickte, kurz hoch und nickte ihr anerkennend zu.

Es war eine Geste, der Hilke zeitlebens Respekt zollen sollte, zeugte sie doch davon, dass sich Hannes Altinga mit der Vergangenheit und auch mit der Gegenwart ausgesöhnt hatte. Hilke erkannte sofort, dass es sich bei der Zeitung nicht um die aktuellste Ausgabe handelte, sondern um eine, die nach weiteren intensiven Recherchen bereits vor vier Wochen und damit noch vor Ibbes Tod erschienen war. Und zwar mit einem Artikel, den sie all denen zu Ehre geschrieben hatte, die im Jahr 1895 ihr Leben ließen oder spurlos verschwanden. Sie hatte für den Artikel eine Sonderseite in der Wochenendausgabe ergattern können, sodass er in Ostfriesland weite Kreise zog und auf viel Aufmerksamkeit stieß.

In diesem Artikel formulierte sie die ungeschminkte Wahrheit, was hieß, dass vor allem der Name der Familie Altinga in einem nicht allzu positiven Licht erschien. Doch trotz allen nun dokumentierten Leids, das ein Mitglied der Familie Altinga über gleich mehrere Familien gebracht hatte, schloss der Text versöhnlich, indem Hilke ihrer Hoffnung Ausdruck gab, dass die Seelen der Verstorbenen – und auch der noch Lebenden – aller betroffenen Familien nun endlich ihre Ruhe finden würden.

Nach der Urnenbeisetzung lief Hilke ein ganzes Stück ins nunmehr seit Jahrzehnten trockengelegte Moor hinaus. Sie trug den Smaragdring an ihrem Finger und gedachte in aller Stille ihrer Vorfahren, die hier vor langen Jahren jeden Tag ums nackte Überleben kämpften, sich aber ihre Würde nie nehmen ließen.

DANKE!

Noch bevor ich »Moorsmaragd« ins Lektorat gab, haben mir meine Testleserinnen Katrin Fritzsching, Ira Podewin und Sabine Kern sowie mein ständiger Berater Volker Behnecke bereits wertvolle Hinweise zu Logik und Aufbau der Geschichte gegeben, die mich zum erneuten Nachdenken angeregten. Vielen Dank dafür, Ihr Lieben, Ihr seid die Besten! Richtig auf Trab aber brachte mich danach mein Lektor Hagen Schied (www.lektorat-buchwaerts.de), der mit professionellem Auge auch das sah, was Laien (und mir) gemeinhin verborgen bleibt. Ich danke ihm von Herzen für seine wertvollen Anmerkungen, Einwände, Ergänzungen und die konstruktive Kritik. Den allerletzten Schliff gab der Story Corinna Rindlisbacher (www.ebokks.de) im Korrektorat. Sie konvertierte auch die Textdatei ins richtige Format. Auch dafür ein großes Dankeschön!

Wie immer freue ich mich sehr über das gelungene Cover, das auch diesmal wieder von Susanne Elsen (www.mohnrot.com) gestaltet wurde.

Ein besonderer Dank geht an die Ostfriesische Landschaft Aurich für die unkomplizierte und kurzfristige Bereitstellung von Fotomaterial.

Liebe Leserin, lieber Leser,

ich freue mich sehr, dass Sie »Moorsmaragd« als Lektüre ausgewählt haben und hoffe, dass ich Ihnen mit dieser Geschichte ein paar angenehme Stunden bereiten konnte. In diesem Fall würde ich mich über eine Rezension in den Online-Shops oder ein Feedback auf meiner Homepage (www.elke-bergsma.de) oder per E-Mail sehr freuen (mail@elke-bergsma.de).

Sollten Sie Lust haben, auch meine Ostfrieslandkrimis mit den Ermittlern David Büttner und Sebastian Hasenkrug kennen zu lernen, darf ich Ihnen an dieser Stelle die in dieser Reihe erschienenen Bände ans Herz legen:

Windbruch
Das Teekomplott
Lustakkorde
Tödliche Saat
Dat witte Lücht (Kurzkrimi)
Puppenblut
Stumme Tränen
Schweigende Schuld
Fluchträume
Brandwunden
Strandboten
Maskenmord
Eisige Spuren
Seelenrausch
Scheinwelten
Dunstkreise
Zornesbrut
Sippenverfall

Todesgruft
Bitteres Erbe
Lodernde Wut

Zudem ist der erste Band meiner ostfriesisch-niederländischen Krimireihe »Grenzfälle« erschienen:

Wie Mauern so kalt

Herzliche Grüße

Elke Bergsma

Salim Gülen

Der Würger

Noch ahnt Natalie nicht, dass sie ihrem Mörder in die Augen schaut, als sie abends mit dem Bus nach Hause fahren will. Doch kurze Zeit später wird sie von einem Mann auf brutale Weise erwürgt. Als weitere Morde geschehen, die auf den Würger schließen lassen, wird der Druck auf die Polizei immer größer. Die ermordeten Frauen scheinen aber in keiner Verbindung zueinander zu stehen. Nur eins haben sie gemeinsam: Sie sind jung und zierlich.

Taschenbuch 324 Seiten, € 11,90 [D]
ISBN 978-3-96357-130-5

Elke Bergsma

Inselsaphir

Eigentlich möchte sich die Journalistin Hilke Wibben in einem Borkumer Wellness-Hotel erholen. Dann wird ihr jedoch ein Kollier aus Saphiren zugespielt, das einer gewissen Hannah gehört haben soll, und sie muss sich mit einem Verbrechen auseinandersetzen, das 1919, zu Beginn der Weimarer Republik, vermutlich in diesem Hotel verübt wurde.

Taschenbuch 324 Seiten, € 11,90 [D]
ISBN 978-3-96357-109-1

Martin Barkawitz

Mordkuhle

Die junge Polizistin Lea Kramer arbeitet noch nicht lange in dem abgelegenen Provinzkaff Mönchsfelden, als sie mit einem bizarren Gewaltverbrechen konfrontiert wird. Eine nackte Tote liegt an einem Platz, den die Einheimischen nur »Mordkuhle« nennen. Dort soll es angeblich spuken. Doch Lea glaubt nicht an Geister. Sie ermittelt mit vollem Einsatz, um den Killer aus Fleisch und Blut zu stellen.

Taschenbuch 280 Seiten, € 11,00 [D]
ISBN 978-3-96357-095-7